U0112411

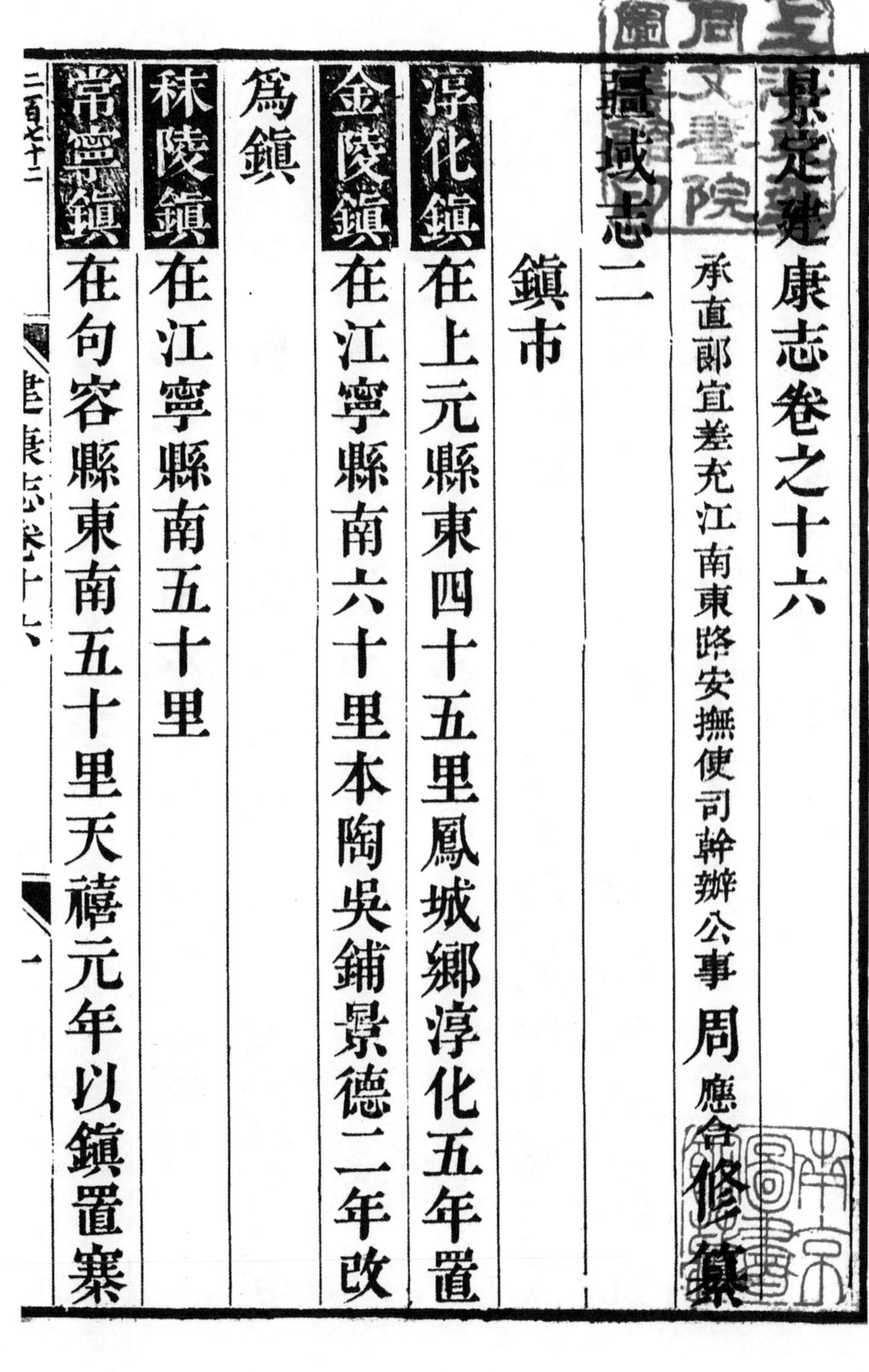

景定建康志卷之十六

承直郎宣差充江南東路安撫使司幹辦公事 周應合修纂

疆域志二

鎮市

淳化鎮 在上元縣東四十五里鳳城鄉淳化五年置

金陵鎮 在江寧縣南六十里本陶吳鋪景德二年改爲鎮

秣陵鎮 在江寧縣南五十里

常寧鎮 在句容縣東南五十里天禧元年以鎮置寨

下蜀鎮在句容縣北六十里

土橋鎮在上元縣東南六十里與句容縣兩界

東陽鎮在句容縣西北六十里郡國志云楚漢之際改秣陵爲東陽郡因爲名有館驛

江寧鎮在江寧縣西南六十里

鄧步鎮在溧水縣南一百二十里乾道四年正月差官收稅寶祐四年權鎮張師魯申府移東壩市收稅

孔家壋鎮在溧水縣南四十五里

固城鎮在溧水縣南九十五里

高淳鎮在溧水縣南一百里

舉善鎮俗名戴步在溧陽縣南三十五里

社渚鎮在溧陽縣西南六十里乾道四年移稅額於

溧水縣鄧步

古市案宮苑記吳大帝立大市在建初寺前其寺亦

名大市寺宋武帝永初中立北市在大夏門外歸善

寺前宋又立南市在三橋籬門外鬪場村內亦名東

市又有小市牛馬市穀市蜆市紗市等一十所皆邊

淮列肆裨販焉內紗市在城西北耆闍寺前又有苑

市在廣莫門内路東**鹽市**在朱雀門西今銀行花行雞行鎮淮橋新橋笪橋淸化市皆市也舊志

考證南史徐度傳云徐嗣徽任約等來寇高祖敬帝還都時賊已據石頭市廛居民並在南路去臺遥遠恐爲賊所乘乃使度將兵鎮于冶城築壘以斷之以此知六朝市廛多在淮水之北冶城之東也○通典梁有**太市南市北市**令太南北三市丞陳淮水北有**大市**自餘**小市**十餘所○隋食貨志言陳時淮水北有**大市**十餘

所置官司稅斂既重時甚苦之○庾闡揚都賦云其寶貨則瑶琨琅玕青碧素珉陽球散火陰田潛珍雲英水玉錯耀龍鱗煥若金膏晃若銀燭瑠璃冰清而外映珊瑚石而上翹牙簟列文於象齒火布濯穢於炎燚西岨石城則舟車之所會東盡金塘則方駕之所連○梁庾肩吾游市詩云旗亭出御道游目暫迴車○晉史廷尉張闓住在小市南史後廢帝元徽二年張敬兒破賊宣陽門莊嚴寺小市○丹陽記曰苑城

市謂之**苑市**秣陵有**門場市**○寰宇記云東晋咸和中置七尉右尉在**紗市**今屬上元縣鍾山鄉張循王北莊前平地是也○宫苑記南尉在**草市**北湘宫寺前其地在今上元縣治東北○齊東昏侯宫中立**宫市**使宫人屠沽帝爲市魁後主重關市之征以陽惠朗爲太市令

湯泉市在上元縣神泉鄉湯山延祥院之前去城六十里

棲霞市在上元縣長寧鄉攝山棲霞寺之前去城四

十五里

索墅市 市有索墅坊在上元縣清化鄉去城五十里

泉都市 在上元縣泉水鄉亦名龍都去城五十五里

東流市 市有橋曰東流以水流自東因名之在上元縣宣義鄉去城四十里

花林市 南至曹村五里北至大江十二里齊梁諸墳多在其地屬上元縣清風鄉去城三十五里

龍灣市 在上元縣金陵鄉去城一十五里

竹篠市 在上元縣長寧鄉去城二十里

蛇盤市在上元縣開寧鄉去城二十里有館驛

麒麟市在上元縣開寧鄉去城三十里

西千市在上元縣長寧鄉去城四十五里

章橋市在上元縣長寧鄉去城五十里

石井市在上元縣長寧鄉去城二十五里

五城市在上元縣崇禮鄉去城二十五里

土橋市在上元縣丹陽鄉去城六十里

湖熟市在上元縣丹陽鄉去城六十里

新林市在城西南二十里

板橋市在城西南三十里

銅井市在城西南八十里

東口市在城南長干橋下東今烏衣巷口是

西口市在城南長干橋下今西街口是

小口市在城西南江寧縣安德鄉

朱門市在朱門南

水橋市在江寧縣歸善鄉

杜橋市在江寧縣萬善鄉去城四十里

路口市在城南七十里

倉頭市在句容縣仁信鄉去城九十里

柴溝市在句容縣瑯邪鄉去城七十五里有館驛

白土市在句容縣來蘇鄉

高友步俗名上步在溧陽縣南二十五里

周城步在溧陽縣西南四十五里

上興步在溧陽縣西六十里

黃連步在溧陽縣西北五十五里

街巷

古御街案宮城記吳時自宮門南出至朱雀門七八

里府寺相屬晉成帝因吳苑城築新宫正中曰宣陽門南對朱雀門相去五里餘名爲御道夾道開御溝植槐柳梁武帝克東昏焚其奢淫服六十二種於御街今自天津橋直南夾道猶有故溝皆在民居卽古御街也又有右御街在臺城西掖門外案宫苑記吳太初宫北曰元武門北直對臺城西掖門前路東卽右御街是也其實自大司馬門出爲御街自端門出爲馳道自西掖門出爲右御街端門卽閶闔門

朱雀街 按宫城記自宫門南出夾苑路至朱雀門七

八里府寺相屬輿地志云朱雀門北對宣陽門相去六里名爲御道夾開御溝植柳環濟吳紀曰天紀二年衛尉岑昏表修百府自宮門至朱雀橋夾路作府舍又開大道使男女異行夾道皆築高墻瓦覆或作竹藩庾闡揚都賦云横朱雀之飛梁豁八達之遐衢

考證 世說曰宣武出鎮南州謂王東亭曰丞相初營建業無所因承而置制紆曲方此爲劣東亭曰此丞相乃所以爲巧也江左地促不如中國若使阡陌條暢則一覽而盡故紆餘委曲若

不可測今臺城在府城東北而御街迤邐向南屬之朱雀門則其勢誠紆迴深遠不可測矣○侯景緣淮作塘自石頭至于朱雀街十餘里中樓雉相屬○宋彭城劉悛司空勔之長子勔見害於朱雀街悛兄弟平生不行此路

焚衣街在御街

考證齊東昏侯製四種冠五彩袍一月中二十餘出晨出三更歸夜出清晨返梁自襄陽出師廢東昏侯焚奢淫異服六十二種於御街後人

號其所曰焚衣街**楊虞部**詩雉頭金鏤及珠胎煙結香雲晝不開御路傍人空歎息逡巡紅焰作青灰○**馬野亭**詩玉指親裁五彩衣尙方工作極纖奇看來亡國都緣此爇向通衢了不遺鷸羽化爲青燒去雉頭還有紫煙隨更須大字書華表要使將來盡得知

孔子巷在青溪側大仁寺前西南古長樂橋東一里

考證輿地志云孔子廟在樂遊苑東隔青溪本聖寺侯所奉之廟也舊在溪南丹陽郡之東南本東晉所立中廢宋元嘉十九年詔復孔子廟至齊遷於今處以舊地爲浮圖今名孔子寺亦名孔子巷在城東南五里古長樂橋東○建康

實錄晉孝武太元十一年立宣尼廟故丹楊郡城前後移廟過淮水北以舊處爲孔子寺亦呼其巷爲孔子巷

國子監巷今鎮淮橋北御街東舊比較務卽其地考證南唐跨有江淮鳩集典墳特置學官濱秦淮開國子監里俗呼爲國子監巷

烏衣巷在秦淮南晉南渡王謝諸名族居此時謂其子弟爲烏衣諸郎今城南長干寺北有小巷曰烏衣去朱雀橋不遠舊志

考證丹陽記曰烏衣之起吴時烏衣營處所也○晉記江左初立瑯邪諸王居烏衣巷王敦謀逆導憂覆族使郭璞筮之卦成嘆曰吉無不利淮水竭王氏滅子孫繁衍○世説王導曰庾元規若來吾角巾還烏衣南○王僧虔爲御史中丞領驍騎將軍甲族由來不居此官王氏分枝居烏衣者位宦微減僧虔爲此官乃曰此是烏衣諸郎坐處我亦可試爲爾○建康實錄云紀瞻立宅於烏衣巷屋宇崇麗園池竹木有足賞

譏焉○吳虎臣能改齋漫錄云今世小說尢可笑者莫如劉斧摭遺所載烏衣傳引劉禹錫王謝堂前之句遂爲唐朝金陵人姓王名謝因海船入燕子國其實以烏衣爲燕子國不知王者王導等人謝者謝鯤之徒也按世說諸王諸謝世居烏衣摭遺之說亦何謬耶○藝苑雌黃云按輿地志晉王氏自立烏衣宅當時諸謝曰烏衣之聚皆此巷也王氏謝氏乃江左衣冠之盛者故杜詩云王謝風流遠又云于今亠二謝郎比

觀劉斧摭遺乃以王謝爲一人姓名其言既怪誕遂託名於錢希白終篇又以劉夢得詩實其事希白不應如此謬是劉斧妄言耳○宋書云謝鯤風格高峻少所交納惟與族子靈運瞻曜宏微並以文義賞會共宴處居在烏衣巷故謂之烏衣游鯤五言詩云昔爲烏衣游戚戚皆子姪其地在今城東南五里**劉禹錫**朱雀橋邊野草花烏衣巷口夕陽斜舊時王謝堂前燕飛入尋常百姓家有釋此詩者云烏衣者士服之多也朱雀橋邊野草花喻無大賢也烏衣巷裏夕陽斜謂歲久儒服少也可憐王謝堂前燕謂二賢舊居不存也飛入

尋常百姓家謂此地俗人所居傷其時乃作是詩也。楊虞部詩人物風流往往非空餘陋巷作烏衣舊時簾幕無從覓秖有年年社燕歸。朱存詩閥閱淪亡棨戟移年年舊燕亦雙歸茅簷葦箔無冠蓋不見烏衣見白衣。任斯庵詩羊車暇日勞揮麈玉樹春風自滿庭欲問烏衣舊時事靜無秋燕有秋螢。曾極詩吳兵曾駐黑雲都江左夷吾此分居休把烏衣輕馬巷懸鵝結駟揔丘墟。馬野亭詩依依燕子可憐生相向於人負有情不道華堂曾止息如今窮巷莫經營六朝盛事同流水千載遺蹤只舊城自日飛忙難語此語時須等夕陽明。■烏衣池館一時新晉宋齊梁舊主人無處可尋王謝宅落花啼鳥秣陵春

運巷在今天慶觀相接

考證沈約自序曰王序從宦京師義熙十一年

高祖賜館于都亭里之運巷○世説叙録冶城在今運巷東舊里亭今俗呼爲黄泥巷

主簿巷在明道書院右

考證明道先生程純公嘗爲上元主簿政教在人至今呼爲主簿巷

坊里

鍾山坊在　行宫前東夾道

石城坊在　行宫前西夾道

東錦繡坊在　御街左

西錦繡坊在御街右

狀元坊二一在御街左東錦繡坊南一在府學南

報恩坊在御街右西錦繡坊南

安樂坊在御街右報恩坊北

金泉坊在御街右報恩坊南

嘉瑞坊在御街左狀元坊南

舜澤坊在御街右金泉坊南

金陵坊在御街右舜澤坊南

建業坊在御街右鎮淮橋西北

長樂坊在　御街左鎮淮橋東北

招賢坊在府治南

經武坊左府治左

武勝坊在府治東北

細柳坊在都統司後軍寨前

青溪坊九曲坊並在府治東

嘉會坊在總領所前

尊賢坊在明道書院之右

東市坊在魚市東

鳳臺坊在魚市南

西市坊在魚市西

鷺洲坊在魚市北

長春坊在東市之東

寬征坊在西市之南

清化坊欽化坊並在西市之北

朝宗坊佳麗坊並在西市之西

保寧坊在保寧寺前

廣濟坊在廣濟倉南近水西門

武定坊在鎮淮橋東南

崇勝坊在鎮淮橋西南

長干里在秦淮南

考證越范蠡築城長干○丹陽記大長干寺道西有張子布宅在淮水南○吳都賦曰長干延屬飛甍舛互李善注江東謂山間爲干建業之南其間平地吏民居之故號爲干○實錄云長干是里巷名江東謂山隴之間曰干建康南五里有山崗其間平地民庶雜居有大長干小長

干東長干並是地里名小長干在瓦棺南巷西頭出江羅北谷詩山壠中間號曰干此干長里盛衣冠想應王謝朝回後日日行人看繡鞍

鳳凰里在今保寧寺後

考證宋元嘉十四年大鳥二集秣陵民王顗園中李樹上大如孔雀頭足小高毛羽鮮明文綵五色聲音諧從衆鳥如山雞者隨之行三十步頃東南飛去揚州刺史彭城王義康以聞改鳥所集永昌里爲鳳凰里今保寧寺是其處

表孝里在溧水縣

考證乾道四年邑人伊小乙割肝以療母疾知縣陳嘉善榜其居旌之

鄉社

金陵鄉縣北　慈仁鄉縣東北　鍾山鄉縣西北　北城鄉縣東北

清風鄉縣東北　長寧鄉縣東北　惟政鄉縣東舊名惟信　開寧鄉縣東北

宣義鄉縣東　鳳城鄉縣東　清化鄉縣東　神泉鄉縣東北

丹陽鄉縣東南　崇禮鄉縣東南　泉水鄉縣東南　道德鄉縣南

盡節鄉縣南　長樂鄉縣東

右十八鄉隷上元縣

鳳臺東鄉　鳳臺西鄉縣東南　安德鄉縣西南　新亭鄉縣東南
隨車鄉縣南　光宅鄉縣西南　開元鄉縣南　萬善鄉縣南
長泰南鄉　長泰北鄉縣南　馴翟鄉縣東南　惠化鄉縣南
葛僊鄉縣東南　建業鄉縣南　永豐鄉縣東南　歸善鄉縣西南
處真鄉縣西南　銅山鄉縣南　朱門南鄉　朱門北鄉縣南
橫山南鄉　橫山北鄉縣東南

右二十二鄉隸**江寧縣**

句容鄉縣東南　福祚鄉縣西南　臨泉鄉縣西南　上容鄉縣西南
承僊鄉縣南　政仁鄉縣南　茅山鄉縣東南　崇德鄉縣南

來蘇鄉縣東　望僊鄉縣東北　移風鄉縣東北　孝義鄉縣北

仁信鄉縣北　鳳壇鄉縣西北　琅邪鄉縣西北　通德鄉縣西

崇信鄉今廢

右十七鄉隸**句容縣**

上元鄉縣東南　思鶴鄉縣西　賛賢鄉縣南　白鹿鄉縣東南

豐慶鄉縣東　歸政鄉縣東北　崇賢鄉縣北　長壽鄉縣北

山陽鄉縣西南　崇教鄉縣西南　游山鄉縣南　僊壇鄉縣東南

安興鄉縣東南　儀鳳鄉縣南　永寧鄉縣西南　唐昌鄉縣東南

立信鄉縣西南

右十七鄉隸溧水縣

永成鄉縣東北　福賢鄉縣東　舉福鄉縣西南　明義鄉縣西

懷德鄉縣南　德隨鄉縣南　從山鄉縣西南　桂壽鄉縣西南

奉安鄉縣西北　崇來鄉縣西北　來蘇鄉縣北　允泰鄉縣北

允定鄉縣北

右十三鄉隸溧陽縣本縣舊領鄉十七端拱元年割昭德豐樂彰德三鄉屬建平縣嘉祐六年分成樂鄉併入永成福賢二鄉今領鄉十三

鋪驛

驛路五十一鋪每鋪相去十里

東門鋪　東十里鋪　蛇盤鋪　麒麟鋪

東流鋪　崑崙堽鋪　張橋鋪以上十鋪屬上元縣

江墄湖鋪　宣家峴鋪　山口鋪　廟林鋪

下蜀鋪　紀大店鋪以上六鋪屬句容縣

右十三鋪係東路直抵鎮江府界炭渚鋪

土門鋪　夾堽鋪　遲店鋪　清水亭鋪

圍墓橋鋪　秣陵鋪　李村鋪　路口鋪

烏坼橋鋪以上九鋪屬江寧縣

方墟鋪　石頭堽鋪　烏山鋪　齊家店鋪

南亭堠鋪　南十里鋪　蒲塘鋪　三角子鋪

孔家堠鋪　土山鋪　羅家林鋪　戴公堠鋪

溧橋鋪　朱家店鋪　湯師娘鋪　松兒堠鋪

以上十六鋪屬溧水縣

右二十五鋪係**南路**直抵廣德軍界顧置鋪

越臺鋪　石子堠鋪　官莊鋪　板橋鋪

三城湖鋪　江寧鋪　青松林鋪　銅井鋪

葛家堠鋪以上屬江寧縣

右九鋪係**西路**直抵太平州界慈湖鋪

府前鋪　西門鋪　石碑衝鋪　靖安鋪以上屬上元縣

右四鋪係北路直抵滁州界宣化鋪

縣路十一鋪每鋪相去二十里此係諸縣不通驛路

處遞傳之路

石井鋪　七里堽鋪

右二鋪屬上元縣界

周郎橋鋪　縣西門鋪

右二鋪屬句容縣界

縣東門鋪　茭塘鋪　破湖鋪

右三鋪屬溧水縣界

黄莲步鋪　中橋鋪　烏山村鋪　縣西門鋪

右四鋪屬溧陽縣界

永寧驛舊基在南唐儀仗院今爲待漏院而驛徙置總領所西門鴛橋之南紹興十五年晁公謙之建

江寧驛在江寧縣西南五十里

秣陵驛在江寧縣南五十里

七橋驛在溧水縣南七十五里歲多圮壞僅存故址淳熙中重建榜曰迎華堂

石頭驛　張九齡有候使石頭驛樓詩李白答裴侍御先行至石頭驛以書見招詩云君至石頭驛寄書黃鶴樓

夢筆驛

考證　淹本集云嘗宿於冶亭夢見一夫自稱郭璞謂淹曰吾有筆在公處多年可以見還淹乃探懷中得五色筆一以授之爾後爲詩絕無美句時人謂之才盡按建康有冶亭在冶城又有東冶亭在秦淮上皆六朝士大夫餞送之所淹

本集所載始末皆建康事也夢筆驛不知在何處○庚溪詩話云夢筆驛江淹舊居姚宏詩一宵短夢驚流俗千里高名掛里閭遂使晚生矜此意廢眠不讀一行書○曾極詩晉尚清談筆力衰文章高下亦隨時景純不作文通死五色毛錐付與誰

金陵驛亦名蛇盤驛在上元縣長樂鄉蛇盤市俗呼佘婆音之訛也淳熙十二年畱守錢公良臣建

考證 曾極有蛇盤驛詩枳籬華屋半彫殘列肆屠羊客卸鞍霸氣銷沈形勝欹龍盤何事作蛇盤○王半山題憶昔東遊未有鬚扶衰重此駐肩輿市中年少今誰在魯老當街六十餘又重閜古道春風裏草色花光似故人却喜此身今漫浪田家隨處得相親

東陽驛西至金陵驛四十五里淳熙十二年留守錢公良臣建

柴溝驛西至東陽驛十五里淳熙十二年留守錢公良臣建

下蜀驛西至柴溝驛十五里東至鎮江府界十五里紹興八年三月己巳車駕未入建康次下蜀驛有御座在焉淳熙十二年留守錢公良臣重建驛

太平驛在溧陽縣治西街北太平興國六年建嘉定

十三年重建

望僊驛　舊在句容縣治南元豐二年移縣治東

漆橋驛　在溧水縣南七十五里

官塘驛　在溧水縣東南二十五里

坊墟驛　在溧水縣北三十五里

淮源驛　在溧水縣東北三十五里

儀賓驛　在溧水縣南一百一十里

招賢驛　在溧水縣南一百一十里

莆塘驛　在溧水縣南二十五里

白馬驛在溧水縣東南四十里

延賓驛在溧水縣西四十七里

青陽驛在句容縣東二十里

竹里驛在句容縣北六十里倉頭市

雲亭驛在句容縣

右自潨橋以下十二驛今並廢

昭華驛在句容縣開寶中焚圮太平興國二年移縣街東或云望僊驛是也

中山驛在溧水縣南三十步惠政橋西南

考證 僞吳順義中置後知縣李彥重建僞唐昇元二年蕭儼添置軒廊建炎焚毀紹興八年李朝正重建魯訾作記嘉定十五年史改之重修添置廊廡紹定四年史彌鞏重修來者便之

馬驛 二所在下蜀東陽寶慶二年重修

道路

秦皇馳道

考證 秦始皇三十六年東遊自江乘渡江馳馬於此 王荆公 詩穆王得八駿萬事不期修茫茫千載間復此好遠遊車輪與馬跡此地亦

嘗留想當治道時勞者尸如上

吳帝馳道

考證 吳都賦云朱闕雙立馳道如砥

宋帝馳道

考證 宋書大明五年孝武初立馳道自閶闔門至于朱雀門爲南馳道又自承明門至元武湖爲北馳道八年罷南北二馳道景和元年復立○宮苑記宋築馳道爲調馬之所楊虞部詩路平如砥直如紘宮柳千株翠帷烟玉勒金羈天下駿急於奔電更揮鞭○[illegible]詩南城來到北城隅更北

直趨元武湖一上離鞍三十里兩傍官柳數千株六朝都邑眞如此舊日咸秦得似無暑月行人不張蓋漫天自有翠席緜

小丹陽路 今在江寧縣横山鄉陶吳鎮西南十里與太平州當塗縣接界里俗猶呼丹陽

考證 晉咸康三年歷陽內史蘇峻叛陶回謂庾亮曰峻知石頭有重戍不敢直下必向小丹陽南道步來宜設伏邀之可一戰擒也亮不從峻果自小丹陽來迷失道夜行無復部伍亮聞乃悔之

黃城大路在今上元縣清風鄉黃城村

考證梁太清二年侯景遣軍至江乘拒邵陵王綸趙伯超謂綸曰若從黃城大路必與賊遇不如徑指鍾山突據廣莫門出賊不意城圍必解

湖頭路在今元武湖東北

考證南史東昏侯永元二年崔慧景奉江夏王內向遣中領將軍王瑩都督衆軍據湖頭築壘上帶蔣山又王敬則舉兵朝廷遣沈文季持節都督屯湖頭備京口路

白楊路在城南十里石崗之橫道

考證陳大建末始興王叔陵反部麾下廢小航將趨新林蕭摩訶追擒於白楊路馬野亭詩此路如何名白楊白楊林木苦非良聞知宰樹常多種想見墳塋在兩傍三國英雄塵一窖六朝興廢字千行人過此休惆悵往古來今總渾茫

竹里路在句容縣北六十里倉頭市東有竹里橋南邊山北濱大江父老云昔時路行山間西接東陽遶攝山之北由江乘羅落以至建康宋武帝討桓元其路經此今城東余婆崗至東陽路乃後世所開非古

路也

謝元走馬路在上元縣崇禮鄉土山下至今不生草

詳見土山下

姜巴路在小茅山後通延陵

考證真誥秦時有士周太賓及巴陵侯姜叔茂

者來住句曲山下秦孝王時封侯故以姜巴名

其路

制使姚公希得任內甃砌街道先是東西錦繡坊及

經武坊一帶街衢多有損壞鈌陷去處不便往

來景定三年三月十七日興工至四月二十日畢重新布砌用磚二十餘萬口工物總費五萬二千一百餘緡米六十二石七斗有奇

橋梁

天津橋在　行宮前舊名虹橋政和中蔡公嶷建爲石橋號曰蔡公橋後改今名

考證天津本西京大內前橋名邵康節邵雍聞杜鵑處今移其名於此不忘京師之思也**石龜翁逢龍詩**下馬過天津聽傳禁漏頻惟憐一橋月曾照六朝人金刹宮門字江飛粉壁塵中宮來宿內因問帝鄉親○**周彥夫詩**下車聊復問何如尚憶重來四紀餘鍾阜秦淮俱好在祇憐雙鬢自蕭疎聯鑣去作蔣山遊路轉天津遶御溝忽作故都禾黍恨洛陽宮殿鎖千秋

鎮淮橋在今府城南門裏即古朱雀航所舊志

考證 按世說敘錄及輿地志丹陽記皆云吳時南津橋也名曰朱雀航大寧二年王含軍至丹陽尹溫嶠燒絕之以遏南衆定後京師乏良材無以復之故爲浮航至咸康三年侍中孔坦議復橋於是稅航之行者具材乃值苑宫初創材轉以治城故浮航相仍至太元中驃騎府立東航改朱雀爲大航○晉起居注曰白舟爲航都水使者王遜立之謝安於橋上起重樓上置兩銅雀又以朱雀觀名之○實錄云咸康二年新

立朱雀航對朱雀門南渡淮水亦名朱雀橋本吳南津大航橋也王敦作亂温嶠燒絶之權以浮航往來至是始議用杜預河橋法長九十步廣六丈冬夏隨水高下浮航相仍至陳每有不虞之事則剔之○晉書王敦作逆明帝以應詹都督朱雀橋南諸軍事○齊高祖討袁粲黄回與粲通謀蕭順之率家兵據朱雀橋回遣覘之遂不敢出○梁高祖以義師伐東昏東昏使江道林率兵出戰退保朱雀航馮淮自固東昏又

遣王珍國等列陣於航南開航背水以絕歸路與王茂等戰敗一時投淮死者積屍與航等後至者乘之以濟○北齊兵至故秣陵陳高祖分兵禦之遣杜稜頓航南○元徽中賊黨杜黑騾分軍向航劉勔禦之敗死○侯景兵至航建康令庾信率兵屯航北見景至命徹航始除一舶棄軍走南塘遊兵復閉航渡景乘勝至闕下○

乾道五年　留守史公正志重造得舊趾增廣一丈郡從事丘崇爲之記乾道五年十一月建康府重作鎮淮飲虹

二橋六年正月橋成惟二橋橫跨秦淮據府要
衝自江淮吳蜀游民行商分屯之旅假道之資
容雜沓旁午肩摩轂擊窮日夜不止淮水至其
下奔流而西勢益悍湍激射衝齧滋甚昔之爲
橋者又不暇顧計久遠薄費而亟成重負而弱
植之幾何輒壞則姑補苴其甚僅取不廢歲靡
緡錢數百多或至千歲歲自若也留守待制史
公厥既治成有廢必舉大備都邑之制乃因民
所欲爲作而新之率附其舊四之一鎮淮長十
有六丈爲二亭其南爲民以詔令飲虹長十有
三丈加屋焉凡十有六楹而竝廣三十有六尺
基以巨石甃以厚甓千尋之材世守之工必堅
必良是度是營而屬其事於浮圖氏致勝法才
又躬爲程度卑以從事創意靡密有非工人所
逮及者訖其成無一不合規摹壯大氣象雄偉
隆然相望閭閻四合軍民父老扶携縱觀推美
誦休曰公成勞噫公所建立大於此者不可殫
紀橋未足多也惟厥經始人狃故常役大用宏

謂不可爲公決作之未既累月十世之利卒虖有濟人乃大服推是而言則天下事有可以爲而人以爲不可爲者獨橋歟彼能者處之雖若不可以爲而卒可爲之以成者又獨橋歟公名正志字志道南徐人左文林郎建康府觀察推官丘崇記

開禧元年丘公崇來爲留守重建橋劉叔向爲之記

金陵爲古天險之區城郭宮室凡幾變矣而秦淮則猶故也跨淮而濟有橋曰鎮淮在吳爲南津大桁在晉爲朱雀航曰飲虹在晉宋間爲萬歲橋據都邑之衝屹波流之湍車馬如雲千艘鱗鱗北拱行闕鯨臥虎蹲此二橋者蓋與秦淮相終始而邦人所恃以爲安也歲在己丑今留守敷學侍郎丘公以倫魁入幕府覩斯橋之將頹毅然取而更造之規摹調度有公所述豊碑在焉後三十五年綰麟符而來則橋非舊矣乃庀工度材徹舊架新縱橫廣袤一視前日惟翊二庑祠於鎮淮之上漸復

晉人銅雀觀之遺意南兩亭各沒巨井以濟民之乏經始於嘉泰甲子十月庚戌明年乙丑三月丁卯橋成會其費爲緡錢萬四千有畸而錙銖不以累諸人也嗟乎物之興廢豈偶然哉韓文公記王中丞新修滕王閣有曰此屋不修且壞前公爲從事此邦適治新之公所爲文實書在壁今三十年而公來爲邦伯又易新之維此二橋與滕閣之事適相似然惜不得當代宗工鉅儒如文公者大書特書之爾開禧改元三月望從事郎建康府觀察推官劉叔向記　寶祐四年橋壞於潦留守馬公光祖重建之梁椅爲之記　周夏官掌邦政而其屬有司險以庀橋梁鄭大夫能整比其國至褰裳溱洧者興之則謂之不知政金陵故有橋曰鎮淮曰飲虹雄跨秦淮淮水集潤谿貫城邑以達于江弇流駛湍衝撼激射雨甚勢益横不可俯而車馬憧憧無停晷商人戍夫與諸道貢輸之入于饟

餽者舳艫憂摩橋不得休息大氏亡慮數十年輒弗支寶祐乙卯東陽馬公自戶部尚書出鎮越明年除戎器繕鬪艦翔游擊營○奎翰之堂郵傳之舍掾史之居哲人勝士之流風餘址諸凡經度以序卽功而二橋適同圯於潦公不移日召匠飭材以通判何君宗姚莅銖寸從官出工人歡趨歲十月橋成修廣如其舊加堅緻焉萬井縈環遥岑掩映如巨鼇贔屭冠山以與陽侯角武而爭雄也東西行者胥咨嗟詠歌以德公賜憶公之德於民獨橋哉橋餘事也然過都越國往往傾哆剥闕聽民揭且厲水怒至卽相望如萬里隔閡起而圖之則又以其隱民者厲民故君子於以占政焉天地間運動流行一精神耳人以精神爲事業則節比而髮理樞旋而戶隨鉅綱細目疇能精義利用中公表裏忠勤炯炯心目環吾土皆若車轍馬跡朝夕至者橋詎足煩公咄嗟哉然嘗觀留侯客下邳間從容步游圯上而老人者以兵法授之迄持以輿漢

兹豈適相邂逅然耶揭高而眺遠臨流而觀逝予房於是志念深矣是邪一瞬關河公方蚤夜秣馬厲兵思繫單于頸獻闕下而橋西直天塹東挾龍蟠志士忠臣過而生慨安知無衣褐之翁跪履之子抱六韜三略往來論議其上將赴公精神以濟登四海焉亦如此橋矣試以斯文招之門生從政郎差充沿江制置使司幹辦公事梁椅謹記門生朝奉郎差充沿江制置使司參議官胡居仁謹書并題蓋　六年橋燬於火留守趙公與𥲅重建

飲虹橋 一名新橋在鳳臺坊

考證 建康實錄南臨淮有新橋本名萬歲橋後改名飲虹新橋乃吳時所名至今俗呼爲新橋

襲其舊也○乾道五年史公正志重建上爲大屋數十楹極其壯麗與鎭淮橋並新𫝊崇記之○開禧元年𫝊公崇重建劉叔向記之○寶祐四年馬公光祖重建梁椅記之鎭淮橋每與此橋同建諸記並附鎭淮橋下玆不復載

日華橋在行宫城東華門跨伏龍河

月華橋在行宫城西華門跨伏龍河景定二年馬公光祖重建

東虹橋在行宫之左府治之北景定二年馬公光

祖重建自書橋榜

西虹橋 在景定橋北運司東景定二年馬公光祖重建自書橋榜

景定橋 在永寧驛北舊名淸化俗呼爲閃駕橋景定二年馬公光祖重建改今名自書榜跨運瀆

太平橋 在運司西南舊名欽化俗呼爲笪橋景定二年馬公光祖重建改今名自書榜跨運瀆

鼎新橋 在太平橋西舊名小新景定二年馬公光祖重建改今名自書榜

乾道南北二橋在古運瀆上今斗門橋北二橋相望乾道中洪公遵建景定二年馬公光祖重建自書榜

斗門橋在乾道南橋之南景定二年馬公光祖重建自書橋榜跨運瀆

武定橋在鎮淮橋東北淳熙中建景定二年馬公光祖重建自書橋榜

崇道橋在天慶觀東景定二年馬公光祖重建自書橋榜

武衛橋在天慶觀西舊名望僊橋景定二年馬公光

祖重建改今名自書榜

廣富橋在月華橋北跨伏龍河景定二年馬公光祖重修

武勝橋在府治親兵教場即北門橋

青溪七橋按實錄注宬北樂游苑東門橋樂游苑在覆舟山南橋宜與今散福亭相連次南尹橋今潮溝大巷東出度此橋次南雞鳴橋即輿地志所謂今新安寺南東出開善寺路度此橋次南募士橋次南菰首橋一名走馬橋次南青溪中橋在湘宮寺門前巷東出度溪有桃花園次南有青溪大橋今城東北有渠

北通元武湖南行經散福亭橋竹橋抵府城東北角外西入城濠里俗呼爲長河即古青溪本自今竹橋西南行五代楊溥於此截溪立城由是青溪半在城外其在城中者歲久堙塞但城東北隅迤邐至上元縣治東南上水閘以西一帶青溪遺迹或見或隱橋亦不詳所在

青溪中橋 按建康實錄青溪七橋次南中橋今上水閘里俗相傳青溪中橋路 齊書始安王遥光反曹虎領軍屯青溪中橋陳書隋軍陷臺城後主與張貴妃俱入井隋軍出之晉王廣命斬貴妃牓于青溪中橋即此地

青溪大橋 按石邁古跡編實錄云東出句容大路度此橋西即陳尚書令江總宅今上元縣東南百餘步叚氏居乃江總宅也橋宜在此宅之東歲久堙廢今不復有橋矣○舊稱青溪

九曲蓋自元武湖引水從東北縈迴達于秦淮其曲折有九故於其間跨橋有七今城外青溪皆已堙塞橋廢久矣惟城內僅存一曲溪上長橋有四皆馬公光祖所作也

運瀆六橋 按實錄云**孝義橋**本名凳子橋次南**陽烈橋**宋王僧虔觀鬭鴨處次南**西州橋**宜在今笪橋西次南**高晝橋**建康西尉在此今建興寺北路東出度此橋宜在今乾道橋左右次南**禪靈寺橋**對禪靈渚宜是今斗門橋按建康實錄注古城西南行者是運

瀆古城苑城也吳大帝赤烏三年使御史郗儉鑿城西南自秦淮北抵倉城名運瀆卽此瀆是也今宫城西北興嚴寺前有溝迤邐至清化市東乃古運瀆但自此西南悉堙塞不復可辨雖東南爲宫城西塹疑非古跡然由宫墻塹至清化橋西折過欽化橋再南則運瀆舊跡復見今乾道橋一帶河是也六橋所在亦可髣髴得其次第清化橋卽閃駕橋欽化橋卽笪橋今橋與名皆非舊矣閃駕橋爲景定橋欽化橋爲太平橋皆馬公光祖之所重建詳見于前

飛虹橋 楊文公談苑云徐常侍鉉仕江南日嘗直澄心堂每襆被入直至飛虹橋馬輒不進裂鞍斷轡箠之流血掣韁却立鉉貽書於餘杭沙門贊寧荅云下必有海馬骨水火俱不能毀惟灑以腐糟隨毀者乃是鉉斸之去土丈餘果得巨獸骨上脛可長三尺腦骨若斷柱積柴焚三日不動以腐糟纔灑之遂爛焉南唐有虹橋小虹橋飛虹橋皆傍宮橋也

南渡橋 李白與酒客數人棹歌秦淮往石頭訪崔四侍御詩云捨舟共連袂行上南渡橋乃秦淮上橋也

今不詳其處

張侯橋 吳張昭所造故名之晉義熙六年盧循焚查浦進至張侯橋其地在今城南不詳其處

赤蘭橋 杜祭酒別傳曰桓宣武館于赤蘭橋南曰延賢里今城南有赤蘭坊橋不詳其處

長樂橋 唐秦淮上有長樂橋又曰長樂渡在縣東南六里今桐林灣是其地隸長樂坊

獅子橋 在城北湘宮寺北

回龍橋 在城西門

白下橋一名**上春橋**在城東門外其側有白下亭

重建橋記金陵爲六朝故都風土遺迹歷歷可攷自上元縣治東行里許有橋曰白下白下之義訪諸故老無傳焉宋元嘉間遣北將軍張永屯白下唐武德中遷金陵縣於白下村其地蓋在東晉白石壘之下也國朝自六飛南駐以是邦爲陪都白下一橋當江浙諸郡往來之衝不惟士夫民旅所必經行而日飲萬馬於秦淮甸給諸屯之糧餉舍此無他道也舊架木爲之歲久朽蠹若將壓焉人以病告前後邑宰熟睨而不敢爲三衢鄭君緝視事之初竊鄙前人作計之不遠毅然欲取而更新之未幾運石山積下築萬椿曰吾將以石易木爲千百年不朽之利觀者且喜且駭疑不克就甫五閱月而橋成長鯨卧波飛梁駕虛材良工堅天造地設雖怒濤激湍疾風甚雨而過者如登康莊得大安穩傍有賓餞之亭因橋而名亦就摧剝

併葺治之更增其前楹三雄壯窈深氣象敻別上元爲邑賦筭一孔以上悉輸州家傾囊倒帑力弗能繼謁諸閫臺得緡錢合貳阡米斛百自嘉泰癸亥九月壬午首事明年二月戊午訖工會其費爲錢幾四百萬顧不輕矣而十八鄉之民曾不與知雖畚鍤輿負不煩一夫旣成或者以自下之語不宜於舉予請更之留帥文昌李公目以上春權也嗚呼橋梁不修漢薛宣歎然於彭城之政徒杠輿梁易事也子產之智不及之鄭君垂大惠於笑譚間是可書也因其請故不復辭嘉泰四年三月望日從事郎建康府觀察推官劉叔向記

長干橋在城南門外五代楊溥城金陵鑿濠引秦淮遶城西入大江遂立此橋

銅橋在城東一十里案五代史李昪天祚三年十一

月以步騎八萬講武於銅橋今字作桐訛也

高橋在城東一十五里屬上元縣長樂鄉

考證金陵故事云梁亂庾信爲建康令守朱雀門衆潰臺城門已閉信走羇旅於此橋信有哀江南賦云高橋羇旅是也○石邁古跡編云皋橋舊名高橋按庾信哀江南賦注云吴郡圖經以皋伯通所居因名其橋曰皋後人轉皋爲高○南史齊徐嗣徽等復入丹陽至湖熟陳高祖追侯安都安都率馬步拒之於高橋○記室薪

書云高橋羇旅之士○按郡國志云通門內有橋即漢皐伯通居此橋以得名梁鴻賃舂之所是吳自有皐橋在建康者乃高橋也庾信賦南史皆曰高崔令欽注石邁古跡編易高爲皐紹興十七年本縣新治橋路易榜曰皐橋因承其誤失於不考耳

石步橋在城東北四十五里即古**羅落橋**也

考證宋高祖起義丹徒進至羅落橋遇皇甫敷檀憑之戰死即此地下有羅落浦北入大江又

有羅落坊羅落干羅落山皆在其處今石步酒坊名羅落坊

錢公橋即**章橋**以西接張山亦曰**張橋**在府城東北五十七里上元句容二縣以此橋爲界

考證建炎元年

高宗皇帝幸建康次張橋山水暴溢堤齧橋壞勢甚可畏轉運副使李謨黄崇書被劾俱罷見孫覿所撰李謨行狀淳熙十一年錢公艮臣易爲石橋運使趙公師揆榜曰錢公橋乾道志以

爲古羅落橋者非也餘見石步橋

復古橋屬上元縣長樂鄉去縣十四里宣和間賜鍾茅山經此地橋損堙塞久不修復春夏塘水壅遏民頗病涉紹興十年縣治橋路因創復之改名復古橋

葛橋在上元縣崇禮鄉方山東南按齊書李安民傳宋建安王景素反安民破景素於葛橋

墅城橋在城東三十里即晉謝元別墅之所

檀橋在青溪案齊書劉瓛以儒學冠於當時京師士子貴遊莫不下席受業瓛住在檀橋瓦屋數間上皆

穿漏學徒敬慕不敢指斥呼爲青溪

亭子橋在上元縣清風鄉黃城之東徐鉉棲霞寺新路記云建高亭於路周跨重橋於川上卽此橋也里俗呼爲亭子橋去棲霞寺三里今土橋危險夏潦則民皆病涉

周郎橋在城東八十里上元縣丹陽鄉湖熟鎮下臨橫塘舊志

考證石邁古跡編云舊傳周瑜嘗至此○按吳書瑜渡秣陵破笮融薛禮轉下湖熟此橋正通

秣陵必瑜當時經歷之地**馬野亭詩**周郎可是世英豪談笑功成乃不勞爾大阿瞞猶似此茲時小笮定應逃雙鞬錦領紛相逐白羽青絲々自操料得軍行爭看此霜天健鶻已辭條

土橋在城東七十五里

西流橋在城東北三十里

東流橋在城東北四十里

安濟橋在城東北四十里即東流市橋淳熙十二年錢公良臣重修改今名

韓橋在城東北　十里

白水橋在城東北二十里

楊堰橋在城東二十里

走馬橋案建康實錄走馬橋東有燕雀湖里俗相傳今府治之東針橋即走馬橋也橋之東有水平潤是爲燕雀湖或云惟政鄉白蕩湖即其地

右隸上元縣境

板橋在城南三十里

考證吳後主聞晉師將至甚懼乃自遣羽林精甲以配沈瑩孫振等屯于板橋晉使王濬總蜀

兵沿流直指建業司馬伷帥六軍濟自三山遣周浚張喬等接戰破吳軍於板橋瑩等皆遇害○金陵故事云晉伐吳丞相張悌死之悌家在板橋西○建康實錄云晉簡文帝嘗與桓溫及武陵王晞同載游於板橋溫遽令鳴鼓吹角車驅卒奔欲觀其所爲晞大恐求下車帝安然無懼色溫由是憚服○梁武帝起兵令吕僧珍與王茂進軍於白坂橋非此也

李白詩 天上何所有迢迢白玉繩斜低建章闕耿耿對金陵漢水舊如練霜江夜清澄長川瀉落月洲渚曉寒凝獨酌板橋浦古人

誰可徵元暉難再得灑酒氣塡膺**曾極詩**輪鞅千年路欲迷板橋名在市朝非元暉太白微吟處獨酌悠然命駕歸

新林橋在城西南一十五里揚州記云金陵南沿江有新林橋卽梁武帝敗齊師之處

白坂橋在城南

考證按梁呂僧珍傳武帝次江寧僧珍與王茂進軍於白坂橋築壘壘立茂移頓越城僧珍猶守白坂

秣陵橋在城東南五十里

五城橋唐景雲中造以度淮廣明元年燬于火南唐保大十年重造　國朝開寶八年又廢詳見五城

杜橋在城東南三十里

江寧橋在城南六十里臨江寧浦

木龍橋在城南七十里

河亭橋在城東南一十五里

馬務橋在城東南二十五里唐置馬務於此

眞武橋在城東南三十七里

令橋在城東南七十里臨令水

烏刹橋在城東南九十三里

牧馬橋在縣東南三十九里南朝放牧者在此南出有浦水闊三丈深一丈有橋

右隷江寧縣境

白鶴橋在縣東南三里一十五步茅君內傳云大茅君每年十二月二日駕白鶴於此會諸真故以名橋

沈公橋在縣南二十五里沈公謂沈慶之也

赭渚橋在縣東一里二百四十一步

歸善橋在縣南一里一百七十五步

於鄉橋在縣南二十五里

西霸橋在縣南三十二里

降靈橋在縣東南二十七里

義城橋在縣南二十里

高平橋在縣西南三十五里

斜橋在縣東五里

柳橋在縣北二十五里有前柳橋後柳橋

縣壽橋在縣西十五里

官家橋在縣西北三十里

永安橋在縣南七里下有小港歸於秦淮

降眞橋舊記云在玉晨觀西句容路三十里橋是也

蘆瑆橋在縣南三十里

集僊橋在縣南有詩石可考

游冠卿題縣之南橋作於元豐之三年元祐改元之秋歲適大水輿梁爲之輒壞往來病涉愁嘆滿道乃請于府而新之購材董役未踰月而功就而橋素無題榜因其路入三茅遂以集僊名之且爲小詩以記歲月興廢云南橋頹廢長官羞新作川梁代濟舟上應星文橫北極下飛虹影落中流慚無子產乘輿惠謾絕襄公茀道憂路指蓬山僊世界品題今爲邑人留于舊歲集僊橋得石上叚於平易堂墻南角惜其不全好今年六月十六日風雨終夕又得石下叚於堂之西破墻底因粘綴成文併以疇年築地

所得龜趺坐此石然隱伏顯露雖各以時向使予不先得之顧今斷石將安用焉特不過礎柱砧衣耳橋屋七間工役浩大而輿梁之復未知何日觀是詩者可以知邑之事力視昔不侔云

又四日誌

右隸句容縣境

臨淮橋 一名**惠政橋**在縣南二十步其即秦淮水也舊圖云臨淮橋前任司馬公重建兵火燒毀復造土橋景德二年知縣史艮率衆錢重造版橋舊名濁水橋紹興八年李朝正重建石橋嘉定五年壞於暴漲知縣湯詵重建石橋榜曰惠政卓田爲記

通濟橋在縣南二十五步舊有劉公攸所爲記至紹興八年知縣李朝正重建石橋李南壽作記

巫家橋在縣寨外三百步

棲賢橋在縣南門外西南

易俗橋在縣市中

望京門橋在縣北一里

南門橋在縣南門外皇祐間邑人劉應之重建石橋僧從雅作記刻石

唐家橋在縣市西二百五十步

樓家橋在縣南門外二百七十步

馬沉橋在縣南去縣三十七里

利涉橋在縣北三里俗呼虎捍橋

安政橋在縣北三里俗呼翻車橋

戴公橋在縣南一十里

俞初橋在縣南一十里舊圖作俞母橋

大覺寺橋在縣東南八里

蒲塘橋在縣南二十五里今廢

白沛橋在縣東北三十五里

長樂橋在縣東北二十五里

李墅橋在縣東北三十里

張墅橋在縣東北三十里

段亭橋在縣東六里

板閣橋在縣東二十五里

王師橋在縣東三十三里

神靖橋在縣東南四十三里舊名神龍橋知縣李公朝正易今名

白馬橋在縣東南四十里

梅塘橋在縣東南一百二十里

鄧步橋在縣東南一百二十里

張沛橋在縣東南八十五里

永昌橋在縣南九十里舊圖云呼爲固城橋

溓橋在縣南七十五里

馬墅橋在縣西一十五里

石埭橋在縣西三十五里

湯橋在縣西四十里

孟橋在縣西三十五里

鈛球橋在縣南三十五里

許村橋在縣東南一十二里

右隸溧水縣境

硯瀆橋在縣東北相傳云晋謝公滌硯于此

東石橋在縣東門外

新建橋在縣南門外

謝家橋在縣東

通微橋在縣東南一里

僊人橋在縣南十五里

南崑崙橋在縣東南十八里

北崑崙橋在縣北十里

鄉黨橋在縣南三里

高要橋在縣南二十五里通廣德軍路

高友橋在縣南三十里

故縣橋在縣東南一十五里

青安橋在縣西三里

平陵橋在縣西北三十里今俗呼湖瀆橋或名沙灘

橋平陵城在橋西一里

奉橋在縣南五十里

上興步橋在縣西北六十里

黄連步橋在縣西北五十五里

舒塘橋在縣西北五十五里通溧水縣大路

板子橋在縣西北六十里舒塘橋北

破堰橋在縣西北六十里板子橋北

雨城橋在縣西北六十五里破堰橋北

檀石橋在縣北六十里

三丫橋在縣南四十里

石塘橋在縣北二十里

望僊橋在縣南一十里

社渚橋在縣西南六十里

望婆橋在縣西南五十里

橫澗橋在縣東南六十里

金背橋在縣南六十里

雙澗橋在縣西南五十里

招僊橋在縣西三十里

斗門橋在縣北二十里

馮塘橋在縣北二十里

虎塘橋在縣東北四十里

豆橋在縣南二十里

張野橋在縣南二十里

湖橋在縣西一十八里

僊橋在縣南六十里

王堰橋在縣西南二十五里

洪橋在縣西南六十五里

塘路橋在縣北十五里

徐塘橋在縣西二十七里

徐橋在縣西北三十五里

南陽橋在縣西南四十里

西里橋在縣西南六十里

春雨橋在縣東舊曰東市橋嘉定十四年三月知縣陸子遹重修

西市橋在縣西

麓橋在縣北六十里祥符潤州圖經云徑瀆闊一十步縣西十三里長塘湖北口至江寧府溧陽縣三十

七里春夏水深三尺勝五十石舟秋冬深一尺勝二十石舟隋大業末宣州末世令達奚明因晉宋之舊加疏決爲橋甓甃兩岸取其堅固今橋在溧陽縣界

嘉定橋 在縣西北四十里陵跨中江本名中江橋俗名中橋或呼爲通江橋唐開元中縣令喬翔嘗創浮梁本朝元祐三年建橋曰衆樂頃圮久之公私病涉慶元中縣丞周文璞奉檄與翔伐石粗集而不果成嘉定十一年俞運使建行部命縣尉趙時頌重建改今名

右隸溧陽縣境

二十四航 舊在都城內外即浮橋也

考證 案輿地志云六朝自石頭東至運瀆總二十四渡皆浮航往來以稅行直淮對編門大航用杜預河橋之法本吳時南淮大橋也一名朱雀橋當朱雀門下度淮水王敦作逆溫嶠燒絕之今皆廢 宋人有詩青山繚水遶迢迢九月江南草不凋二十四橋明月夜玉人何處不吹簫〇楊虞部詩青雀浮航夜照波星繁雲靜月華多玉樓人凭欄干立直下天心耿耿河〇馬野亭詩秦淮二十四浮航何似高高虹作梁恐有兵戎來暮夜可除扳索當城隍淮深倘欲橫鞭渡河廣猶將一葦杭好是維持令有道郄將夷狄守封疆

四航皆秦淮上曰丹陽曰竹格曰朱雀曰驃騎

考證案實錄晉寧康元年詔除丹陽竹格等四航稅注云王敦作逆從竹格渡即此航也朱雀航本吳時大航驃騎航在東府城外渡淮會稽王道子所立并丹陽郡城後航總爲四航○今四航皆廢鎮淮橋即朱雀航舊所也詳見橋類

楊虞部詩橋上層樓樓上梯秦淮兩岸綠楊堤春風影動波光碎翬翼孤飛雀並棲○**馬野亭**要識當時朱雀航秦淮岸口駕浮梁旣爲銅雀施重屋又作璇題揭上方波底淨涵樓閣影橋間望斷水雲鄉不知此處今何在須有遺基在兩傍

津渡

石頭津在城西方山津在石頭津之東

考證隋食貨志云郡西有石頭津東有方山津各置津主一人曹一人直水五人以檢察禁物及亡叛者

龍安津在城西北二十里與眞州宣化鎮相對今爲靖安渡

南津在城西南

考證金陵故事云南朝置校尉以鎮此津侯景

入寇舉朝無犯難之夫惟校尉江子一與弟二人同死王事梁書江子一嘗爲南津校尉

五馬渡在上元縣西北二十三里幕府山之前晉元帝與彭城等五王渡江處按晉書太安之際童謡云五馬浮渡江一馬化爲龍及永嘉中元帝登大位乃其符云五馬之名取此**會極詩**仲達欺孤與操同豈能長世撫提封瑶圖暗摇君知否班特浮江自化龍○**楊備詩**何事金陵王氣鍾琅邪開幕據江東舟人忽見風雲起一旦龍飛五馬中

麾扇渡在朱雀航之左

考證晉太安二年廣陵相陳敏據建業顧榮密報劉準率兵臨江敏令甘卓屯橫江榮與周玘因卓兵斷橋盡收船於淮水南敏自出軍臨大航岸榮以白羽扇揮之其軍自潰因以爲名楊虞部詩旌旗爍日刃凝霜甲馬加龍人似狼羽扇一麾風偃草策勳多謝顧丹楊○馬野亭詩此扇拈來一羽輕如何退得十千兵百年雨露蒙君賜一日衣冠繫賊營正欲倒戈爲向背遠觀揮手極分明而今但得旌旗白便可中原取次行

五城渡在上元縣東二十五里

考證晉王敦死王含錢鳳乃率餘黨自柵塘西

置五城造營案圖經五城如郤月勢高二丈相去各二十丈○陶季直京都記五城邊淮帶湖祖道送歸多集此處○唐景雲中縣令陸彥恭於城側造橋度淮水即今之五城渡也

竹格渡 按建康實錄王敦作逆從竹格渡即此航也在今縣城西南二里輿地志云兩岸要衝處並以航濟西自石頭東至征虜亭凡二十四所平陳惟此渡獨存今舊橋西是其處

馬家渡 在府界上

考證 皇朝中興編年綱目載云采石江闊而險

馬家渡江狹而平兩處相去六十里皆與和州對岸昔金人入寇直犯馬家渡則此渡比采石尤爲要害今分上下二渡

張公凸渡在上元縣金陵鄉長慶村之西正臨大江與眞州六合縣梅家步相對自張公凸渡至南岸夏四十里冬五十里

考證石邁古跡編云隋文平陳宇文述以行軍總管自六合濟卽此也今皆嚴備

堰埭

浮山堰慶元建康志云在城東南二十里梁天監十三年築

考證按梁史天監十三年用魏降人王足計欲以水灌壽陽乃假太子左衛康絢節督卒二十萬作浮山堰於鍾離不知何所據也今志云在建康

杜橋堰在城南三十里長五里闊一丈五尺堰杜橋浦水

眞武橋堰在城南三十七里長三里闊二丈堰浦水通秦淮

牧馬橋堰在城西南七十里長三里濶二丈五尺堰牧馬浦水

百堽堰在句容縣西南三十五里通秦淮屬上元縣界與福祚鄉相接

黄城堰在句容縣東三十里長一里深四丈灌田三百畝

陶堰在句容縣南六十里其堰逐年填塞不能瀦水

屬臨泉鄉五都

范家堰在句容縣西北三里灣曲長二里深四尺灌田二百畝在通德鄉第二都

鳳戴新堰在句容縣南一十五里通百堽堰

於家堰在溧水縣南九十里長一十里

銀林堰在溧水縣東南一百里長一十二里卽曾陽五堰也

考證 按前漢地理志丹陽郡蕪湖注云中江出西南東至陽羨入海後漢郡國志蕪湖中江在

西又水經云中江在丹陽蕪湖縣南東至會稽陽羨縣入于海孔穎達書義疏亦引漢史爲證今蕪湖縣南有支江俗稱爲縣河經縣市中東達黄池入三湖三湖丹陽固城石臼湖也至銀林止所謂中江東至陽羨即此也蘇常承此下流常病飄没故築銀林五堰以窒之自是中江不復東而宣歙皆由蕪湖西出達于大江故瀕湖之地皆隄爲圩田中江亦漸隘狹故老云當時慮後人復開此道則蘇常之間必被水患遂

以石窒五堰路又液鐵以固石故曰銀淋今訛

爲林

分水堰在溧水縣東南一百里長一十五里

苦李堰在溧水縣東南一百五里長八里

何家堰在溧水縣東南一百一十里長九里

余家堰在溧水縣東南一百一十五里長一十里春

冬載二百石舟

考證昔吳王闔閭伐楚因開此瀆運糧東通太

湖西入長江南唐書楊行密據宣州孫儒圍之

五月不解行窖將臺濛作曾陽五堰拖輕舸饋糧故軍得不困卒破孫儒曾陽者卽於家等五堰是也故道尚存

百拔堰在溧水縣西北一十里長一里闊一丈五尺

竹墩堰在溧水縣西北二十五里長一里闊一丈五尺

烏刹堰在溧水縣西北四十里闊一丈八尺

青泥堰在溧水縣南九十五里長一十里

龍盤堰在溧陽縣北六十里櫃口橋前長一十步

王堰在溧陽縣西南二十五里

鷄鳴埭 建康實錄青溪有橋名募士橋橋西南過溝有埭名鷄鳴埭齊武帝早遊鍾山射雉至此鷄始鳴圖經云今在青溪西南潮溝之上又按南史齊武帝數幸琅邪城宫人常從早發至湖北埭鷄始鳴故呼爲鷄鳴埭若爾其埭又當近北父老傳云今清化市真武廟側是其處也二埭恐皆當時所歷姑兩存之

楊虞部詩 輦出城時鷄未鳴春羅蟬翼藕袍輕蒙塵獵騎奔如電到此聞鷄第一聲○**馬野亭詩** 臺城五里到青溪埭在青溪西復西向日只緣貪射雉常時過此始鳴鷄翬鷄用處亦無幾羽翮貢來誰敢稽便是遊田須有節如何晨夕恣荒迷

方山埭 建康實錄吳赤烏八年使校尉陳勳發屯田兵於方山南截淮立埭號方山埭又按南史湖熟縣方山埭高峻冬月行旅以爲難齊明帝使沈瑀修之瑀乃開四洪斷行客就作三日便辦其埭今去城四十五里

柏岡埭 赤山湖埭也宋元凶傳決破柏岡方山埭以絶東軍亦曰百岡堰

南埭 今上水閘也王荆公贈段約之詩云聞君更欲通南埭割我鍾山一半青正對今青溪閘

長溪埭在城南五十里闊二丈堰秣陵浦水通秦淮

破崗埭按建康實録吳大帝赤烏八年使校尉陳勳作屯田發兵三萬鑿句容中道至雲陽以通吳會船艦號破崗瀆上下一十四埭上七埭入延陵界下七埭入江寧界於是東郡船艦不復行京江矣晉宋齊因之梁以太子名綱乃廢破崗瀆而開上容瀆在句容縣東南五里頂上分流一源東南流三十里十六埭入延陵界一源西南流二十六里五埭注句容界上容瀆西流入江寧秦淮至陳霸先又堙上容瀆而

更修破崗瀆隋既平陳詔並廢之以此知六朝都建康吳會漕輸皆自雲陽西城水道徑至都下故梁朝四時遣公卿行陵乘舴艋自方山至雲陽謝靈運為永嘉太守鄰里相送於方山徐陵上容路碑有云濤如白馬既礙廣陵之江山曰金牛用險梅湖之路莫不欣茲利涉玩此脩渠雲陽今丹陽縣

縣埭在溧水縣東南八十里長二里闊二丈與溧陽縣分界其埭上下有二派上一派西北入縣界

景定建康志卷之十六

景定建康志卷之十七

承直郎宜差充江南東路安撫使司幹辦公事周　應合修纂

山川志序

疆域帝王之所定也山川天地之所作也金陵未邑秣陵未縣建鄴未都之前或言地有王氣或言有天子氣非山川融結氣何所指哉漢建安中諸葛亮曰鍾阜龍盤石城虎踞眞帝王之宅張紘亦曰金陵地形有王者都邑之象自孫權之國江東以至我

朝之建

行闕帝王都邑寔印斯言秦皇時望氣者言金陵五百年後有天子氣乃斷其連岡長隴疏水爲淮將以泄其氣也自是四百九十年而晉元帝渡江中興江左適符望氣者所言之數是知天地所作豈人力所能變哉嘗以山川形勢驗之鍾山來自建鄴之東北而向乎西南大江來自建鄴之西南而朝於東北由鍾山而左自攝山臨沂雉亭衡陽諸山以達于東又東爲白山大城雲穴武岡諸山以達于東南又東南爲土山張山青龍石硊天印彭城鴈門竹堂諸山以達于南又南爲聚寶山戚家山梓潼山紫巖夏侯天闕諸山以達于西南又西南綿亘至三山

而止于大江此亮所謂龍盤之勢也由鍾山而右近之爲覆舟山爲鷄籠山皆在宫城之後東南利便書曰吴太初宫晉太初宫及我朝宫城皆北接覆舟山之麓牛首在其前郎王導所謂天闕是矣又北爲直瀆山大壯觀山四望山以達于西北又西北爲幙府盧龍馬鞍諸山以達于西是爲石頭城亦止于江此亮所謂虎踞之形也其左右羣山若散而實聚若斷而實續世傳秦所鑿斷之處雖山形不聯而骨脉在地隱然相屬猶可見也左則方山石硊山之間右則盧龍山馬鞍山之間耆老相傳皆以爲秦始皇鑿斷長隴之所石頭在其西三山在其西南兩山

可望而挹大江之水橫其前秦淮自東而來出兩山之端而注于江此蓋建鄴之門戶也覆舟山之南聚寶山之北中爲寬平宏衍之區包藏王氣以容衆大以宅壯麗此建鄴之堂奧也自臨沂山以至三山圍繞於其左自直瀆山以至石頭泝江而上屏蔽於其右此建鄴之城郭也楊萬里詩云周遭故國是山圍對景方知此句奇偶上伏龜樓上望一環碧玉鈌城西元武湖注其北秦淮水遶其南青溪縈其東大江環其西此又建鄴天然之池也龍川陳亮論建鄴形勢東環平岡以爲安西城石頭以爲重帶元武湖以爲險擁秦淮青溪以爲阻是以王氣可乘而運動如

意昔人詩詠石頭城有山圍故國潮打空城之句則石頭城實臨大江今大江遠石頭元武湖涸爲平田青溪九曲僅存其一非昔也形勢若此帝王之宅宜哉然自越以來千七百年山川不改城郭屢更人因地乎地因人乎昔周公定都洛邑曰有德者易以興豈專恃乎山川哉山川不可以無考耳作山川志

山川志一

山阜

鍾山一名**蔣山**在城東北一十五里周迴六十里高一百五十八丈東連青龍山西接青溪南有鍾浦下

入秦淮北接雉亭山漢末有秣陵尉蔣子文逐盜死事于此吴大帝爲立廟封曰蔣侯大帝祖諱鍾因改曰蔣山案丹陽記京師南北並連山嶺而蔣山岧嶢嶷異其形象龍實作揚都之鎮諸葛亮云鍾山龍盤蓋謂此也舊志

事迹 金陵地記云秦始皇時望氣者云金陵有天子氣乃埋金玉雜寶於鍾山○又云蔣山本少林木東晉令刺史罷還都種松百株郡守五十株宋時諸州刺史罷職還者栽松三千株下

至郡守各有差○庾闡揚都賦云元皇帝渡江之年望氣者云蔣山上有紫氣時時晨見○晉謝尚齊朱應吴苞孔嗣之梁阮孝緒劉孝標並隱于此○山謙之丹陽記曰出建陽門望鍾山與覆舟似上東門首陽之與北邙也○宋散騎常侍劉勔經始鍾嶺之南以爲棲息聚石蓄水朝士雅素者多從之游又雷次宗元嘉中開館雞籠山文帝爲築室於鍾山西巖下謂之招隱館○齊周顒亦於鍾山西立隱舍遇休沐則歸

仍造草堂寺以處僧慧約寺卽顒之所居也後顒出爲海鹽令孔稚圭作北山移文以譏之○梁武帝於鍾山西置大愛敬寺江表上已多游於此○侯景反邵陵王綸率西豐公大春等馬步三萬發自京口直據鍾山景黨大駭具舟欲逃○阮孝緒因母疾用藥須得生人葠舊傳鍾山所出孝緒躬歷幽險累日不獲忽一日鹿前行至一所遂不見就求之果得○沈約郊居賦曰惟鍾巖之隱鬱表皇都而作峻葢望秩之所

宗含風雲而吐潤又應教詩云靈山紀地德險
峭賁岳靈又云勢隨九疑高氣與三山壯○寰
宇記云自梁以前立佛寺七十所今存者六○
陳大寶元年齊軍於秣陵故縣跨淮立柵引渡
兵馬周文育侯安都頓白土崗旌旗相望齊軍
潛至鍾山龍尾進至幕府山皆此地也○後主
與張機游是山常以松枝代麈尾故梅摯詩有
千松麈尾之句○唐地理志江南道其名山衡
廬茅蔣○大歷中處士韋渠牟亦隱於此號遺

名子顏眞卿題其所隱之堂曰遺名先生三教會宗堂○李白登梅崗望金陵詩有云鍾山抱金陵霸氣昔騰發○內有定林庵荆公王安石嘗讀書於此本下定林寺寺記云宋元嘉中建上定林在寶公塔東下定林在上定林西今皆廢米元章榜曰昭文齋李伯時寫荆公眞像於壁楊次公爲之贊荆公詩云定林修木老參天是也今獨庵屋數間餘皆不存○慶歷中太守葉清臣嘗游鍾山之巖在八功德水後半嶺間可容數人公字道卿因名道卿巖○張文

潛云予自金陵月堂謁蔣帝祠初出北門始辨色行平野中時暮春人家桃李未謝西望城濠水或流或絕多鵁鶄白鷺迤邐傍山風物夭秀如行錦繡圖畫中舊讀荊公詩多稱蔣山風物信不誣矣○陳軒金陵集云鍾山寶公塔名玩珠取龍玩珠之義梅摯詩云珠峯塔影孤○其山峯最秀者有屏風嶺巧石青林幽邃如畫在明慶寺前山之東有八功德水在悟真庵後梅摯記云梁天監中有胡僧寓錫于此山中乏水

時有龐眉叟相謂曰寺山龍也知師渴飲措之無難俄而一沼沸出後西僧繼至云本域八池已失其一自粱以來嘗取給御府寺僧云飲之可以愈疾又寶公塔西二里有洗鉢池興國寺西有道光泉以僧道光穿斸得名曰宋熙泉近宋熙寺之側寺東山巔有定心石下臨峭壁寺西百餘步有白蓮庵庵前有白蓮池乃策禪師退居之所又北高峯絶頂有一八泉僅容一勺多挹之不竭皆山之勝處也

石頭山 在城西二里案輿地志環七里一百步緣大江南抵秦淮口去臺城九里自六朝以來皆守石頭以爲固以王公大臣領戍軍爲鎮其形勝蓋必爭之地云 舊志

事跡 宫苑記云周顯王三十六年楚威王滅越置金陵邑即石頭城○江乘地記云石城山嶺嶂千里相重若一游歷者以爲吳之石城猶楚之九疑也山上有城因以爲名○後漢建安十六年吳孫權乃加修理改名石頭城用貯軍糧

器械今清凉寺西是也○諸葛亮云石頭虎踞眞帝王之宅○丹楊記石頭城吳時悉土塢義熙初始加塼累甓因山以爲城因江以爲池地形險固尤有奇勢亦謂之石首城范曄有初發石首城詩○六朝記云吳孫權沿淮立栅又於江岸必争之地築城名曰石頭常以腹心大臣鎮守之今石城故基乃楊行密稍遷近南夾淮帶江以盡地利其形勢與長干山連接○晉伐吳王濬以舟師沿江而下自三山抵石城劉夢

得有王濬樓船下益州一片降幡出石頭之句○晉室中興常爲險要必爭之地○謝尚賜鄣車鼓吹戍石頭○王氏舉兵明帝以温嶠守石頭○石城之東有巨石俗呼爲塘岡乃王敦害周伯仁戴若思之處按建康實錄晉元帝永昌元年敦收周顗戴淵殺於石頭城東塘頹石上百姓寃之今記其處○蘇峻據石頭王師旣集峻攻大業壘陶侃將救之殷羡曰若救大業步兵不如峻但當急攻石頭峻必救之大業自解

侃從之峻果乘大業而救石頭○孫恩至京口元顯守石頭○安帝時宋高祖北討徐道覆盧循乘虚而出帝即班師四月至都帝曰賊衆我寡分其兵則測人虚實若聚衆石頭則衆力不分遂移鎮石頭○義熙六年發居民治石頭監衆至瓜步帝登石頭城極望謂江湛曰向使檀道濟在虜敢犯吾境邪○石頭倉城在石頭城内宋元嘉二十七年魏人至瓜步丹楊尹徐湛之守石頭倉城沈攸之事起齊高帝入朝堂遣

戴僧靜將腹心至石頭經畧袁粲時蘇烈守倉城門僧靜射書與烈夜縋入城大明中以其地爲離宫○景和元年修爲長樂宫○以司徒袁粲出鎮於此○齊武帝爲世子鎮以爲世子宫後多以諸王鎮之○梁侯景反陳武帝與諸軍進景登石頭城望官軍之盛不悦乃以舩艓貯石沉塞淮口緣淮作城自石頭迄青溪十餘里樓雉相接帝於石頭城西横壟築柵直出東北悉力乘之景遂大潰○王僧辯討侯景督衆軍

泝流而下進軍于石頭之斗城○安陸王大春以寧遠將軍領戍軍事於石城○徐嗣徽招北齊兵至闕下柳達摩等保石頭陳霸先於石頭南北岸絕其汲路又堙塞東門城中諸井達摩請和許之霸先陳兵石頭南門送齊人北歸及至皆殺之以後江邊有警必先據石頭以爲捍禦○陳宣帝大建二年其城復加修築以貯軍食○後主禎明元年徐孝克爲都官尚書性清素常以石頭津稅給之○隋平陳置爲蔣州城

輔公祏據江東用爲揚州公祏平又於城置揚州大都督府後移揚州於廣陵此城遂廢○唐武后光宅中徐敬業舉兵使其徒崔洪渡江修石頭以拒守敬業平分軍三百人守之尋置爲鎮仍徙縣倉以實之○韓滉觀察江東西德宗狩梁州乃築石頭五城自京口至土山修塢壁起建業抵京峴樓雉相望於石頭城穿井皆百尺今五城遺址尚存時議者言滉聞車駕在外聚兵石頭陰蓄異志上疑之以問李泌對曰滉

公忠清儉自車駕在外貢獻不絕且鎮撫江外十五州盜賊不起皆滉之功也所以修石頭者滉見中原板蕩爲陛下將有永嘉之行爲迴扈之備耳此爲人臣忠篤之慮柰何更以爲罪乎○李錡據潤州屬別將庾伯良兵三千人築石頭城○南徐州記江乘縣西二里有大浦發源於石城山東入大江此山與盧龍幕府諸山相連迤邐達于京口○左太冲吳都賦云戎車盈於石頭蓋謂石城也○庾闡涉江賦曰發中洲

之曲泜背石城之巖岨○謝靈運撰征賦云次石頭之雙岸究孫氏之初基

覆舟山亦名龍山又名龍舟山在城北七里周回三里高三十一丈東際青溪北臨真武湖狀如覆舟因以爲名舊志

事跡宋書云覆舟山在縣東十里鍾山西形如覆舟○輿地志山在樂遊苑內○此山與鍾山形若斷而脉相連兩山之間土中有石墾者不入知其爲山之骨也○宋武帝舉義兵討亘元

元將桓謙屯于東陵卞範之屯覆舟山西以拒之宋武疑有伏兵謂小將劉鍾曰此山下當有伏兵卿可率部下往取之鍾應聲馳進果有伏兵數百一時奔走○元嘉改名元武山以其在城之北也○陳高祖時齊兵踰鍾山高祖衆軍分頓樂游苑東及覆舟山北斷其衝要齊軍至元武湖西北幕府山南將據北郊壇衆軍自覆舟東移頓郊壇北與齊人相對縱兵大戰卽此地○宣帝大建七年輿駕幸樂游苑採甘露宴

羣臣詔龍舟山立甘露亭鮑昭有侍宴覆舟山詩○宮苑記云閬風亭甘露亭瑤臺皆在山上

鷄籠山在城西北六七里高三十丈周迴一十里案輿地志云在覆舟山之西二百餘步其狀如鷄籠因以爲名 舊志

事迹寰宇記云西接落星澗北臨栖元塘○案改名龍山以黑龍常見真武湖此山正臨湖上故名○元嘉十五年立儒館於北郊命雷次宗居之次宗因開館於鷄籠山齊高帝嘗就次宗

受禮及左氏春秋○竟陵王子良嘗移居鷄籠山下集四學士抄五經百家爲四部要畧千卷○晉元明成哀四帝陵皆在山南

幕府山在城西北二十里周廻三十里高七十丈案輿地志在臨沂縣東八里晉元帝自廣陵渡江丞相王導建幕府於此山因名焉山上有虎跑泉其西巔有仙人臺其北里俗相傳即古之宣武場也舊志

事跡寰宇記云在城西北東北臨直瀆浦西接寶林山南接蟹浦○山有五峯南接盧龍石頭

○宋文帝元嘉二十七年魏人入寇至瓜步登幕府山觀望形勢○三國典畧曰齊師伐梁大至于鍾山龍尾周文育請戰陳霸先曰兵不逆風文育曰事急矣當决之何用古法抽槊上馬殺傷數百人齊軍乃退屯幕府山又霸先衆軍自覆舟東移頓郊壇與齊人相對霸先自率帳內麾下出幕府山南與吳明徹沈泰等首尾擊之齊人大潰陳史載武帝破北齊軍四十六萬於幕府山下卽此事也○後主禎明中嘗幸此

山梭獵○宋明帝高寧陵在山西晋王導温嶠亦葬山西

盧龍山在城西北二十五里周迴一十二里高三十六丈東有水下注平陸西臨大江今張陣湖北崗隴北接靖安皆此山地舊志

事跡晋元帝初渡不見此山嶺緜延遠接石頭眞江上之關塞以比北地盧龍山因以爲名○此山舊與馬鞍山相接氣勢雄包自秦鑿爲二後置都船場聖妃廟其間至今溝内石骨連焉

馬鞍山在城西北十里西臨大江東與石頭城接高八十五丈以形似得名舊志

事跡舊志載陳禎明三年宜黃侯慧紀遣南康太守魯肅以鐵鎖橫江隋楊素與魯肅爭馬鞍山四十餘戰隋軍死者五千人指爲此地今考之史傳陳無魯肅慧紀所遣者南康內史呂忠肅也所爭馬鞍山乃在巫峽間非此地也山名偶同耳詳見諸辨

四望山在城西北一十里周迴三里高一十七丈東

至龍安西臨大江南連石城北接盧龍山舊志

事跡吳大帝嘗與葛元共登鳳凰二年殺司市郎中陳聲投於四望山下〇晉蘇峻反温嶠奉陶侃爲盟主同赴京師嶠於四望磯築壘以逼賊曰賊必争之設伏以逸待勞是制賊之一奇也

大壯觀山在城北一十八里周迴五里高二十八丈東連蔣山西有水下注平陸南臨眞武湖北臨蠡湖

事跡陳宣帝起大壯觀於此山因以爲名〇大建十一年八月幸大壯觀因大閲武命都督任

忠領步騎十萬陣於真武湖上登真武門觀宴

羣臣因幸樂遊苑設絲竹之會仍重幸大壯觀

振旅而還

直瀆山在城北三十五里周迴二十五里高一十七

丈旁有直瀆洞東西有水流入大江舊志

事跡見直瀆下

以上諸山皆在鍾山之右自城北縣亘達于城西

臨沂山在城東北四十里周迴三十里高四十丈東

北接落星山西臨大江西南有臨沂縣城

雉亭山在城東北四十里周廻六里高五十丈北與舊臨沂縣相望今隸慈仁鄉俗又呼爲騎亭山舊志

事跡石邁古跡編云舊說齊武帝東游鍾山射雉因以爲名或云吳大帝時蔣帝神執白扇乘馬嘗見形於此故又呼騎亭山

衡陽山在城東北四十五里周廻九里高二十九丈在清風鄉東臨清塘西北有水下湖南接雉亭山舊志

事跡舊傳郎法師嘗在此有衡陽神女忽來聽講後遂爲此神因名其山曰衡陽今鍾山鄉賚

福院有神像可攷

攝山一名繖山蓋其狀似繖也在城東北四十五里周迴四十里高一百三十二丈東連畫石山南接落星山西北有水注江乘浦入攝湖舊志

事跡輿地志云江乘縣西北有扈謙所居村側有攝山多藥草可以攝生因名焉○江乘記云云攝山形方四面重嶺○南史齊明僧紹住江乘攝山後捨宅爲寺今棲霞寺是也山有千佛嶺按江總棲霞寺記明僧紹居士之子仲璋爲

臨沂令於西峯石壁與度禪師鐫造無量壽佛大同六年龕頂放光齊文惠太子豫章文獻王竟陵文宣王始安王及宋江夏王霍姬齊田奐等琢造石像梁臨川靖惠王復加瑩飾嶺中道有沈傳師徐鉉張稚圭王雱等題名○梁紹泰中陳霸先與齊師戰大敗之追奔至攝山虜蕭軌誅于城下卽此也○陳後主與江揔同遊有詩○陳軒所集金陵有懷攝山十題曰白雲庵清風軒唐公巖天開巖宴坐臺中峯澗明月臺

品外泉醒石磬石

白山在城東三十里周迴八里高八十丈東接竹堂山南接蔣山北連攝山西有水下注平陸舊志

事跡輿地志云堦礎碑石及麒麟師子以石爲之者悉出此山○南史梁散騎常侍韋載有田十餘頃江乘縣之白山天嘉元年遂築室居山屏絕人事不入籬門者十載

苻堅山在城東六十里周迴一十五里高六十丈北連大城山舊志

事跡 謝元破秦歸謝安在墅城問其方畧元於原野陳其營壘陣場次序指此山曰此若苻堅駐軍之山也因以爲名

大城山 在城東七十里周迴二十二里高八十二丈南連苻堅山西連鴈門山北連竹堂山

雲穴山 在城東八十五里周迴二十里高九十七丈南有水流入石驢溪有洞空甚幽邃天欲雨則穴中雲出因名之

癸山 按十道四蕃志有癸山在城東北四十七里碑

石礎多出于此

武岡山在城東二十五里里俗呼爲石佛子廟舊志

事跡按石邁古跡編山有石佛十餘軀○舊傳唐武后造未詳鄉民歲時祈禱一名墓山

土山一名**東山**在城東南二十里周迴四里高二十丈無巖石故曰土山舊志

事跡輿地志云山下有湖自江山至京師此爲半道今謂此山下道爲半邏○晉石季龍入寇蔡謨所戍自土山至江乘○太元八年秦苻堅

率衆號百萬次于淮淝京師震懼命謝安征討大都督謝元入問計安夷然無懼色荅曰已別有旨既而寂然元不敢復言乃令張元重請安命駕出土山墅張宴親朋畢集方留元圍棊賭別墅遊涉至夜方還府內建明指授將帥各當其任又於土山營立樓館植林竹甚盛每携中外子姪往來遊集肴饌日費百金世以此頗譏之安殊不屑意○上元縣有兩東山一在崇禮鄉即土山是也晉書謝安寓居會稽棲遲東山

此安之舊隱也在會稽後於土山營築以擬東山今去縣二十里一在鍾山鄉蔣廟東北宋劉劭隱居之地劭嘗經始鍾嶺以爲棲息及造園宅名爲東山今去縣十五里陳軒金陵集載李白李建勳東山詩皆指土山而作○梁書宋謝朏十歲能屬文父莊游土山使朏命篇攬筆便就○梁末蕭正德亦修築以爲墅○沈約郊居賦云臨還隅兮縱目卽堆冢而流眄雖東山之培塿乃文靜之所宴

張山 按石邁古跡編在城東南三十里淳化鎮之北舊隸江乘縣舊志

事跡 南史齊欽明皇后葬江乘縣張山或云今城東北六十里章橋西又有張山亦古江乘境

青龍山 在城東南三十五里周迴二十里高九十丈今溧陽縣界別有青龍山

事跡 南唐後主嘗校獵於此

祈澤山 有祈澤寺在城東南三十五里周迴一十里高五十丈東連彭城山北連青龍山舊志

事跡舊經云初法師嘗結茅於此有龍女來聽講既而神泉湧於講座下後遂爲祈禱水旱之所因此得名

丁山在城東南四十里周迴一十七里高二十七丈

石硊山在城東南四十里周迴一十五里高二十七丈在上元縣崇禮鄉去縣二十五里一名竹山舊志

事跡祥符圖經云有大壟悉是石故名石硊或云硊亦作櫃每春夏水溢衆流滙此山横據秦淮之上以櫃過水勢○輿地志云秦始皇時望

氣者云江東有天子氣乃東遊以厭之又鑿金陵以斷其勢今方山石碕是其所斷之處也○孫盛云東至方山有直瀆自瀆至此山或云是秦所掘山今方山西九里有大壟枕淮合壟悉是石京師溝塘累石悉鑿此壟取之

方山一名**天印山**在城東南四十五里高一百一十六丈周迴二十七里四面方如城東南有水下注長塘流溉平陸輿地志湖熟西北有方山山頂正方上有池水丹楊記形如方印故曰方山亦名天印山舊志

事跡秦始皇鑿金陵山疏淮水此山乃其斷者故沈約郊居賦云聊遷情而徙睇識方阜於歸津帶修篁於桂渚肇舉鍤於强秦陳沈炯詩云淮源比桐柏方山似削成○吳大帝爲仙者葛元立觀於此山○晉謝靈運東出鄰里送至方山嘗賦詩○宋何尚之爲尚書令元嘉末致仕退居方山著爲賦○齊武帝嘗幸方山顧左右曰朕欲經始山之南復爲離宮期勝新林苑徐孝嗣荅曰繞黃山款牛首乃盛漢之事今江南

未廣顧少留耕乃止○徐嗣徽兵至秣陵故治齊人跨淮立柵度兵夜望方山嗣徽等列艦於青堆至于七磯以斷周文育歸路文育鼓譟而發嗣徽等不能制今方山南有青堆埠卽其地○隷句容者名東方山非此所謂方山也

彭城山有彭城館在城東南四十五里周迴九里高二十七丈西連祈澤山北連青龍山

湯山在城東南六十里西接雲穴山山不甚高無大林木有湯泉出其下大小凡六處湯澗繞其東南四

時常熱禽魚之類入者輒爛以煑豆穀終日不熟草木灌之愈鮮茂舊有湯泉館今廢餘見聖湯院

鴈門山在城東南六十里周迴二十里高一百二十五丈西連彭城山南連大城山北連陵山舊志

事跡山勢連綿類北地鴈門故以爲名○輿地志云山東北有温泉可以浴飲之能治冷疾

竹堂山在城東南七十五里周迴一十六里高九十二丈東連雲穴山西連白山南連大城山北有水下注平陸舊志

事跡 輿地志云白山鴈門山竹堂山並連帶在建康縣東北縣聯三四十里

橫山 在城東南一百二十里周迴八十里高二百丈

舊志

事跡 數十里或云楚子重至于橫山是也又曰橫望山四面望之皆橫故有是名在城西南一百二十里接邀太平州界

事跡 山謙之丹陽記云丹陽縣東有橫山連亘

戚家山 在城南天禧寺東

事跡 鄭文寶南唐遺事云韓熙載居戚家山

梓桐山 在城南一十五里高三十八丈山下有謝氏詩樓及繙經臺基存

聚寶山 在城南雨華臺側上多細瑪瑙石俗呼爲聚寶山

紫巖山 在城南一十五里高三十八丈舊志

事跡 陳軒金陵集載李建勳春日紫巖山期客不至詩巖山在城南周廻一十五里有吳紀功德石○山謙之丹陽記曰秣陵縣南有巖山山

西有石室山東大道左有方石長一丈刻勒銘題贊吳功德孫皓所建也宋孝武帝改曰龍山明帝泰始中建平王休祐從上於巖山射雉日欲暮上遣左右壽寂之等逼休祐令墜馬因共毆殺之

夏侯山在城南二十二里周迴十里高三十五丈梁儀同三司夏侯亶居此因名之

甑檝山在城南二十三里周迴八里高二十五丈以形似名之

牛頭山狀如牛頭一名天闕山又名仙窟山在城南三十里周廻四十七里高一百四十丈舊志

事跡六朝記自朱雀門沿御道四十里至山下西峯中有石窟不測淺深梁武帝於下建寺名曰仙窟山又云山南有芙蓉峯北有大石如卧鼓其山中空可坐數十人其高九尺上下有小石吳時呼爲石鼓○河圖内元經云山南峯北面有石洞高一丈五尺中有路相通時號爲石鼓天欲雨則石鼓自鳴○宋書云山之南峯大

明中嘗立南郊壇於其上○朱京登牛頭山詩有削成雙峯玉骨清之句○建炎四年岳飛敗金人於清水亭兀朮復趨建康飛設伏於牛頭山上待之飛又以騎三百步卒二千人自牛頭山馳至南門新城爲營遂大破兀朮之衆所獲負而登舟者盡以戈殪於水物委於岸者山積

觀子山在城南三十里周迴四里一百步高八十三丈東有水下注新林浦舊志

吉山在城南四十五里周迴三里高一十丈西臨大

江舊志

事跡 宋征虜將軍建城侯吉翰葬於此因以爲名

大青山 在城南四十五里周廻三十五里高一百二十五丈西有水下注平陸

陰山 在江寧西南一十二里臨大江舊志

事跡 王導至此有陰山神見夢於導導乃以其事聞上爲立廟時人遂名其岡曰陰山

三山 在城西南三十七里周廻四里高二十九丈舊志

事跡 吳志天璽四年晉琅邪王伷帥六軍濟自

三山○晉書王濬自蜀發兵攻無堅城夏口武昌無相支抗於是順流鼓棹徑造○元和郡國志云王濬代吳宿於牛渚部分明日前至三山卽此三山也○輿地志云其山積石森鬱濵於大江三峯行列南北相連號三山○鮑昭有還都至三山望石頭城詩○謝元暉有曉登三山還望京邑詩○李白有詩云三山半落青天外是也

自臨沂而下諸山皆在鍾山之左遶府城東北隅

達于城東轉東南隅以達于城南又轉西南隅及西而止于江與隔水石頭城馬鞍諸山相望其地脉山勢似斷而續似散而聚似遠而近環抱拱揖眞如龍之盤也

湖山在江寧縣南三十里周廻七里高七十丈上有湖久旱不涸

車府山在江寧縣四十里周廻九里二百步高一百丈六朝常於此山藏車乘器甲故名

祖堂山在江寧縣南四十五里周廻四十里高一百

二十七丈東有水下注平陸舊志

事跡 宋大明三年於山南建幽棲寺因名幽棲山○唐正觀初法融禪師得道於此爲南宗第一祖師乃改爲祖堂山

落星山在江寧縣西南五十里周迴二里高一十丈西臨大江舊志

事跡 舊圖經云昔有大星落於此因以名之

銅山在江寧縣東南七十里周廻一十九里高一百丈舊志

事跡 昔人採銅於此山故名○陳軒金陵集載鮑昭過銅山掘黄精詩云銅山晝深沉乳竇夜涓滴即此也屬江寧縣句容縣北溧水縣西亦各有銅山皆舊日採銅處

烈山 去江寧縣西南七十里近處真鄉舊志

事跡 近烈洲臨江中流故曰烈山其山四面峭絕下瞰大江風濤洶湧商旅常泊舟依山以避風絕頂叢棘中舊有侯將軍廟陳永定初王琳聚兵於襄陽以窺臺城造黄龍舟千艘泊於荻港伺而發忽西南風急猋謂得天助張帆直指臺城而下陳將

侯瑱泊舟三百於蕪湖逐後而發戰於烈山之下用拍竿以擽琳船遇之則破琳擲火焚之風逆自焚遂大敗奔魏士人以侯瑱功烈甚盛故名山曰烈山以祠祀之歲久舟人以爲陳簰頭祠妄也寶祐初忽有僧披荊棘建庵其上自名爲

江心護國寺 曾慥百家詩選載晁無咎云金陵南數十里江心烈山崒然特起猶金山也家人云安得隱居於此作一絕云山如浮玉一峯立江似海門千頃開我欲此中成小隱莫教山脚有船來

白都山在江寧縣西南七十里周廻五百步高二十丈西臨大江舊志

事跡 輿地志昔白仲都嘗於此山學道白日昇

天因以爲名〇吳志諸葛恪誅子竦載其母而走孫峻遣將軍張承追斬於白都卽此也

鼓吹山在城南八十里周迴一十七里高八十丈東北有水四望孤絕宋孝武大明七年自江寧縣南登山及陵望臺甲子館蓋登山奏鼓吹因以爲名

龍山在城西南九十五里周迴二十四里高一百一十二丈入太平州當塗縣北有水以其山似龍形因以爲名

慈姥山在城西南一百一十里二百步周迴二里高

三十丈輿地志云積石臨江岸壁峻絶山上出竹堪爲簫管山南有慈姥神廟因名焉

天竺山在江寧縣西南一百二十里周迴一十七里高一十九丈舊志

事跡東南有水下注慈姥浦其北連岡十里本名多墅山唐上元二年有天竺興福寺僧道融移寺於此山因以爲名

右在江寧界

茅山在句容縣東南四十五里周迴一百五十里初

名句曲山像其形也茅君得道更名曰茅山三十六洞天之數第八者曰金壇華陽之天此山是也舊志

事跡 史記封禪書云禹封泰山禪會稽晉灼曰本名茅山吳越春秋云禹巡天下登茅山以朝羣臣更名茅山爲會稽亦曰苗山〇茅山記曰大茅山獨高處黑帝命東海神埋大銅鼎於山頂深八尺上有盤石鎮之又曰秦始皇帝二十七年遊會稽還於此山埋白璧一雙深七尺李斯篆刻文云始皇聖德平章江山巡狩蒼川勒

銘素壁又曰王莽地皇三年七月遣使者章邕獻銅鍾五口黃金百鎰贈之於三茅君又曰光武建武元年遣使吳倫賫黃金五十斤獻三茅君今山頂有埋金處上有聚石又曰中茅山獨高處司命君埋丹砂六千斤鎮於此山深三丈上有盤石鎮之其山左右泉流下皆小赤色飲之延年益壽左眞人就司命君乞得一十二斤以合九華丹山頂石壇石案香爐今存今三陽百姓多長壽者蓋太陽北陽朱陽三村耳○茅

君內傳曰句曲山秦時爲華陽之天三茅君居之因以爲名外有金壇山因壇爲號周時名其源澤爲句曲之允按山形曲折後人名焉○眞誥曰漢宣帝時有三茅君得道掌此山故謂之茅山又曰金陵句容之句曲洞爲第八洞天又曰句曲地肺土良水清謂之華陽洞天可以度世種民是處五災不干又曰金陵洞墟之膏腴句曲之福地履之者萬萬知之者無一內經福地志曰伏龍之地在柳谷之西金壇之右可以高棲金陵之福地也許邁別傳曰延陵之茅山是洞庭

西門潛通五嶽茅君雜記云一名句曲山即三
十六洞天華陽第八洞天也周迴一百五十里
東西四十五里南北二十里洞五門三門顯二
門隱又按陶先生茅山記畧云東通王屋西達
峨嵋南接羅浮北連岱嶽漢元帝時咸陽人茅
盈茅固茅衷並此山得道故號茅山三人常乘
白鶴各據一嶺唐咸通中東海蓬萊觀龔道者
初入此山採穀茹芝十餘年後因一月朔正旦焚
香洞門恍惚之間得入洞中經由一十三日備
見洞府巖壁山川星辰日月靈異難詳○茅濛
字初成華陽人也隱華山修道奉始皇三十一
年白日上昇是時先有民謠曰神僊得者茅初
成駕龍上昇入太清時下元州戲赤城繼世而
往在我盈始皇聞之問故老曰此僊謠也於是
有尋僊之意濛之元孫盈得道於金陵句曲山
上昇爲東嶽上卿司命眞君太元眞人居赤城
時來句曲邦人改句曲爲茅君山圖經云漢時
有三茅君各乘一白鶴來居其上故號爲三茅

君世傳茅盈茅固茅衷皆茅濛之後也山在句容縣東南四十五里華山華陽縣皆在句容縣〇王荆公有詩云一峯高出衆山巔疑隔塵沙道里千俯視煙雲來不極仰攀蘿蔦去無前人間已換嘉平帝地下誰通句曲天陳迹是非分草莽紛紛流俗尚師傳〇蘇魏公頌詩三士隱淪地上林句曲前場來思訪道屬望賦遊僊松引飛輪路雲收積玉巔華陽不知遠趣駕似行天〇周益公必大詩千峯溧陽來勢若西南犇遙拱三茅峯不敢迫至尊三茅如軒縣次第儼弟昆正西闢夷塗羣僊之所門至今下泊宮往往弭旗旛

山中有**大茅峯**

在崇壽觀北舊記云在崇僖觀北獨高處昔青童道君乘飈輦少憩于此今猶有故飈輪之跡山之半有繡衣亭昔三天使者衣繡衣執金冊以九錫之命詔大茅君故以爲名山之巔有泉名曰一八泉汲之不竭

中茅峯

在積金山北其側有泉色赤而有味眞誥云飲之延年山

下之民率皆眉壽而無疾

小茅峯 在中茅峯之背有如臥龍松左狃檜

抱朴峯 卽大茅峯北相連一峯是

白雲峯 在中茅峯西

五雲峯 在小茅峯之側華陽洞上積金峯金菌山東高峯是也其峯甚峻昔茅君以三月十八日駕五色之雲八景之輿佇於此山逾時西去故號爲五雲峯

積金峯 在大茅峯中茅峯之閒二峯相連其長阿之中有連石古謂之積金峯陶隱居所住之東有一横壟與之相對壟皆是石石形甚瓌奇卽此峯也

疊玉峯 圖經云大茅山上東南三山疊積亦有洞穴俗多呼疊石石之與玉猶爲同類又作三角呼三角山今去葛僊壇相邇眞宗未有　仁宗嘗遣左璫詣茅山禱祈過異人言王眞人已降生於宋朝璫問王眞人本是何人荅曰古燧人氏章懿皇后亦夢羽衣數百人從一僊官自空而下曰此托生於夫人及生宮中火光屬天始行步常持槐木簡以筯鑽之

眞宗問曰何用曰試鑽火耳帝顧后妃曰異人之言信不虛矣今刻石元符宮

華蓋峯

在崇壽觀東南

又有四平山

眞誥曰大茅西南有四平山俗謂之方山其下有洞屋名方臺又曰幽館惟得道者處焉

艮常山

秦始皇登句曲山北垂嘆曰巡狩之樂莫過於山海自今以往艮爲常也爾乃羣臣並稱壽嘆曰艮爲常矣乃改句容北垂爲艮常之山

華姥山

茅山記孫寒華卽吳大帝之孫女於茅山修道成冲空而去號其山爲華姥山

徐鉉復禁山記曰華陽洞天金陵福地羣僊之所都會景福之所興作故其壇宇之盛苔亨之殿修奉之嚴樵牧之禁冠於天下聖歷中官失其守望拜之地多所荒蕪天祐間正素先生王君棲霞始復禁山之地有艮常洞至雷平山十里而近入于萌隸者盡贖之芻蕘者不得輒至墟墓不得雜處蘋樹蔽野植松爲門川梁必通榛穢必剪建方壇於雷平之上造高亭於艮常

之前朝奉有至誠之地遊居有稅駕之所姜巴古國泰望舊封肅然清光復如開元天寶之盛矣陳軒金陵集張公壞詩云人間獨有當時月山際猶無後世樵蓋謂此也

勑禁山碑

訪聞茅山界內祠廟寺觀之側樹木多有諸色不顧修法擅行樵採及放野火焚燒山林須議專行指揮　國家方延景貺以祐烝民眷祓名山存於方志　或仁慈所治或眞宇攸依是爲降福之塲允謂棲神之所故宜加禮敬荅儲休豈可斤斧覽臻樵蘇無節致嘉生之罔植使靈跡以何觀爰仲禁止之文用表肅恭之意今下昇州潤州候　宣命到於茅山四面立定界止嚴行指揮斷絕諸色人幷本寺觀祠宇主首已下自今後不得輙有樵採斫伐及放野火燒爇常令地分巡檢官吏耆生壯丁覺察檢校如有違犯便仰收捉押送所屬州縣勘斷訖枷項令衆半月滿日踈放如斫伐數多情理難恕卽仰收禁　奏候指揮當行決配

如是逐寺觀祠宇之外無有供燒柴山不是古跡之內久來存留樹木即仰本縣官吏與寺觀等主首同共指定界止竪立標記方得採取若是已有斫伐延燒到樹行稀疎處亦仰隨處州縣勒定數目去處常依時栽種補塡務要別無空闕即不得輙便搔擾仍將此宣命指揮於寺觀門首及往來要路鐫石曉示知悉大中祥符二年奉勅如右

絳巖山 一名赭山在句容縣西南三十里周迴二十四里高一百六十五丈上有龍坑祠壇 舊志

事跡 地志云漢丹陽縣北有赭山其山丹赤故因以名郡○寰宇記云本名赤山唐天寶中改爲絳巖一名赭山一名丹山丹陽之義出此山

極險峻臨平湖山之巔頗坦夷惟隻路可通舊傳五季之亂居民避難於上往往獲免後斸山者常於其地獲銅錠劍器之屬建炎兵火鄉民又依之以免禍者甚衆

姜石山在句容縣西北二十五里有梁南康簡王墓

射烏山在句容縣西北五十里周迴一十五里高一十七丈

五綦山在句容縣北五十里周迴二十里高二十五丈

銅山在句容縣北六十里周迴二十里高八十七丈

以舊出銅故名

戍山在句容縣北六十里周迴一十一里高一十五丈北臨大江俗傳沈慶之屯兵于此因以戍名

竹里山在句容縣北六十里案方輿記云行者以其途傾嶮號曰飜車峴鮑昭有行飜車峴詩舊志

事跡元和郡國志云山間有長澗高下深阻舊說似洛陽金谷隆安二年王恭舉兵於京口使劉牢之爲爪牙使帳下督顏延爲前鋒牢之至竹里斬延以降還襲恭宋武帝起義自京口至

江乘破桓元將吴甫之於竹里移檄京師

華山在句容縣界案方輿記云梁武帝輿駕東行至此山因問華山何如蔣山高薛對云華山高九里似與蔣山等泉水倍多

花碌山在句容縣北五十里周迴一十七里高二十六丈舊有礬坑

秦山在句容縣南三里有明月灣通秦淮父老相傳謂謝安月夜乘舟垂釣于此今釣臺尚存

鬱罡山在小茅峯之東北草木鬱茂故以爲名俗呼

爲大横山學道者多居於此山下有泉昔有人就此合神丹而升元洲山之東有古越翳王塚

龍尾山在大茅峯之東隱然而高狀若龍尾焉案茅山記云從大茅一嶺直至山東接延陵界如龍狀大茅山爲頭壟如龍尾故以龍尾爲名

東方山在句容縣東南四十里周迴一十五里高四十二丈東連僊几山

周山在句容縣南三十五里周迴一十里高一十丈

伏龍山在柳汧之間柳汧即柳谷泉與中茅峯相近

狀如龍其上產金昔人採之

雷平山在伏龍山之東周時有雷氏養龍來往此山與許長史所營之宅相對其山北有柳汧水或名曰田公泉昔田公嘗居此

方隅山在雷平山之東北以三小山相隅故也昔有人合九鼎丹於此山下亦有洞室名曰方源館

丁公山乃積金峯之西麓也今崇禧觀以爲主峯

僊韭山在崇壽觀西獨小山也眞誥云姜叔茂種五辛菜常賣此以市丹砂今山多大韭卽其種也

崙山在句容縣東北五十里周迴一十五里高一十七丈東連駒驪山四十二福地也唐肅宗時謁者伍達靈在此山得道丹成之後記于石壁在絕頂尚存髣髴可辨山下又有伍達靈潭

駒驪山在句容縣東北六十里周迴二十五里高三十九丈

僊姑山在句容縣東四十里茅山之側周迴五里高一十丈

僊几山在句容縣東南四十里茅山側周迴三里一百八十三

百步高八丈東連僊姑山

了頭山在句容縣東南三十五里周迴一十五里高四十二丈東連僊几山

浮山在句容縣南三十五里周迴一十里高一十二丈西接周山

胄山在句容縣北三十五里周迴一十二里高一十六丈

亭山在句容縣北三十里周迴一十五里高二十丈

青山在句容縣北六十里[illegible]罡山西乾元觀北周迴

一十里高一十三丈北臨大江又觀東一山名東青山西一山名西青山東青山在茅司徒廟東

土石山在句容縣東三十里

虎耳山在句容縣東三十里

岡山古名此山爲福地記云岡山之間有伏龍之鄉可以避病

鼈足山在僊韭山之西

竹山今藏眞觀前一山上多篠者是也陶隱居云自大茅山南後韭山竹山吳山方山從此疊嶂達乎吳

輿天目諸山至乎羅浮窮乎南海也

右在句容縣界

中山在溧水縣東南一十五里高一十丈周迴五里圖經云宣州中山又名濁山溧水縣東一十里不與羣山連接古老相傳中有白兎世稱爲筆最精元和郡國志云中山出兎毫爲筆精妙山前有水源號曰濁水輿地志云宣州溧水縣有濁山有濁水流演不息卽此也舊志○**藝苑雌黄**云比觀張文潛明道雜志首載白樂天紫毫筆詩云宣城石上有老兎食竹飲泉生紫毫予嘗問宣州筆工云毫用何處答曰皆陳亳宿州客所販宣自有兎毫

不堪用蓋兎居原則毫全以出入無傷也宣兎居山出入爲荆棘樹石所傷毫例短秃則白詩非也白公宣州發解進士宜知偶不問爾按北戸錄説兎毫處云宣州歳貢青毫六兩紫毫三兩後又云王羲之歎江東下濕兎毫不及中山由是而言則宣城亦有兎毫不及北方勁健爲可用也然則毛穎傳李太白詩所言中山非溧水之中山明矣

東破山在溧水縣東南五十五里高二十三丈周廻一十七里梁大同二年採銅於此

東廬山在溧水縣東南一十五里高六十八丈周廻二十里有水源三一源自山西流入秦淮一源出山東北流入馬沉港一源自山東南吳漕流入丹楊湖

山謙之丹楊記云縣東有廬山與丹楊分界十道四蕃志太平寰宇記皆云俗傳嚴子陵結廬於此或云形似廬舍因此爲名

馬占山在溧水縣東南三十五里高一十八丈周迴一十三里梁大同二年採銅於此

匳船山一名**感泉山**在溧水縣南一十二里高二十一丈周迴一十八里山陰有青綵洞泉脉泓澄四時不竭南有張沈二士書堂井臼遺址不知是何人也

桂城山在溧水縣南一十二里高六十丈周迴五十

五里隨大業末杜伏威嘗屯軍於此因號杜城山舊有廟及戰場

竹澗山在溧水縣東南一十八里高一十二丈周迴八里

石城山在溧水縣東南二十五里周迴二十四里高六十丈上舊有石城院冷水亭基

小茅山在溧水縣西南五里高一十七丈周迴四里

荆塘山在溧水縣南一十里高三十七丈周迴二十里

亶上山在溧水縣西三十里高三十七丈周迴二十

里上有井泉及稟丘山寺基唐大和中寺廢有石龕方丈存

凰棲山在溧水縣西南七十里高一十六丈周迴八里西並石臼湖父老云昔有鳳皇棲其上因得名曰凰棲此山屬儀鳳鄉近地有鳳賢圩今作黃西非也

臙山在溧水縣西南六十里高一十四丈周迴一十五里西並石臼湖

雀壘山軍山塔子山馬頭山並在溧水縣西南七十五里石臼湖內

澳洞山在溧水縣西南二十五里高三十一丈周迴一十八里內有祈雨潭禱之多應

游子山在溧水縣南八十二里高二十丈周迴一十里上有石壇舊經云昔孔子適楚嘗經此山

蘆塘山在溧水縣東南二十三里高一十五丈周迴二十二里梁大同二年嘗採銅錫於此

琛山在溧水縣西一十五里高一十一丈周迴一十五里舊經云山嘗產玉因此得名

回峯山在溧水縣東南四十里高三十七丈周迴一

十七里上有龍池下有龍泉東有水注平陸

石羊山在溧水縣西南三十七里高七十丈周迴四十里

土山在溧水縣南五十里高一十丈周迴六里

三山在溧水縣東南一十里高九丈周迴一十里

官塘山在溧水縣東南二十五里高一十一丈周迴一十五里下有大塘

芝山在溧水縣東南七十里高三十九丈周迴四十里上有李子洞燕洞相去三百步昔宣州田頵舉兵

邑人攜老幼於此避難可容數千人李洞有泉沸涌燕洞有石鷰遇雨則飛晴則還落爲石

銅山 在溧水縣西四十里高二十四丈周迴一十三里舊經云昔嘗採銅於此今爐冶舊址猶存

玉泉山 在溧水縣南一百一十里高三十二丈周迴一十八里

臥龍山 在溧水縣北二十三里高一十四丈周迴一十里

赤虎山 在溧水縣北三十三里高一十丈周迴十里

白石山在溧水縣北二十里高一十丈周迴十一里

荊山在溧水縣東南七十里高四十二丈周迴二十里舊志云即卞和獲玉之地誤也卞和泣玉荊山之下其山乃在荊州不在揚州

峒峴山在溧水縣東二十里高一十丈周迴八里

李墅山在溧水縣東三十里高二十丈周迴一十六里與句容縣茅山相接

鹿子山在溧水縣東一十五里高一十丈周迴九里東接峒峴山

浮山在溧水縣東三十七里高三十丈周迴二十里

與句容縣茅山相接

僊杏山在溧水縣東南四十三里高三十丈周迴一十三里舊經云絕頂有杏林及僊人足跡因以名之又有僊壇三所及丹井一名僊壇山下有清泉流入丹楊湖 元祐中**知縣周邦彥**有僊杏山詩云僊人藥光明夜燭種杏碧山如種玉春風裂古鳳收花赤頰離離照山谷卿雲承日作陰潤猛虎守山防採斸高眞筐篚入時貢望拜通明薦新熟珠旒頷首一破顏氣壓蟠桃羞若木自從移植近星榆山水無光靈鬼哭長松枯倒流液盡櫂賴牽籐多樸樕我思百年訪靈異羽褐雖存言語俗本非民土宰官身欲斸八間烟火穀行等幽洞覔丹砂儻見臞僊騎白鹿便應執箒洗僊壇不用纖纖掃塵竹

愛景山在溧水縣東北二十五里高一十三丈周迴一十里與烏山相接

烏山在溧水縣北二十里高二十八丈周迴十五里

雞籠山在溧水縣北三十里高一十七丈周迴一十二里與愛景烏山相接

方山在溧水縣東南六十五里高一十二丈周迴九里南有青龍洞與芝山相接

赭山在溧水縣東南五十里高一十九丈周迴二十二里

靈嶽山在溧水縣東南六十里高二十一丈周迴一十五里

南雞籠山在溧水縣東南一百二十里高三十二丈周迴二十里

遮軍山在溧水縣南八十五里高五十五丈周迴二十三里山北有水下入固城湖

太山在溧水縣南七十六里高三十四丈周迴二十五里

秀山在溧水縣南九十五里高一十三丈八尺周迴

九里一百步西南有水下注平陸舊名禿山近因秦氏居之遂易今名

禪林山在溧水縣南八十里高四十一丈周迴一十八里上有寺

黄山在溧水縣東南一十里高九丈周迴一十里

溧陽山在溧水縣東南一十二里高二十五丈周迴七里一百步俗號馬鞍山取其形似也

濁山在溧水縣東南一十里高一十丈周迴五里山北濁水出焉輿地志云溧水縣有濁山下有濁水即

秦淮之源也

右在溧水縣界

巖山在溧陽縣西十一里周迴五里高二十丈晉咸和中李閎追及張犍之所

桂林山在溧陽縣西南三十里周迴十五里高五十丈汪内翰藻記挹秀堂云南則翠陰晴嵐與人應接者桂林諸山也

龍潭山在溧陽縣南四十五里周迴十五里高二十七丈上有龍潭清澈見底潭側有龍王祠禱之有應

虎山在溧陽縣西南五十里周迴五里高二十丈

青山在溧陽縣南六十里高十七丈周迴十里

神山在溧陽縣南四十里高五十丈周迴二十里

朝山在溧陽縣西南二十里高十五丈周迴五十丈

盤白山一名**高遼山**在溧陽縣西南四十里高五十六丈周迴十里今太虛觀在其下故俗名觀山第二峯石上有僊人跡觀有碑載晉盤白眞人事跡

伍牙山一名**護牙山**在溧陽縣西南六十里高一百七十丈周迴四十里舊志

事跡 輿地廣記云子胥伐楚還吳經此山故名伍牙建康志云俗傳伍子胥美齒牙避楚至此恐爲人所識以石擊毀其牙山神爲震護之不毁因名護牙二說未知孰是山下有子胥廟

荆山 在溧陽縣西南四十里高六十丈周迴二十里山下有泉歲旱資以溉稻

獨山 在溧陽縣西南六十五里高二十九丈周迴一十里

鐵冶山 一名**鐵峴山** 在溧陽縣西南七十里高一百

八十丈周迴二十里山謙之丹陽記云永世縣南鐵峴山出鐵今揚州鼓鑄之輿地志云前代鑄錢處

三王山一名**三首山**在溧陽縣西南五十里高二十丈周迴一百餘步舊志云相傳楚王與眉間尺并一客三首葬此因爲名

銀方山在溧陽縣南五十三里高三十六丈周迴一十五里

結都山在溧陽縣南五十里高五十八丈周迴一十八里

雞籠山在溧陽縣南十二里高十七丈周迴三里

屏風山在溧陽縣南十五里高九丈周迴五里一百二十四步山形如屏風

泉山在溧陽縣南二十里

石屋山在溧陽縣南六十里高三丈周迴一百步山西有鑄劒坑舊志云吳王使歐冶子鑄劒於此

⿰山矦山在溧陽縣南二十五里高十八丈周迴五里⿰山矦字土人音溝字書未見

懸鼓山在溧陽縣南五十里高六十丈周迴二十二

里遠望若垂鼓然故以名

瓴里山在溧陽縣南五十里高四十六丈周迴一十五里

金山在溧陽縣南五十里高五十丈周迴三十里

松山在溧陽縣南七十里

鐵山在溧陽縣東南五十里高六十丈周迴二十八里古嘗出鐵今坑冶遺跡猶存唐書地里志溧陽有鐵此即其地

新婦山在溧陽縣東南五十里高三十五丈周迴一

十八里

三鶴山一名**儛山**在溧陽縣東南六十里高八十丈周迴十五里昔有潘氏兄弟得道化鶴

銅官山在溧陽縣東南五十八里高十八丈周迴十六里昔嘗出銅故名唐書地里志溧陽有銅此其地也今土中熒然有銅如麩狀然堇堇取之不足以償費

雲泉山一名**下山**一名**夏山**在溧陽縣東南三十五里高二十二丈周迴十里上有泉雲氣出焉山下有淨土院

金雞山在溧陽縣東十里高十二丈周迴五里

凾山在溧陽縣東北二十五里洮湖之上周迴十里高十一丈周處風土記云昔有凾姓姥於此得道案廣韻凾烏后切山名在溧陽集韻云山名在陽羨寰宇記云常潤等州分界於此山之巔

太岯山一名大巫山一名浮山在溧陽縣東北四十五里洮湖中周迴三百五十步高八丈與宜興金壇二縣接界山形孤秀顓顓居水中望之若浮周處風土記云洮湖中有大坏山唐地里志云溧陽有湖山

皆指此也唐史嶷撰史憲神道碑云坏山右轉洮水前臨坏字乃爲岯今從之坏岯二字土人皆音浮字書未見陶隱居尋山志云石孤聳以獨絕岸垂天而似浮謂此山也

小岯山一名**小巫山**在溧陽縣東北二十五里洮湖中周迴四里高五丈輿地志云延陵永世二縣界中有小岯山山下有石堂堂內有虎跡水涸即見

張波山在溧陽縣東北三十五里周迴三里高七丈

大蒻山在溧陽縣北四十五里洮湖東周迴四里高

一十丈

小蒻山 在溧陽縣北四十里洮湖東周迴二里高六丈

雷公山 一名**雷山** 在溧陽縣北三十七里周迴五里高十二丈巖石奇怪泉流潔清舊志云俗傳有雷公鑄劍於此因以爲名今法興寺在其下

落雲山 一名**雲山** 在溧陽縣北四十里周迴三里高九丈聖塔院在其下故又名聖塔山

平陵山 在溧陽縣西北三十里周迴三里高三丈舊經云晉成帝咸和四年李閎執蘇逸於此

土山在溧陽縣北三十五里周迴三里高十二丈

黃金山在溧陽縣北七十里周迴二里高十三丈雨後土色如金

瓦屋山在溧陽縣西北八十里周迴二十里高一百六十七丈形連亘兩崖稍隆起宛如屋狀李白嘗遊溧陽望瓦屋山懷古賦詩

了頭山一名了僊山一名了山在溧陽縣西北八十里周迴三十里高一百八十五丈其山兩峯巍然齊高如髻聳秀可觀

分界山在溧陽縣西北八十里溧水溧陽二縣分界此山之巔

曹山一名曹姥山在溧陽縣西北八十五里周迴二十里高八十四丈舊志云昔曹姥獨居此山死于石室葬山下後人爲置聖姥祠祈禱多應

秀山在溧陽縣西七里周迴一里高十一丈

茭山在溧陽縣西十里周迴四里高十七丈山有龍潭禱之有驗

姥山在溧陽縣西十里周迴六里高十二丈

大石山在溧陽縣西十五里周迴七里高二十二丈舊志云上有龍穴禱雨有應

黄山在溧陽縣西四十二里周迴三里高五丈舊志云黄鶴僊人於此得道因以名今有觀

谷山在溧陽縣西四十里周迴二里高十二丈

漁父山在溧陽縣西十五里

燕山在溧陽縣西九里周迴五里高二十一丈

投龍山在溧陽縣西十一里周迴六里高十二丈

石門山在溧陽縣西十三里周迴四里高十丈

富長山在溧陽縣西二十里周迴四十里高十丈

芝山在溧陽縣西八十里周迴二十五里高四十五丈舊志云山中嘗出芝草因以爲名故老相傳梅福嘗游隱於此

花山在溧陽縣西四十五里周迴六里高十五丈

岡嶺 壠峴坡墩墅

白土岡 北連蔣山其土色白周迴一十里高十丈南至秦淮賀若弼進軍鍾山魯廣達於白土岡與若弼旗鼓相對隋軍退走

黃龍岡 在上元縣鍾山鄉去縣十里舊傳有黃龍見於此故名

武帳岡 案宮苑記古宣武城其地本宋文帝閱武帳今謂之武帳岡南史元嘉二十二年建宇于岡上

落星岡 一名**落星墩**在城西北九里周迴二十六里

高一十二丈又江寧縣西五十里臨江亦有落星岡

事跡 梁王僧辯於石頭城連營立柵至落星墩以拒侯景景大恐即此也○陳顯達舉兵以數千人登落星岡新亭諸軍聞之奔還宮城大駭○抱朴子曰落星岡吳時星落○李白嘗於落星石以紫綺裘換酒飲爲歡皆此地也

孫陵岡 已見商飈館九日臺

段石岡 在城南二十里長十二里高二十二丈丹楊記云巖山東有大碣石長二丈折爲三段因以名岡

詳見三叚石

石子岡一名**石子墩**在城南一十五里長二十里高一十八丈吳志云諸葛恪爲孫峻所害投之於此岡先是童謡云諸葛恪何弱弱蘆單衣篾鉤絡於何相求成子閣成子閣反語石子岡也輿地志宋大明中起迎風觀於其上舊經云俗說此岡多細花石故名石子岡

塘岡石邁古跡編云石頭城之東有巨石俗呼爲塘岡

事跡晉大興五年王氏收周顗戴若思殺於石

頭東塘頹石上百姓寃之至今紀其處

金陵岡在府城之西龍灣路上耆老言乃秦厭東南王氣鑄金人埋於此昔有一碣刊其文曰不在山前不在山後不在山南不在山北有人獲得富了一國後因砌靖安路失之詳見金陵辨

梅嶺岡在城南九里長六里高二丈舊經云東豫章太守梅頤冢于岡下因名之上有亭爲士庶遊春所

黄度詩梅岡丘壟已難尋堪恨吳兒太恐心闡道士山標擘處原頭叢薄不成陰

朱年壠案金陵故事在江寧縣南六十七里鼓吹山

前年生齊末兵亂中母亡廬墓終身負薪有白兎紫芝生于壠至今名其居爲孝感里

千佛嶺在攝山栖霞寺之側齊文惠太子豫章文獻王竟陵文宣始安王及宋江夏王霍姬齊田奐等琢石建像梁臨川靖惠王復加瑩飾嶺之中道石壁有沈傳師徐鉉張稚圭題名

桂嶺在鍾山南明慶寺後上有桂樹因以爲名楊虞部詩

步步高如月裏攀拂雲枝葉伴雲開花結子清香遠應似淮南一小山○馬野亭詩桂花千樹占嵌巖絕勝淮南一小山竽籟有時吹木末天香無限滿人間懸知彼處有金粟爲見如今

聞麝蘭躡磴緣崖覩採
摘分明如向月中攀

栽松峴 輿地云鍾山本多石少樹宋時詔刺史郡太守罷官者種松各有差 **楊虞部詩** 聳壑凌霄色共蒼森然萬樹約千行劉郎大厦尋顛覆應是其間少棟梁○ **馬野亭詩** 鍾山山上亦僮僮吏課何妨使種松還似農桑分殿最亦如榆柳計功庸初時出土平如薺後日橫空矯似龍每見路傍多合抱不知手植是誰儂

駐馬坡 在清涼寺後山上舊傳諸葛亮嘗駐馬於此以望形勢 **羅北谷詩** 一登偉觀眇山河下有將軍駐馬坡不是胷中兵十萬長江天險誤人多 **葉輝詩** 將軍氣勢溢江河躍馬曾來駐此坡坡下石頭城最險屯兵正自不消多

謝公墩 在半山寺里俗相傳謝安所嘗登也其事殊

無所據李白王荆公皆有謝公墩詩白詩云冶城訪遺跡猶有謝安墩乃今大慶觀冶城山昔謝安與王羲之登冶城悠然遐想有高世之志即此地荆公雖有我屋公墩之句而又有詩云問樵樵不知問牧牧不言亦自疑之耳江左謝氏衣冠最盛謂之謝公豈獨安也今半山寺所在舊名康樂坊按晉書謝元封康樂公至孫靈運猶襲封今以坊及墩名觀之恐是元及其子孫所居後人因名之耳

景定建康志卷之十七

上海東方同文書院圖書館記

景定建康志卷之十八

承直郎宣差充江南東路安撫使司幹辦公事周應合修纂

南京圖書館藏

山川志二

江湖 淮附

大江 隸建康府界者一百二十里西至和州烏江縣四十里以鰻鱺洲中流爲界東北至眞州楊子縣七十里以下蜀鎮中流爲界北至眞州六合縣界四十里以爪步戍中流爲界隸沿江制置司所部者一千百里西至馬當東至鎮江南北兩岸皆隸焉詳見

江防

事跡史記地理志三江北江從會稽毗陵縣北東入海中江從丹陽蕪湖縣東北至會稽陽羨縣東入海南江從會稽吳縣南東入海○水經及荆州記云江出岷山至潯陽分爲九道東會于彭澤經蕪湖名中江東北至南徐州名爲北江而入海長江有别名則有京江在南徐州禹貢所謂北江也瓜步江今揚州六合縣對潤州江寧縣即魏太武所臨處烏江即項羽死處今

和州烏江縣亦對江寧縣〇吳聿靖安河記略曰江出岷山自湖口合流而下奔放蕩潏吐吞日月山或磯之則其勢悍怒觸舞大艑兀若轉梗至其廣處曠數百里斷岸相望僅指一髮而舳艫上下中流遇風則四顧茫然亡所隱避自金陵抵白沙其尤者爲樂官山李家漾至急流濁港口凡十有八處稱號老風波而玩險阻者至是鮮不袖手〇吳書魏文帝有渡江之志望江水盛長彌漫數百里便引退自歎曰魏雖有

武騎千羣無所用也○江南野史周世宗問孫忌江南虛實忌曰長江千里險過湯池可敵十萬之師○晉中興書曰郭璞以中興王宅江外乃著江賦見文選

李白金陵望江詩漢江廻萬里泒作九龍盤橫潰豁中國崔嵬飛迅湍六帝淪亾後三吳不足觀我君混區宇垂拱衆流安今日任公子滄浪罷釣竿○

曾極涉金陵大江詩胡兵歲歲涉江干將帥誅求盡少寬未得三軍如挾纊憑誰數處卧風寒

○**仙巖章公權**長江問對篇問長江以汝衞南邦北人遥想心已降方今大勢全倚汝不知汝亦許不許國人皆悠悠我心良獨憂長城已坦道黄河已安流淮邊日夜風颼颼汝今孤矣非昔比問汝若何眞可倚長江對壯爾南邦以吾在今來古往只東流人世興亾自更改勾踐臨

齊晉劉裕入長安項王北渡黃河西破關北方或可取吾不爲君阻赤壁中流曾喪兵廣陵望見波濤驚爪步欲渡說虛聲南方長可守吾獨爲君有吾之勢何但抵長城長城今已平吾之力可以當百萬百萬昔嘗散吾能限南北不能輪事力吾能鼓風濤不能用英豪君不見吳之末陳之季豈必斯時吾獨異朝無政事國無人烏有長江事可倚辱君有問荅君知正恐知之亦忽之煩君奉此獻之國索裘勿俟大寒時

中江舊逕溧陽縣界古三江之一也今永陽江一名九陽江一名潁陽江在縣西北三十五里卽其遺跡案禹貢揚州三江旣入震澤底定岷山導江東迤北會于匯東爲中江入于海前漢

地里志桑欽水經皆云中江出蕪湖縣西南東至陽羨入海蓋自蕪湖逕溧陽至宜興入震澤以下海也唐開元十七年蔣日用作本縣城隍記云此縣南歷中江風波不借舟檝無施縣宰喬翔創浮梁以便行旅中江橋梁之設昉於此景福三年楊行密將臺濛作五堰拖輕舸饋糧五堰遺跡在今溧水縣界銀林雙河東垻之地是時中江置堰江流亦旣狹矣東坡奏議云溧陽縣之西有五堰者古所以節宣歙金陵九陽江之衆水直趨太平州

蕪湖後之商人販賣簰木東入二浙以五堰爲阻因紿官中廢去五堰既廢則宣歙金陵九陽江之水或遇暴漲皆入宜興之荆溪由荆溪而入震澤時元祐六年也是時中江尚通其後東壩既成中江遂不復東惟永陽江水入荆溪謾著其詳以見溧陽亦禹跡之所歷云

秦淮舊傳秦始皇時望氣者言五百年後金陵有天子氣於是東游以厭當之乃鑿方山斷長壠爲瀆入于江故曰秦淮案實録注本名龍藏浦其上有二源

一發自華山經句容西南流一發自東廬山經溧水西北流入江寧界二源合自方山埭西注大江分派屈曲不類人功疑非秦皇所開或曰方山西瀆直屬土山三十里是秦開又鑿石硊山西而疏決此浦因名秦淮葢未詳也舊志

事跡 祥符江寧圖經曰淮水去縣一里其源從宣州東南溧水縣烏刹橋西入百五十里○丹陽記云建康有淮源出華山入江○輿地志云淮水發源於華山在丹陽湖姑孰之界西北流

經建康秣陵二縣之間縈紆京邑之內至于石頭入江縣流三百許里○又云秦始皇巡會稽鑿斷山阜此淮卽所鑿也亦名秦淮○孫盛晉春秋云是秦所鑿王導命郭璞筮卽此淮也又稱未至方山有直瀆行三十許里以地形論之淮發源詰屈不類人功則始皇所掘疑此瀆也○徐爰釋問云淮水西北貫都○吳時夾淮立柵宋元嘉中浚淮起湖熟廢田千餘頃梁作緣淮塘北岸起石頭迄東冶南岸起後渚籬門迄

三橋以防淮水泛溢大抵六朝都邑以秦淮爲固有事則沿淮拒守今淮水貫城中東西由上下水門以達於江蓋水之故道也杜牧詩煙籠寒水月籠沙夜泊秦淮寄酒家商女不知亾國恨隔江猶唱後庭花○朱存詩一氣東南王斗牛祖龍潛爲子孫憂金陵地脈何曾斷不覺眞人已姓劉○曾極詩鑿斷山根役萬人祖龍疑絕更東巡石城幾度更新主嬴得淮流尚繫秦入○野亭馬之純詩城中那有大川行惟有秦淮帝城十里亙檣并錦纜萬家碧瓦與朱甍船多直使水無路人閙不容波作聲流到石頭方好去望中渺渺與雲平○北谷羅疊詩秦淮橫貫帝王州萬瓦鱗鱗枕碧流繫般艿愁何處去綠楊深巷有青樓○葉輝次韻人言王氣在鄣州歳政因來鑿此流地脈何曾眞斷得幾多天子[illegible]

宸樓○山君**劉元高**橫鑿南山貫北津安知豐沛有眞人六朝不得中原土猶使英雄欲遁秦

元武湖亦名**蔣陵湖秣陵湖後湖**在城北二里周迴四十里東西有溝流入秦淮深七尺灌田一百頃舊志

事跡案建康實錄吳寶鼎二年開城北渠引後湖水流入新宮巡遶殿堂○丹陽記吳孫皓寶鼎年間丹陽縣宣騫之母年八十浴於後湖化爲黿後湖又名練湖○徐爰釋問曰本桑泊晉元帝創爲北湖以肄舟師○大興三年始創北湖築長堤以壅北山之水東自覆舟山西至宣

武城六里餘○宋元嘉中有黑龍見因改元武湖立三神山於湖中春秋祠之○石邁古跡編曰元嘉二十三年築北堤立眞武湖於樂遊苑之北湖中亭臺四所○孝武大明中大閱水軍於湖因號昆明池而俗亦呼爲飲馬塘又於湖側作大竇通水入華林園天淵池引殿内諸溝經太極殿由東西掖門下注城南塹故臺中諸溝水常縈迴不息○建平王景素舉兵蕭道成出屯元武湖梁徐嗣徽等引齊兵至元武湖侯

景舉兵引元武湖水以灌臺城○鄭文寶南唐遡事云金陵北有湖周回數十里幕府雞籠二山環其西鍾阜蔣山諸峯聳其左右名山大川掩映如畫六朝舊跡多出其間每歲菱藕罟之利不下數十百千一日諸閣老待漏朝堂語及林泉之事坐間馮謐舉元宗賜賀監三百里鏡湖信爲盛事又曰余非敢望此但賜得後湖亦暢平生也徐鉉怡聲而對曰主上尊賢下士常若不及豈惜一後湖所乏者知章爾馮大有

慚色○國朝天禧四年改曰放生池其後稍廢爲田開十字河立四斗門以洩湖水跨河爲橋以通往來歲久堙塞今城北十三里唯有一池而它皆廢爲田龍川陳亮所謂建鄴帶後湖爲險者今不可以言險矣爲形勢慮者盍圖之熙寧八年十一月十一日王安石奏臣蒙恩特判江寧軍府於去年十一月十一日到任管當職事當時集官吏軍民宣布　聖化啟迪皇風終成一載所幸四郊無壘天下同文然臣切見金陵山廣地窄人煙繁茂爲富者田連阡陌爲貧者無置錐之地其北關外有湖二百餘頃古跡號爲元武之名前代以爲遊翫之地今則空貯波濤守之無用臣欲於內權開丁字河源泄去餘

水決瀝微波使貧困飢人盡得螺蚌魚蝦之饒此月下之利水退之後濟貧民假以官牛官種又明年之計也貧民得以春耕夏種穀登之日欲乞 明勑所司無以侵漁聚斂只隨其田土色高低歲收水商錢以供公使庫之用無令豪强大作佞占車駕巡狩復爲湖商則公私兩便矣伏望明降 隆章綏懷貧腐奉 勑依按此奏狀廢湖爲田蓋始於王安石也增收後湖田租則始於趙善湘田出谷麥所利者小湖關形勢所利者大故著廢湖之因以待復湖之人云

○宋元嘉十年顔延年從文帝樂遊苑中觀北湖收田勤苦應詔詩曰周御窮轍跡夏載歷山川蓄軫豈明懋善遊皆聖仙帝暉膺順動清蹕巡廣壓樓觀眺豐穎金駕映松山飛奔互流綴緹轂代迴環神行埒浮景爭光溢中天開冬眷徂物殘悴盈化先陽陸團精氣陰谷曳寒煙攢素旣森藹積翠亦葱芊息饗報嘉歲通急戒無年溫渥浹輿隸和惠屬後筵觀風久有作陳詩

愧未姸疲弱謝淩遽取累非經牽○**張九齡**詩南國更數世北湖方十洲天清華林苑日晏景陽樓幕下迴僊騎澤傍駐綵旂凫鷺喧鳳管荷芰鬬龍舟七子陪詩賦千人和棹謳應言在鎬樂不讓横汾秋風俗因紆慢江山成易由駒王信不武孫叔是無謀佳氣日將歇霸功誰與修桑田東海變麋鹿姑蘇遊否運爭三國康時劣九州山雖幕府在館豈豫章留水淀還相閱菱歌亦故遒雄圖不足問唯想是風流○**李白**詩空餘後湖月波上對瀛洲○**唐李義山**詩元武湖中玉漏催雞鳴埭口繡繻迴誰言瓊樹朝朝見不及金蓮步步來○**野亭馬之純**詩萬頃冥茫水拍隄當時於此習舟師長江天險雖堪恃鬬艦人謀可勿施莫使黑龍離舊窟且教元武入新詞如何又作蓬瀛景時節來遊看水嬉○**曾極**詩當日湖光徹鏡心龍旗鳳吹此登臨而今鐵馬迴旋地斜照黃塵一尺深○**朱存**詩雷轟疊鼓火翻旗三翼翩翩試水師驚起黑龍眠

不得狂風猛雨下多時○黄尙書度詩元武湖中春草生依俙想見竹籬城後來萬堞如雲起方恨圖王事不成○萬騎連山噪虎熊干艘激浪泣魚龍變遷陵谷有如此應笑銅駝無定蹤

太子湖一名西池在城北六里周迴十里舊志

事跡吳宣明太子創西池○晉元帝即位明帝爲太子修西池多養武士於內築土爲臺時人呼爲太子西池○又太子東湖在上元縣丹陽鄉太子臺下東橋之東梁昭明太子植蓮於此

丹楊湖在溧水縣西七十里周迴一百九十五里深

三丈湖中流與太平州當塗縣分界舊志

事跡 按春秋左氏傳哀公十九年楚子西子朝伐吳及桐汭杜預注云宣城廣德縣西南有桐水出白石山西入丹陽湖至今白石之水衝突則三湖泛溢此水本由五堰自宜興縣入太湖今已堙塞故老云當時慮後人復開此道則蘇常之間必被水患遂以石窒五堰路又液鐵以錮石○李白常游此湖酷愛其景乃張帆載酒縱意往來有湖與元氣連風波浩難止天外賈

客歸雲間片帆起之句

絳巖湖 一名**赤山湖**在句容縣西南三十里去府六十里源出絳巖山周迴二十里下通秦淮 舊志

事跡 石邁古跡編曰赤山湖在上元句容兩縣之間溉田二十四埠南去百步有盤石以爲水䟽閉之節○南史沈瑀傳明帝復使築赤山塘所費減材官所量數十萬即此湖塘也○唐麟德中令楊延嘉因梁故隄置後廢大歷十三年令王昕復置周百里爲塘立二斗門以節旱暵

開田萬頃○元和郡國志句容赤山湖在縣南
三十五里○茅山記太元眞人内傳曰江水之
東金陵之地左右間有小澤澤東有句曲之山
陶隱居曰小澤即謂今赤山湖也從江東來直
對望山○今此湖半屬句容半屬上元舊收歲
課錢二百二十貫咸平三年正月奉　勑除放

湖條江寧府上元句容兩縣臨泉通德湖熟崇德
丹陽臨淮福祚甘棠舊額八鄉今併入丹陽臨泉
福祚甘棠四鄉百姓自來共貯水緣嵓湖澆灌田

苗下有百堽堰捺水其湖上接九源山其堰下通秦淮江自吳赤烏二年到今已七百餘年其湖東至數堽西至雨壇南至赤岸北至青城舊日春夏貯水深七尺秋冬貯水深四尺先是麟德二年前縣令楊延嘉併建兩斗門立碑碣具言周回僅百里州司尋差十將下籌計生徐蔵巡湖打量得一百二十二里九十六步盧尚書判置湖貯水本為溉田若許侵耕難防災旱取定四尺水則使其澆九鄉田苗九鄉跨句容上元兩縣若過令深廣又慮浸毀若

逢曠旱之年須稍更增加今且定取五尺水則其不及處且任耕墾種植如有人於五尺水則內盜耕一畝一角推勘得實其犯條人斷遣令衆十日放本管湖長不覺察亦併施行又據十將下籌狀蘆蘺亭北邊去岸約有二百來步有一盤石東西闊四尺七寸南北闊三尺五寸石面中心去水面一尺六寸五分卽是五尺之則并有祭柱仍仰下縣便於石上磨刮更刻字記其湖仍每季一申不得鹵莽戴經新塘有豐等三湖圍埕內田多是私

函取水澆灌田苗准舊例放絳嵓湖水下秦淮三日取指揮給放不得專擅開函取水其湖先有傳食田五十畝句容縣弓量二十畝三十步上元縣弓量二十畝三十步百堽堰與絳嵓湖同置絳嵓湖貯水百堽堰捺水保大中曾別差官親到赤山湖所建**斗門三所**通放湖水出入常令湖中積水五尺其斗門或遇山水擁下高於湖內水面卽須全開三所斗門放水入湖候外溪水退却放水出溪下秦淮入江專須酌量湖水不得失於元則右

前件湖堰承舊澆灌九鄉田苗共一千餘頃畝伏奉　省符帖命指揮修作貯水遂鄉差承潤戸管當先有條流歲久去失續於晉天福年中再興功役修作經今六十餘年伏遇　明朝重興添修建造貯捺百里溪汉山源賑卹耕民備供王賦累奉勑恩給賜料物及借助日食等差兩縣官負置造斗門三所計用一萬七千六百八十工及添修湖埂并百墣堰共計三萬三千六百八十工衆議重置條流嚴加束轄謹連符條如前伏乞員外尊慈

特賜判印指揮永爲證據建隆查員外乾德伍侍御開寶王司空閻侍御魏司空盧司直林員外並判𢧐條常加束轄慶歷三年二月十八日葉龍圖知建康府日於古來舊湫處置立**大石柱**一條將湖心盤石水則刻於柱上永爲定則

樊珣記句容西南三十三里曰赤山天寶中改爲絳巖山以文變質也山外周流厥有湖塘舊址考於前志則曰吳人創之梁人通之矣洎金火有變積爲習坎灌莽之所我唐麟德歲邑宰楊嘉延亦

纂前服利農爲名雖迹於傳聞而事斯蒞昧楊氏之後今餘百年實滋菰蒲莫植粳稻剝極則貞俟能而俾大歷十二杞縣大夫兼大理司直太原王公昕能蘇罷勞（一作人）且易獘俗臨湖而歎以欲從人吟使臣之淸風酌良牧之高課將圖永逸匪顧暫勞因察其地形訪以輿誦謀始作則庀徒撰工月在休農雲其荷鍤周匝百頃（一作里）蓄爲湖塘置兩斗門用以爲節旱暵則決而全注霖潦則瀦而不流收功濟時道甚明遠開田萬頃贍戶九鄉洎

成輿區頗無凶歲魚稻之盛公實爲之昔叔敖爲陂能張楚國史起漳水竟富魏邦秦稱鄭白漢歌邵杜皆謂是也每商羊罷舞龍見而雩此屋有憂於銷鑠連阡莫覩於耘耨我則黛波奫淪白鳥飛滅下洞庭之鳧雁泳中流之鱣鮪横壙之右構爲新亭芬其芰荷樹以杞柳楊楚江嶺憧憧是途行李實獲於蔭庥詠歌或藉於觀覽懿乎哉君子之用心也孰愈崇其鳥榭侈以林堂此而莫文翰墨奚述大歷十二年十月三日記

右丹楊絳巖二湖

雖在外縣以其利民者廣故先志之尤加詳焉

迎檐湖 在城西北石頭城後五里今爲田 舊志

事跡 晉元帝南渡衣冠席卷過江客主相迎負檐於此湖側至今名迎檐湖○實錄云費縣西北有迎檐湖溉田三十頃○袁粲敗劉彦節走迎檐湖○陳軒金陵集有李建勲朱存迎檐湖詩

蘇峻湖 在城西北一十五里周廻十里灌田一十二頃案南徐州記迎擔湖西北有蘇峻湖本名白石陂 舊志

事跡 晉咸和二年蘇峻舉兵于石頭陶侃溫嶠庾亮陣于白石使將軍楊謙攻于石頭峻輕騎出戰謙詐奔白石壘峻逼之纔交鋒峻墜馬侃督護李陽臨陣斬峻於白石陂岸至今呼此陂爲蘇峻湖

張陣湖 在石頭城後舊傳蘇峻與晉軍嘗戰於此至今湖側高墩上有蘇大將祠案晉書峻起兵據石頭北湖距石頭纔八里今屬金陵鄉去城十三里

夏駕湖 在城東南五十里屬上元縣丹楊鄉今爲田舊志

事跡曹憲揚州記云晉惠帝永寧二年有石浮來建鄴自秦淮夏駕湖登岸二百餘步百姓咸曰石來石來至明年石冰果入揚州○沈約宋書晉惠帝太安元年丹陽湖熱縣夏駕湖有大石浮二百步而登岸民驚譟曰石來干寶曰尋有石冰入建鄴今丹楊鄉范墟渡舊有石浮數尺形如碌碡父老云即古夏駕湖浮來石也

半陽湖一名半湯湖在城東北四十里周迴十五里水同一壑而冷熱相半舊志

事跡 輿地志及南徐州記云江乘縣南有半陽泉半冷半熱熱處可爛物冷處如冰熱處魚入冷處卽死冷處魚入熱處亦死民種稻則溉熱水一年再熟今下蜀鎮有溫湯唐丞相韓滉小女有疾浴溫湯卽愈此在上元縣境○西陽雜俎云句容縣吳瀆塘其水半冷半熱熱可以瀹雞此又一湖也 **馬之純** 詩一半寒泉一半湯同爲此水異炎凉湯泉是處雖多有鍾阜斯池特廣長誰說吹噓如口鼻或云底下有硫黃好尋舊迹重開鑿地寶無容久瘞藏○**朱存** 詩江南龍節水爲鄉水不純陰又半陽一片湖光共深淺兩般泉脉異溫凉

攝湖在城東北五十里周迴二十里江乘縣記云湖在攝山之側因以爲名

三岡湖在城東六十四里周迴一十里漑田八十頃地有三岡俯臨湖側因以爲名

烏意湖在城東八十里周迴三里漑田一十頃

鸛雀湖在城東二里周迴二里流入青溪古老相傳今斜橋即走馬橋橋之東有水平闊是也或云今惟政鄉白蕩湖即其地舊志

事跡輿地志云走馬橋見有鸛雀湖窮神祕苑

曰梁昭明太子在東宮有一琉璃盌紫玉杯皆武帝所賜也既薨詔置梓宮後更葬開墳爲賊人攜入大舫乃有燕雀數萬擊之因爲有司所縛乃獲二寶器帝聞而驚異詔以賜太孫封墳之際復有燕雀數萬啣土以增其上墳側今有湖後人因名燕雀湖 楊備詩平湖岸側見高墳萬土啣來燕雀羣鑑面無波天一色此中文藻似儲君○馬之純詩在昔會爲舜帝墳象來耕作鳥來耘今茲封土麒麟冢乃有啣泥燕雀羣玉海冲融伴至性錦江燦爛擬高文區區羽物猶依戀想見人情望白雲

舊湖 在城東南一十五里周迴一十里灌田二十頃

水流入艦澳輿地志云婁湖苑吳時張昭所創有湖以溉田宋時築爲苑張昭封婁侯故謂之婁湖

高亭湖在城東南三十里周迴二十里溉田二十五頃丹楊記云王仲祖墓東南一十六里有高亭湖

葛塘湖在城東南七十二里周迴七里溉田四十頃舊經云昔葛仙翁於此煉丹故以名之

劉陽湖在城東南六十里周迴三十里溉田三十頃

白社湖在城東南二十五里周迴十里溉田一十頃

銀湖在城南七十里周迴一十三里溉田二十頃

石埸湖在城南五十三里周迴二十二里溉田四十頃

白都湖在城南七十里周迴八里溉田二十五頃西連白都山

笪湖在城南六十里周迴五里溉田一十五頃

梁墟湖在城南二十五里周迴十餘里溉田二十頃

河湖在城西南七十里周迴八里溉田一十頃

三城湖在城西南七十三里周迴一十五里中有三小城因以名之

江城湖在句容縣西北六十里計一百八十畝深六

尺二寸灌溉田八百畝屬琅邪鄉二十八都

固城湖在溧水縣西南九十里周迴一百里深三丈南北三十里東西二十五里環楚王故城有水四派湖中流與太平州接界與丹楊湖石臼湖號曰三湖東經五堰自常州宜興縣界流入太湖此道今堙塞

石臼湖在溧水縣西南四十里縱五十里衡四十里西連丹楊湖湖中有軍山塔子馬頭雀壘四山其水舊有二派入龍潭梅梁港經湯家步通濁水此道今堙塞

長塘湖在溧陽縣北五十三里周回一百五十里接金壇宜興縣界舊名**洮湖**舊志

事跡周處韋昭酈道元皆以此湖爲五湖之一中有浮山其水東連震澤春夏深秋冬淺○虞翻曰太湖有**五湖**故謂之五湖滆湖洮湖射湖貴湖及太湖爲五湖並太湖之小支俱連太湖故太湖兼得五湖之名注云洮湖一名長塘湖在義興○張勃吳錄云五湖者太湖之別名以其周行五百餘里故以五湖爲名○國語吳越

戰於五湖直在笠澤一湖中耳范蠡遊五湖卽此是○郭璞江賦云彭蠡青草具區洮滆以爲五湖洮音姚廣韻洮餘昭切五湖名○南徐州記云延陵縣東南長塘湖又名洮湖○輿地志云臨津西有長塘湖屬延陵永世二縣西受溧水通溧水縣界○周處風土記云洮湖別名長塘湖○晉咸和四年韓晃南走將軍王允之追躡於長塘湖大破之○王恭於京口起兵誅執政事敗走至長塘湖卽此是也○咸和三年蘇

遜以萬餘人自延陵湖將入吳興將軍王允之及遜戰于溧陽獲之亦此處也○按湖即古延陵尉所居其水東連震澤入松江至宋以庾業代義興太守劉延熙業至長塘湖即與延熙合制遣沈懷明等東討卒破業於湖夾岸築壘即此湖也春夏水深五尺餘秋冬差淺受大溪南流三十里至大坯山○張籍長塘湖詩一斛水中半斛魚言湖中多魚如此○祥符圖經云周回一百二十里

朱湖在溧陽縣今不詳所在郭景純江賦云其旁則有具區洮滆朱滻丹瀷酈道元水經注云朱湖在溧陽今溧陽湖泊爲多或謂之渰名稱更易古跡之可見者鮮矣或謂朱湖卽丹陽湖之異名未詳

千里湖在溧陽縣東南十五里晉書陸機云千里蓴羮未下鹽南史沈文季云千里蓴羮豈闗魯衛皆指此地也至今產美蓴俗呼千里渰與故縣渰相連或說千當作芉末當作秣千末皆省文也秣下卽秣陵大氐縣境產蓴多且肥美藏蓄可以致遠

昇平湖在溧陽縣西七十里水自溧水縣五堰東流入湖即古中江所逕之地又有溪水南自建平縣梅渚鎮來會

三塔湖一名梁城湖在溧陽縣西七十里周十八里西南與昇平湖相接張孝祥有詩

黄山湖在溧陽縣西南三十七里黄山下周廻五里

下湖在溧陽縣南一十里周廻五里流經白雲逕東入太湖

西干湖在城東五十里周廻五里溉田五十頃長樂

崑崙墩之西有村曰西干其側有湖因以爲名

慈湖 在江寧縣界接太平州湖濱有巡檢寨

事跡 石季龍寇歷陽趙胤屯慈湖蘇峻敗司馬流於慈湖

白米湖 在上元縣東與句容下塘村相接地産白米

溪澗

青溪 吳大帝赤烏四年鑿東渠名青溪通城北塹湖溝闊五丈深八尺以洩元武湖水發源鍾山而南流經京出今青溪閘口接于秦淮及楊溥城金陵青溪

始分爲二在城外者自城壕合于淮今城東竹橋西北接後湖者青溪遺迹固在但在城内者悉皆堙塞惟上元縣治南迤邐而西循府治東南出至府學墻下皆青溪之舊曲水通秦淮而鍾山水源久絕矣舊志

事跡 輿地志云青溪發源鍾山入于淮連綿十餘里溪口有埭埭側有神祠曰青溪姑今縣東有渠北接覆舟山以近後湖里俗相傳此青溪也其水迤邐西出至今上水閘相近皆名青溪

○溪舊有七橋晉郗僧施嘗泛舟青溪每溪一

曲作詩一首謝益壽聞之曰青溪中曲復何窮盡蓋謂此也○陶季直京都記云京師鼎族在青溪埭尚書孫瑒尚書令江總宅當時並列溪北○晉王含帥王敦餘黨自竹格渚濟沈充自青溪會之至宣陽門蘇峻等出南塘橫擊大破之○桓彝别傳曰明帝世彝與當世英彥名德庾亮溫嶠羊曼等共集青溪之上郭璞與焉乃援筆屬詩以白四賢并以自序○世說云周顗罷臨川還都泊青溪時夏暴雨船舫狹小而漏

殆無坐處丞相王導曰胡威之淸何以過此○齊高帝先有宅在青溪生武帝及卽位以宅爲青溪舊宮○永明元年望氣者言新林婁湖有王者氣帝廼築青溪舊宮作新婁湖苑以厭之○卞彬嘗於東府謁齊高帝時高帝爲齊王彬曰殿下卽宮東府則以青溪爲鴻溝鴻溝以東爲齊以西爲宋仍誦詩云誰謂宋遠跂予望之遂大忤旨○隋煬帝平陳斬張麗華孔貴妃二人於青溪柵下虞部員外郎楊備詩傾城傾國兩妃嬪此地閒名不見人潛想舊時

紅粉面落花風裏步香塵。竟煩擒虎到青溪此夜應無璧月詞迎刃春風嬉尤物岸花隨雨淚烟脂。任斯庵詩蛾眉流落碧流中走馬來時事已空此日不能留妲己他年誰敢憶高公又青溪不見麗華留遺恨空餘故國羞璧月只應明結綺春風吹不上迷樓又閉門忽憶東風面步向青溪遶碧灣淡白深紅了無跡緑楊煙外一鐙山

今建元寺東南角度溪有橋名募士橋吳大帝募勇士處其橋西南角過溝有埭名雞鳴埭齊武帝早遊鍾山射雉至此雞始鳴因名焉其溝是吳郄儉所開在苑城後晉修苑城爲建康宮即城北壍也王維詩言入黄花川每逐青溪水隨山將萬轉趣途無百里聲喧亂石中色静深松裏漾漾汎

菱荇澄澄映葭葦我心素已閑清明瀟如此請留盤石上垂鈎將已矣○張籍詩旅人倚征棹薄暮起勞歌笑攬青溪月清輝不厭多○鄭獬吳琚遊青溪有詞呈野亭馬公岸榔可擄獮路轉溪斜忽機鷗鷺滿汀沙咫尺鍾山迷望眼一片雲遮臨水整烏紗鬢影蒼華酒闌却念在天涯幾日不來春便晚開盡桃花野亭跋其後云秦淮海之詞獨擅一時字未聞米寶晉善詩然終不及字若公可兼之矣辛酉季春承議郎充江南東路轉運司主管文字馬之純謹書野亭詩云人道青溪有九曲如今一曲僅能存江家宅畔成花圃東府門前作菜園登閣尚堪觀疊障泛舟猶可醉芳樽料應當日皆無恙若雪瀟湘不足言又人日泛青溪青溪曲易迷船四波下上簾捲日東西景物行行見壺觴處處携浮舫消得醉極目水雲低○龍川陳亮論建業形勢擁秦淮青溪以爲阻今青溪九

曲僅存其一馬公光祖浚而深廣之建先賢祠及諸亭館於其上築堤飛橋以便往來游人泛舟其間自早至暮樂而忘歸詳見先賢祠及亭館下

白雲溪一名白雲逕在溧陽縣東十里清澈可翫東流入荊溪

鎖石溪在上元縣東南四十八里源發白石巖經攝湖六十餘里入大江其源上通數里山澗曲屈隨下奔注不類人功開鑿

長溪在上元縣東南六十里闊五丈丹楊記云湖熟鎮有長溪東承句容縣赤山湖水入于秦淮

白李溪在句容縣小茅峰北昔高辛時展上公居於溪上手植白李而食之道成仙去

上容溪在句容縣水源出中茅過蘆江橋經赤山湖入秦淮

谷溪在溧陽縣南二十里源出青山曲折流一百十里下合于瀨水

倉溪在溧陽縣西六十里源出谷山東北流入長塘湖

高友溪在溧陽縣南二十里源出廣德諸山至此聚而爲溪下經黄墟蕩合于白雲逕

與善溪在溧陽縣南三十里源出廣德諸山至此聚而爲溪合于高友溪

楚王東西二澗在茅山

事迹楚王來游領兵於此因名舊記云崇禧觀東二澗是也并華陽洞天三水合流直至崇禧觀門前

落馬澗一名南澗在江寧縣南五里東北流入城濠

事跡 宋孝武討元兇元兇軍敗人馬傾滿澗中時人呼爲落馬澗陳亡澗竭

蘼蕪澗 在上元縣城東三十里青龍山前路出檀橋

事跡 金陵故事齊處士劉瓛居此瓛爲儒林之宗仕至四十未婚其友爲娶王氏乃詣澗折蘼蕪而去因名蘼蕪澗

玉澗 今蔣帝廟側緣山澗是 **徐鉉**詩云鍾山祠畔宿煙晴玉澗橋邊碧樹春 **李涉**詩云迸石如散珠穿雲似流玉

東澗 在鍾山寶公塔之西宋熙寺基之東

所訏尤精釋典嘗聽講鍾山諸寺因卜築宋熙寺東澗有終焉之志

事跡石邁古跡編云梁處士劉訏彥度隱居之

鶴臺澗在茅山大茅峯之東北嘗有羣鶴往來於此澗後有道士張元之築臺以居焉

宜東澗在茅山中茅峰東白雲亭南水甚甘旱不涸

碧奈澗在大茅山西二里昔有仙人展上公於此種碧奈貨丹砂故名今楊尙書山居是也

上湖澗在溧陽縣西南六十里源在廣德軍東北流

入縣界合於白雲溪

泠水澗在句容縣玉晨觀北

流杯澗在句容縣雷平山西大路下

景定建康志卷之十八

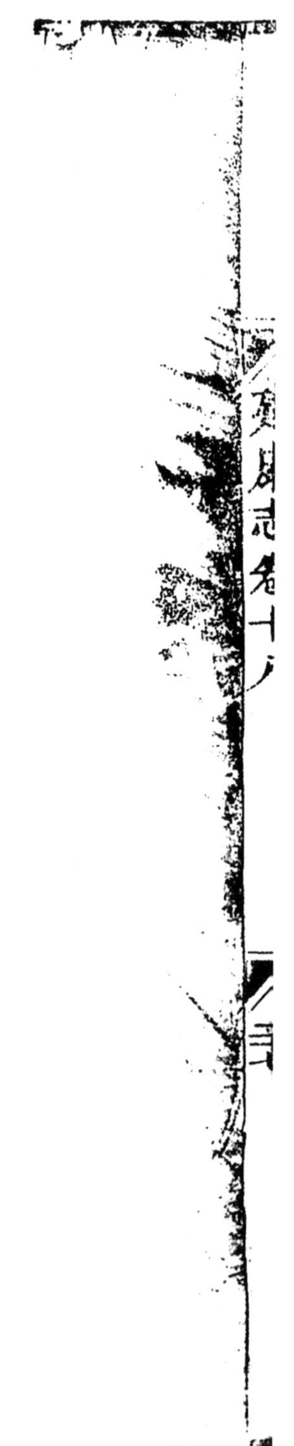

景定建康志卷之十九

承直郎宜差充江南東路安撫使司幹辦公事周應合修纂

山川志三

河港

古漕河一名靖安河自靖安鎮下缺口取道入儀真新河八十餘里

事跡吳聿靖安河記略曰江出岷山道峽與荆湘沅澧至洞庭積爲巨浸合沔水經潯陽東邀彭澤別爲九道會爲中江東北至南徐州爲北

江入于海惟中江自湖口合流而下奔放蕩潏吐吞日月山或磯之則其勢悍怒觸舞大艑兀若轉梗至其廣處曠數百里斷岸相望僅指一髮而舳艫上下中流遇風則四顧茫然亡所隱避自金陵抵白沙其尤者爲樂官山李家漾至急流濁港口凡十有八處稱號老風波而玩險阻者至是鮮不袖手東南漕計歲失於此者什一二宣和六年發運使盧公訪其利病得古漕河于靖安鎮之下鈌口謂其取徑道于青沙之

夾趨北岸穿坍月港繇港尾越北小江入儀真新河以抵新城下往來之人高枕安流八十餘里以易大江百有五十里之險實爲萬世之利役之始興楊子六合上元分治其所臨之地

新河 在白鷺洲西南流通大江二十餘里

事跡 韓忠武王世忠碑云建炎四年金人入寇車駕幸四明王聞之亟以舟師赴難兀术聞王在京口遽勒三十萬騎北還王遂提兵截大江以邀之相持黃天蕩四十八日兀术勢危自知

力僨糧竭或生他變而王舟師中流鼓枻飄忽若神凡古津渡又皆八面控扼生路垂絕一夕濬鑿小河自建康城外屬之江以通漕渠幸風波少休竊載而逃○內翰汪公藻建炎間奏議云虜於鍾山雨花臺各創大寨抱城開兩河以護之**曾極**詩云上東門嘯本同科天誘胡雛智詐多刁斗夜鳴兵四合五更平陸已成河

盧門河在上元縣長寧鄉去縣六十里一名**蕃人河**

事跡石邁古跡編云盧門河在盧門漾之側建炎間始開以通眞州亦名蕃人河今黃天蕩南

王諫議蘆場內是其處按此河以驀名而不逆其所以名意汪內翰所謂虜開兩河則此河與新河皆虜所開者否則無因以驀名也

珍珠河在宋行宮後

事跡乃昔陳後主泛舟遊樂之河忽遇雨浮漚生宮人指浮漚曰滿河珍珠因而名焉此河通護龍河至太平橋西分兩派一派出柵寨門一派出秦淮至嘉定間李尚書珏開浚以泄霖潦見水底有大梁板乃止

小新河 在東門外土橋之東

事跡 嘉定八年西山眞公爲江東運副適遇旱蝗細民阻饑欲因役以飽之爲養種園前一帶河道淺狹乃撥錢米發下蔣山寺令主首繼心差本寺僧行部役募五縣人夫自土橋東開河欲至蔣山開至半山寺後橋亭石不可掘乃止

新林港 又曰新林浦在城西南二十里闊三丈深一丈長一十二里

事跡 宋朝開寶八年王師收復江南曹彬等破

僞唐兵於新林港即此地○李白新林浦阻風寄友人詩有云明發新林浦空吟謝朓詩送友人遊梅湖云暫行新林浦定醉金陵月又韓翃送客遊江東詩云君到新林江口泊吟詩應賞謝元暉蓋元暉有新林向板橋詩也

下蜀港在城東北一百里句容縣北六十里

事跡唐世置鹽鐵轉運使在揚州　本朝都大發運使在眞州皆於江南岸置倉轉般今下蜀鎮北有倉城基并鹽倉遺址尚存後有河入大

江里俗呼曰官港卽古漕河也○紹興七年二月己巳　車駕未入建康營次下蜀卽此地也○韓子蒼嘗居下蜀集中有與曾宏甫同行下蜀詩下蜀追隨日歡言一散愁籃輿隨阪路小檝渡潮溝

竹篠港西至靖安東至石步南連直瀆北臨大江屬上元縣金陵長寧兩鄉由靖安港口至城二十里由石步港口至城四十里在唐世已曰竹篠港邇時於靖安港口得僞吳所鑄錠石云吳順義元年都城鑄

石步港在上元縣長寧鄉去縣四十里

事跡 石邁古跡編云攝山西花林市之東有曰石步港西連竹篠河北出大江○徐鉉臨石步港賦詩有云吹浪游鱗小黏苔碎石圓

溝瀆

潮溝 吳大帝所開以引江潮接青溪抵秦淮西通運瀆北連後湖其舊跡在天寶寺後（天寶寺故基在今城東北角外更西一里長壽寺前）

事跡 實錄云潮溝東發青溪西行經古承明廣莫大夏等三門外西極都城墻對今歸善寺西

南角南出歸善寺故基在今城北雞籠山東經閶闔西明二門接運瀆在西州之東今笪橋西南流入秦淮乾道南北橋河是也其北又開一瀆經棲元寺門棲元寺在覆舟山西南雞籠山東北至後湖以引湖水至今俗亦呼爲運瀆其實古城西南行者是運瀆自歸善寺門前東出至青溪者名曰潮溝其溝東頭已堙塞纔有處所西頭則見通運瀆○京都記京師鼎族在潮溝北○石邁古跡編曰按建康實錄所載皆唐事距今數百年其

溝曰以堙塞未詳所在今城東門外西抵城濠東出曲折當報寧寺之前亦名潮溝此今世所開非古潮溝也○按徐鉉有和鍾大監泛舟詩云潮溝横趣北山阿張忠定公亦有詩云潮溝一面已生蒲則是南唐及宋初潮溝古跡猶在也○東南利便書曰古城向北秦淮既遠其漕運必資舟楫而濠塹必須水灌注故孫權時引秦淮名運瀆以入倉城開潮溝以引江水又開瀆以引後湖又鑿東渠名青溪皆入城中由城

北塹而入後湖此其大略也自楊溥夾淮立城其城之東塹皆通淮水其西南邊江以爲險然春夏積雨淮水泛溢城中皆被其害及盛冬水涸河流往往乾淺**朱存**詩云流水東西傍帝臺六朝重爲兩朝開曾看鷁首知高下莫問魚皮識去來○**野亭馬之純**云潮溝溝外盡深泥泥上湖生溝御低直向北行連運瀆折從東去入青溪空中不斷橋烏過岸上相望瓦翼齊好是畫橋深北處荷花盈蕩柳垂堤

御溝在古御道兩旁歲久堙塞

事跡南史桂陽王休範舉兵杜黑騾乘勝渡淮黃門侍郎王蘊傷重踣於御溝之側○實錄宋

雀門北對宣陽門相去六里名爲御道夾御溝歲久堙塞今宮城以南御街兩邊俱有溝在居民屋下者乃南唐所開非六朝之舊跡吳融詩云一水終南下何年派作溝穿城初北注過苑御東流遶岸清波溢連宮瑞氣浮去應涵鳳沼來必滲龍湫激石珠爭碎縈堤練不收照花長樂曙泛葉建章秋影炫金莖表光搖綺陌頭旁沾畫眉府斜入教簫樓有雨難澄鏡無萍易擲鈎鼓宜堯女瑟盪必蔡姬舟阜着通鳴鶴津應接斗牛迴風還瀲瀲和月更悠悠淺憶觴堪泛深思杖可投秖懷涇合慮不帶隴分愁自有朝宗樂會無潰穴憂不勞誇大漢清渭貫神州○王半山云渺渺金河漲欲平數支分漲報清明常縈輦路漂花去更飲流盃送酒行靜見金輿穿樹影清含玉漏過墻聲衰顏一照自多感回首

江南春水生

霹靂溝在城東五里王半山有詩云霹靂溝西路柴荆四五家

百丈溝一名百步溝在溧陽縣南三里源出燕山相傳云此處田多高卬開溝以灌漑東流合于白雲逕下入太湖

鐵冶溝在鍾山鄉馬鞍山之下有地三畝餘皆鐵近水垠通小港耆老皆呼爲鐵冶溝

事跡梁時作三埧堰淮水以灌壽州一於壽州

一於荆山一於盱眙久不能成聚江南之鐵融液載往淮築之上種榆柳一夕崩壞聲聞數里棄所聚之餘鐵於此至淳祐七年趙都督葵於其旁置爐鞴十數以鑄鐵砲匠人烹鑿其地堅不可入乃巳

直瀆在城北隷上元縣鍾山鄉去城三十五里闊五丈深二丈西至覇埂東北接竹篠港流入大江旁有直瀆山直瀆洞吳後主所開瀆道直故名曰直瀆舊志

事跡輿地志云白下城西南有蟹浦蟹浦西北

有直瀆○伏滔北征記吳將甘寧墓在此或言墓有王氣孫皓惡之乃鑿其後爲直瀆○晉蘇峻舉兵溫嶠帥師救京師遣王愆期等爲前鋒次直瀆卽此地○楊修詩注云瀆在幕府山東北長十四里闊五丈深二丈初開之時晝穿夜復自塞經年不就傷足役夫卧其側其夜見鬼物來塡因嗟曰何不以布囊盛土棄之江中使吾徒免殫力於此傷者異之曉白有司如其言瀆乃成朱存詩云晝役人功夜鬼功陽開陰閭幾時終不聞擲土江中語爭得盈流一

水通○野亭馬之純作直瀆如何計得工長江雖遠欲相通比嘗開鑿不勝苦已復淤塡還似空閒鬼夜中皆行語棄泥江裏解成功有司號令纔依此袞袞波流漸向東

運瀆在上元縣西北一里半吳大帝赤烏三年使左臺侍御史郗儉監鑿城西南自秦淮北抵倉城通運於苑倉今所鑿城在西門近南其水東行過小新橋而南經斗門橋流入秦淮又東北過西虹橋循宋行宮城西迤邐向北乃其故道其自閃駕橋經天津橋而東者合于青溪舊志

事跡案建康宮城卽吳苑城城內之倉曰苑倉

故開此瀆通運倉所時人亦呼爲倉城晉咸和中修苑城爲宮惟倉不毀是名太倉在西華門內道北

宋存詩 舳艫銜尾日無虛更鑿都城引漕渠何事餧來貪雀穀不知留得幾年儲

破岡瀆

在句容縣東南二十五里

事跡 實錄云吳赤烏八年使校尉陳勳作屯田發屯兵三萬鑿句容中道至雲陽西城以通吳會船艦號破岡瀆上下十四埭上七埭入延陵界下七埭入江寧界晉宋齊因之梁改爲破墩瀆遂廢而開上容瀆陳高祖即位又堙上容瀆

而更修破岡至隋平陳乃廢後宋少帝於華林園開瀆聚土以象破岡埭與左右引船唱呼以爲歡樂

義溝瀆在城東二十里源出東青村下入秦淮長七里溉田一百餘頃

徑瀆在溧陽縣北三十里水自金壇縣界來入長塘湖鎮江志謂晉宋舊有此瀆隋大業初縣令達奚明又加疏决

池塘

放生池案舊圖經唐乾元中詔於江寧秦淮太平橋臨江帶郭上下五里置放生池八十一所有碑昇州刺史顏眞卿文舊以府治東東接青溪北通運瀆者爲之舊志今秦園之側府學之東卽古放生池也淳熙間史待制正志移放生池於青溪建閣其上遇祝

聖立班閣下府學遂因舊放生池爲泮水其流亦通青溪王尙書埜以其池乃祝　聖之地立板榜於舞雩亭門禁漁捕池近行路水深而堤不固時有溺死者焉公光祖閔而憫之池名放生豈容有溺死者乃

命能仁寺僧築堤甃街立大木爲欄檻自是無溺者矣又修闢青溪閣前爲飛梁繚以朱欄深迴汪洋塵迹莫能到也

天基節放生其間眞足以浚皇仁而遂物性詳見青溪閣下

天泉池 宋元嘉二十三年鑿一名天淵池 舊志

事跡 龔穎運歷圖云晉孝武太元十年大旱井瀆皆竭太官供饍皆資天泉池自晉已有此池矣○沈約宋書云明帝泰始二年天泉池白魚

躍入御舟○梁書陸榮公傳云天泉池中新製舟形狹而短帷引太常劉之遴國子祭酒到溉右衛朱异中書黄門郎陸倕同載○江總華林園天淵池銘云曉川漾璧似日馭之在河宿夜景流金疑月輪之馳水府今宫城後法寶寺西南菜圃中荒池尚餘一畝即此池也

善泉池一名**九曲池**在臺城東東宫城内周迴四百餘步

事跡金陵故事梁昭明太子所鑿中有亭榭洲

島曲盡幽深之趣太子泛舟池中嘗曰何必絲與竹山水可忘情野亭詩十頃青瑤浸碧流更添景趣極深幽旁爲九洲十八島上有五城十二樓茗雪荷花風度曉瀟湘蘆竹雨生秋昭明心想知何似好聽騎鯨汗漫遊○楊虞部詩影浸龍樓徹鳳城昭明有意在澄清穿時深欲狀瀰渺樂府當歌重潤聲○鮑讖曲夷白堂小集云甲午春與李之儀端叔葉棫薪之高秀實茂華同過景陽臺九曲池辱井三品石慨然成詩有云平池九曲在春水縈碕灣

飲馬池宋大明中立於元武湖北上林苑中

洗鉢池在蔣山寶公塔西二里法雲寺基方池是也

覆盃池今城北三里西池是也

事跡晉元帝中興頗以酒廢政丞相王導奏諫帝因覆盃於池中以爲誡**馬野亭詩**當初一馬過江來幕府山頭刈草萊無數流離未安集幾多政事合圖回只應早起觀庭燎安得時常近酒盃江左中興仗誰力一池春水泛新醅○**楊虞部詩**金盃覆處舊池枯此後還曾一醉無東晉中興股肱力元皇亦學管夷吾

西池

案宮苑記在太初宮西西門外吳之西苑今惠日寺後池也　舊志　互見太子湖

事跡吳宣明太子孫登所創謂之西苑○世說晉明帝爲太子時欲作池臺元帝不許太子養

武士一夕中作比曉便成即今謂之太子西池○丹陽記曰西池孫登所創吳史所謂西池明帝重修之耳○記室新書云西苑內有太子池孫權子和所築○實錄注云其宮城西南角本有池名清游池通城中樂賢堂並蕭宗為太子時所作○晉中興書云溫嶠拜中庶子在東宮甚見寵嘉僚屬莫與為比數規諫諷議甚有補助太子時起西池樓觀頗多勞費嶠口疏諫太子納焉○建康實錄云晉太元十年苻堅為姚

萇慕容冲所攻遣使求援詔謝安率衆救秦帝自行西池宴羣臣餞安賦詩者五十八人其地當在今宮城之西北○晉書云劉毅征盧循敗歸帝大宴於西池有詔賦詩毅詩云六國多雄士正始出風流毅自以武功不競故示文雅有餘也

謝叔源詩悟彼蟋蟀唱信此勞者歌有來豈不疾良遊常蹉跎逍遙越城肆願言屢經過回阡被陵闕高臺眺飛霞惠風蕩繁囿白雲屯曾阿景昃鳴禽集水木湛清華褰裳順蘭沚徙倚引芳柯美人愆歲月遲暮獨如何無爲牽所思南榮誡其多

濛汜池在臺城內舊志

事跡 梁陳龍舟嬉遊之所楊虞部嘗賦詩春條拂岸柳如金一鑑澄空照底深傍見龍舟赭袍影分明紅日在池心

柵塘 在秦淮上通古運瀆不詳其始舊志

事跡 實錄注吳時夾淮立柵號柵塘○王隱晉書云王敦反以兄子應爲嗣沈充自吳率衆萬餘人至與王含合充司馬顧颺說充曰今日舉大事而天子已扼其喉情離衆沮持疑猶豫必致禍敗今若决破柵塘因湖水灌京邑肆舟艦之勢極水軍之用此所謂不戰而屈人兵上策

也充不用其詰○王敦教誅郭璞璞謂五伯曰吾年十三時於柵塘脫袍與汝吾命應在汝手中五伯感昔念惠啣涕行法○梁天監九年新作緣淮塘北岸起石頭迄東治南岸起後渚籬門達于三橋作兩重柵皆施行馬至南籬時置柵如舊馬野亭詩六朝何處立都城十里秦淮城外行上設浮航如道路外施行馬似屯營關防直可防津渡緩急徒能禦盜兵非是後來謀改築如何今日作陪京其後置閘洩城內水入于江俗呼爲柵寨門乾道五年史公正志重修後廢景定元年馬公光祖重建

詳見城闕志

橫塘 案實錄注在淮水南近陶家渚緣江築長堤謂之橫塘淮在北接栅塘舊志

事跡 宮苑記吳大帝時自江口沿淮築堤謂之橫塘北接栅塘在今秦淮逕口吳時夾淮立栅自石頭南上十里至查瀆查浦上十里至新亭新亭南上十里至孫林孫林南上十里至板橋板橋上三十里至烈洲○吳都賦曰橫塘查下邑屋隆夸樓臺之盛天下莫比 **楊虞部詩** 早潮纔過晚潮來一

一軒窻照水開鑑面無塵風不動分明倒影見樓臺○馬野亭詩如今何處是橫塘在府城南淮兩旁魏蜀兩都皆不似蓬萊三島足相方烏衣巷口排金屋朱雀橋邊立粉墻有底繁華難說似何妨把作畫圖張

倪塘在城東南二十五里

事跡晉書王敦自湖陰使王含錢鳳等以兵五萬逼京師帝親率六軍次南塘夜募勇士陳嵩等領甲卒千人渡水掩其未備大破含軍于越城含軍既敗乃率餘黨自倪塘西置五城如郤月勢即此處也○南史劉毅初當之荊州表求

東道還建鄴辭墓去都數十里不過拜闕宋武帝出倪塘會毅胡藩請殺之帝曰吾與毅俱有剋復功其過未彰不可自相圖其後北討謂藩曰若從卿倪塘之謀無今舉也○梁書陳霸先既破侯景時齊兵自秣陵東跨淮立橋引兵渡自方山進及倪塘互見五城

臨賀塘 在城東三十里屈曲一十里灌田二十頃梁臨賀王蕭正德理田於此因以爲名

銅塘 在城東四十里屈曲一十五里溉田二十頃

長塘在城東南六十里屈曲五十里溉田一百頃

王塘在城東四十里屈曲一十五里溉田三十頃

開善塘在城東三十里屈曲一十五里溉田二十頃

蠡湖塘在城北二十里屈曲一十三里溉田一十頃

劉塘在城北三十里屈曲二十里溉田一十頃

水門塘在城東三十五里屈曲二十里溉田一十七頃

郭千塘在長隱山東其塘五畝深五尺一寸灌田六十餘畝其近村亦以郭千名水常滿鄉人涸之必有震電屬茅山鄉十三都石頭埭

上鈴塘在句容縣南一十三里計四十一畝一角四十二步深五尺三寸灌田一百一十三畝

下鈴塘計六十六畝二角三步深五尺三寸灌田二百單二畝

郭西塘在句容縣西一里計一百八十畝一角五十步深七尺三寸灌田五百七畝

南黄塘在句容縣東北十里赤堽約八畝深五尺灌田二百頃

西黄塘在句容縣東北十里淍西大小十三所廣一

十五畝灌田百五十頃

井泉

景陽井一名烟脂井又名辱井在臺城內陳末後主與張麗華孔貴嬪投其中以避隋兵其井有石欄多題字舊傳云欄有石脉以帛拭之作烟脂痕或云石脉色類烟脂案曾南豐集辱井銘曰辱井有篆文云辱井在斯可不戒乎并下文共十八字在井石檻上不知誰爲文又有景陽樓下井銘又有陳後主叔寶辱井記云江寧縣興嚴寺井石檻銘莫知誰作也今

皆磨滅唯辱井銘數字彷彿可辯舊志

事跡 按南史隋克臺城陳後主與張麗華孔貴嬪俱入井隋軍出之○韻語陽秋曰金陵之法寶寺井有石欄紅痕若烟脂相傳云後主與張孔淚所染○皇朝**蘇易簡嘗作陳宮井記**今石刻在　行宮學士院內**記云**陳宮三閣遺址僅存傍有古甃石欄周以蟲篆年祀寖遠辭旨殘缺其可觀者有戒哉戒哉數字詢諸耆艾即陳之季主避兵之井也詰其篆刻即後之名士垂訓之文也敢復明其志而言曰嗚呼惟天匪親君爲司牧司牧之畏有若厲也有無爲也苟弗厥道雖降志辱身未足補過苟底厥績則憑几高視可以致理是故爲

人君者可不戒哉叔寶之盜南國也悖民心慢天鑒忘吞日之業昧投籤之範淫湎之失一至於此且城下之盟牀下之巽前聖尚或恥之矧於沉井哉夫唐虞之懼與陳主之懼一也文武之樂與陳主之樂一也唐堯統天文思安安御彼黃屋如臨深淵此避兵之井也虞舜君臨德音愔愔睦彼二女樂而不淫此又同繩之妃也靈臺靈囿其文王之結綺乎公旦公奭其武王之狎客乎四聖克念勃然而昌後主反是溘然而亡爲樂之理孰否孰臧余因公暇遊斯地覩斯井吊往憤懣故窮理盡性礱其石而文之○

南豐晉公葉辱井銘

辱井有篆文云辱井在斯可不戒乎井下文共十八字在井石檻上不知誰爲文又有景陽樓下井銘又有陳後主叔寶辱井記云江寧縣興嚴寺井石檻銘莫知誰作也歷序隋文帝命晉王廣伐陳後主自投井中令人取之驚其太重及出乃與張貴妃孔貴人三人同束而上其末云唐開元二十二年三月

十七日前單父縣令左傳此縣丞太原王以下闕○[illegible]結綺臨春草一上尚殘宮井戎千秋脊涇自是前王恥不到龍沈亦可羞○[illegible][illegible]擒虎戈矛滿六宮春花無樹不秋風蒼[illegible]結綺春休玉樹殘陳王猶自惜姝顏石脉空染臙脂恨不比雙妃楚竹班○曾極詩寒泉玉甃没春蕪石染烟脂潤不枯杏怨桃紅嫣欲墮猶將紅淚洒黃奴○馬野亭詩應說兵來且莫降急尋宮井共深藏側身待作凌波步仰首還成半面粧已分葬埋依古甃可憐牽挽出銀牀至今汲水人皆說猶帶烟脂舊日香○[illegible]羅綺香中抑客吟望仙樓閣半天心誰云龍虎灘頭水不及庭前皆井深○[illegible]複道連延亘碧空庭花無日不春風天翻地覆江山在贏得聲名皆井中

龍天王井在臺城前舊傳梁武帝爲郄后立龍祠井

上號龍天王井梁陳皆祀之舊志

事迹　六朝記云梁武帝郗后性妬忌武帝初立未冊命因忿懟乃投殿庭井中衆赴井救之已化毒龍煙焰衝天人莫敢近帝悲歎久之乃冊爲龍天王使井上立祠自梁歷陳享祀不絕陳滅乃遷其祠於京城道德寺大業初又置祠於舊處

義井　在城南天禧寺側天聖五年丞相李公迪所鑿

事迹　義井記略曰相國隴西公赴鎮江寧思福

黎庶志在康濟常慮一物不得其所有塔主大律師可政者乃謂城之南隅康衢四達憧憧往來朝及其夕請官之隙地特建義井俾歷炎酷以濟其渴公躍聞斯美筆允其請遂募其積善者唐文遇出家貲以備其事畚鍤星聚穿鑿聿成周砌翠瑉廣覆華宇冽冽其泉縱鑠金焦石其源靡息輪蹄絕慮漁樵無憖老幼承惠矣天聖紀號五載孟春月二十有六日記銀青光祿大夫行尚書刑部侍郎碑字闕內堤堰橋道提舉

江南東路兵甲巡檢公事上柱國李迪

三義井 在石頭城後清涼寺莊及石子崗七里鋪共三井

事跡 南唐保大三年置井欄上有僧廣慧刻字以記歲月○又案金陵故事有三井在瓦棺寺後汲一井則二井俱沸因名其地爲三井岡

應潮井 在蔣山頭陁寺山頂第一峯佛殿後 舊志

事跡 蔣山塔記云梁大同元年後閣舍人石輿造山峯佛殿殿後有一井其泉與江潮盈縮增

減相應○段成式酉陽雜俎云蔣山有應潮井在半山之間俗傳云與江潮相應嘗有茂船朽板自井中出貞觀中有牧兒汲水得杉板長尺餘上有朱漆字曰吳赤烏二年豫章王子駿之船○石邁古跡編曰應潮井蔣山之頂古頭陀寺之後其井與江潮相通盈縮往來常應之時於井間得蘆根斷帆之屬**楊虞部詩**碧甃時時減復增山頭海面竅相應古來泉脉誰穿鑿潮落潮生不暫澄○**馬野亭詩**俯看滄海仰看山相去分明霄壤間有井無冬亦無夏與潮俱往又俱還想應透徹深無底怪得浮沉轉似環不用浙江亭上望請君

來此一憑欄

藏冰井 案宮苑記在城東北十里覆舟山北 舊志

事跡 宋孝武大明中鑿以藏冰齊梁陳皆因之

楊虞部詩 尤喜凌人職未隳閉藏出納示箴規戰兢國步艱難者常似臨深履薄時○**馬野亭** **題詠** 向日周家有凌人後來此事特相因冬時窖內收藏早夏日宮中給賜新但得滿盤堆水玉不須對面着風輪看來深闊能多少調得陰陽冷熱均

沸井 在句容縣東三十五里

事跡 丹陽記曰句容縣有沸井亦曰沸潭又曰句容縣東三十五里有龍崗崗頂有沸潭周廻

十二丈叫入聲便沸不鬪不涌也○異苑曰句容縣有延陵季子廟廟前井及瀆常自涌沸于今猶然圖經云在縣東三十里虎耳山

響井 在江寧縣陶吳鎮西北二百餘步

事跡 響井欄上存元祐五年四字或以紗帛蒙其上以物擊之則作鼓聲或以瓦石投其中則作鍾磬聲今屬陳主簿家園中

許長史井 在茅山玉晨觀內今有碑碣存 舊志

事跡 陶隱居云舊在許長史宅歲久堙沒後得

井於觀中其泉色白而甘○有井銘乃徐鉉所作長史含道棲神九天人井邑改丹井存焉射茲谷斛列彼寒泉分甘玉液流潤芝田我來自西尋眞紫陽若愛召樹如升魯堂敬刋翠珱永識銀床噫嗟後學挹此餘光

陶隱居井 在茅山華陽宮前橋東 舊志

事跡 陶貞白七次丹成皆中等神人告以定分止合得此中丹於是服之遁景而去○井歲久堙沒政和初道士莊愼修索而得之初去三尺許得瓦井欄雖破合之尚全環刻大字先生丹陽陶仕齊奉朝請壬申歲來山棲身高靜自號隱居同來弟子吳郡陸敬游其次楊王吳戴陳許諸生

供奉階守湖熟潘邏及遠近宗稟不可具記蓋悠歷代詎勿識焉梁天監三年八月十五日錢塘陳宣懋書　及見磚甃又穿數丈獲一圓石硯徑九寸許列十一趾滌之朱色粲然又得銅爐有柄若今所謂手爐者仍於砂石間有丹一粒大如芡實光彩射人亟取之遂墮井中水極甘冷雖大旱不竭爐硯藏宮中

梁官井 在溧陽舊縣寨東百餘步

事跡 南唐時東以太湖與錢氏分界溧陽屯兵問遣諸子巡視有憩於驛者樂工忤意沉之井

滯魄爲祟託宿必魘或死無敢入者後有達官欲寓宿驛吏以事告不信其夜果見服緋綠者數輩自井出叱問具陳寃狀祈葬遺骼於高原達官許之復投于井明日爲出其骼以葬其怪遂絶今猶呼樂官井卽當時驛舍所在云

湯泉在城東六十里上元縣神泉鄉湯山其處有聖湯延祥院舊凡十所今存者六

事跡吳郡録曰江乘縣有湯山出温泉二所可以治疾○張勃吳録曰丹陽江乘縣有湯山出

溫泉三所○宋劉義恭湯泉銘云秦都莊溫谷漢京麗湯泉炎德資遠液暄波起斯源○石邁古跡編云鷹門山北有湯泉去都七十里周以洗浴治瘡飲之已腸胃冷疾齊時有老沙門語彼村人云此鑊湯之衝也寺中前後留題甚衆惟元祐間周公溥詩最爲警拔鷹門泉水熱於湯清淨源從古道場應笑驪山山下水至今猶帶粉脂香刻石見存

忠孝泉近忠孝亭

事跡武舉狀元周虎有記馬軍行司公宇在建業西門之裏東距冶城伊邇前人摫撫殊未易及惟西北一隅獨無瀦水之地鬱攸之戒每月惴焉暇日因績西園

四望亭之北爲軒三楹即簷之瀝鑿池方十有六丈以受衆溜以備不測穴地不四五尺偶於池心得泉津津從而深之則泓紆隨溢清冷而甘香以之瀹茗滌煩頗勝他水亦可異也思有以名之而未得一日引睇冶城之顛有屋孤起諏之則晉將軍卞壼望之墓傍之舍所謂忠孝亭者是已嗟乎忠孝之於人與生俱生夫人固有之卞氏一門顧得擅此名於天地間耶方典午不競官爵自尊品流自高紛如也至俯首一意惟國之憂惟君之徇死生禍福不復吾計如望之者凡幾人父死國難子死父難蓋六朝以來曠未之聞則謂父忠臣謂子孝子可無愧裴母之言矣路有貪泉行道之人恥而不飲虎也何幸雖得官甚麁而食息起處乃鄰英靈於千載之上且新泉之出與忠孝一亭下上適相近可不挹望之之高風仰望之之遺烈託忠孝之美名復皇皇乎他求哉於是乎遂名其泉曰忠孝庶後之飲此水者不懷行道之疑而望之之

流芳汲之則在云嘉定歲庚午冬十月臨淮周虎叔子記井書

玉兎泉在府學東廊前

事跡秦丞相檜未仕時宿學夜見白兎入地使人掘之一丈許得泉檜既入仕設井欄鐫石篆書玉兎泉三字

一人泉在蔣山北高峯絕頂古定林寺後僅容一勺挹之不竭自山下至泉五里**章望之詩**云一人泉在此山顛萬人可飲聞舊言顧我無人試此水盛夏獨飲南風前

道光泉在蔣山之西梁靈曜寺之前

事跡熙寧八年僧道光披榛莽得泉深五尺穴竹引注寺中由嶺至寺凡三百步王荆公手植二松於其傍其後道光又得二泉合爲一派主寺者作屋覆于其上名曰蒙亭以此泉得之道光故名道光泉**王荆公詩**籜龍[illegible]雨繞山行注遠投深靜有聲雲涌浴槽朝自暖虹垂齋鑊午還晴銅瓶各滿幽人意玉梵因高正士名神力可嗟妨智巧桔槔零落便苔生

宋熙泉在蔣山寶公塔之西有宋熙寺基基之左有泉因名宋熙泉今蔣山興國寺日用皆此泉也

喜客泉在茅山樓眞觀南客至則涌沸而起舊志

事跡句曲三茅山記喜客泉在大茅北垂方數尺客至即沸故以爲名漫塘劉宰詩物我本忘情無情惟止水底事山中泉客來如有喜悠然鏡面平倏爾魚眼生少焉開笑靨似與客逢迎客喜泉豈知泉笑客何有邂逅深山中聊結忘情友○深居馮[illegible]詩次韻白雲在空山丹光照厓水仙人跡如埽客至泉輒喜世路多不平箇中太清生政以靜自怡亦與凡將迎風波處處息坎離人人有要使到此蹤盡作蓬瀛友

撫掌泉在茅山崇壽觀前雖旱不涸舊記云在鴻禧院東闊擊掌之聲涌出如沸其味甚佳冬時常暖亦呼爲冬溫泉

白騎泉在城北十五里石邁古跡編曰吳大帝時蔣帝乘白馬執白羽扇見形於此馬跑地成泉因以名之其泉在騎亭山之側屬上元縣慈仁鄉

白乳泉在攝山棲霞寺千佛嶺下昔因人伐木始見石壁上刻隸書六大字曰白乳泉試茶亭不知得名於何人

陳隆泉石邁古跡編曰隸上元縣丹陽鄉絳巖山之北父老相傳昔有陳隆道人嘗結茅其側其泉清澈甘冷繞山十餘泉皆所不及建炎中居民避難山中

取給此泉泉之東有屋基平坦無石莫知所因

田公泉 在茅山玉晨觀東南一里亦呼柳谷泉 舊志

事跡 眞誥定錄言華陽雷平山有田公泉飲之除腹中三蟲與隱泉水同味云是玉沙之流津也用以浣衣不用灰以此爲異

玉液泉 舊記云在茅山崇壽觀後山巖上路西畔仙人捧石北泉若乳色甘而香能去腹中諸疾

海眼泉 舊記云在楊尚書山房常時泉涌能應海潮在積金中茅之西今元符宮西園是也

諸水

鍾山水

事跡 李衛公浮槎山水記云李侯以鎮東留後出守廬州因游金陵蔣山飲其水既又登浮槎至其上有石池涓涓可愛蓋陸羽所謂乳泉漫流者飲之甘則鍾山水與浮槎之水其味同也

石頭城下水

事跡 中朝故事云李德裕博達居廊廟日有親知奉使于京口李曰還日金山下揚子江中零

泉水與取一壺來其人舉棹曰醉而忘之泛舟至石頭下方憶乃汲一瓶於江中歸京獻之李公飲後訝歎非常曰江表水味異於頭歲矣此頗似建鄴石城下水其人謝過不隱也

八功德水 在蔣山悟真庵後因梁天監得名

事跡 天聖記云鍾山之陽有泉曰八功德梁天監中有胡僧曇隱飛錫寓止修行有一龐眉叟相謂曰予山龍也知師渴飲功德池措之無難矣人與卩滅一沼沸成深僅盈尋廣可倍丈泿井不鑿醴泉無源水旱若初澄櫈一色厥後西僧繼至云本域八池一已眢矣此味大較相類豈非竭彼盈此乎一清二冷三香四柔五甘六淨七不饐八蠲痾又其効也夫

姜詩孝聞獲淵開而鯉躍貳師誠至因劒刺以流飛義有激而相求物何遠而不應向匪兼濟則爲怪豹是泉也方外淨因寰中美利別其靈者安可忽諸世故流離滋液長在借其風雨不庇荆蕪四侵寂寥山阿孰爲起廢史館學士蘭陵蕭公貫以己俸作亭甃版石八自南康購至楹柱四下東府所成鑿崖以審曲圜土以端術奢不至侈巋然獨存仍練僧結廬於前以掌之庶幾便民汲息客遊非有徼於妄福也　承○嘉奉郎守大理寺丞知上元縣事梅摯記

定記云　八功德水鍾山之勝也亭久弗葺編修鍾公建臺之明年元正之三日率僚屬爲　國祈年于寶公味靈源之甘列慨棟宇之湫隘　圖徹而新之鳩工庀材斲礱拓基增庳爲高不擾於民不侈厥費輪奐翼然所以護神淵而綿美澤也自有此山即有此水梁天監中始得名我　宋天聖中史館蕭公始亭其上迨今百七十有七年復宏舊觀闡幽發奇後前有待

則嗣而葺之，以沾溉後人，滋福于無疆。是山龍沸出之祥，鍾公重建之美意也。公名將之，字仲山，長沙人，自樞屬三持節爲此來，今着籍元士。是役也，俾其屬浚都也郁縉董之，因識其歲月。嘉定改元上巳日記并書。

題詠

楊虞部詩 翠壁如屏旱不枯，一泓甘滑飲醍醐。高僧到此聞絲竹，還有金鱗對躍無。注云：高僧曇隱遊行於此，忽聞金石絲竹之音，俄見清泉一泓瑩徹甘滑，有積年疾者飲之皆愈。○**王半山詩** 寒雲靜如癡，寒日慘如戚。解轂塞山中，共坐寒泉側。新甘出短綆，一酌煩可滌。仰攀青青柳，木醴何所直。又念方輿子，違懽悅，夜不眠。起視明星高，整駕出東阡。聊爲山水遊，以寫我心悁。知子不餔糟，相與酌雲泉。○**曾極詩** 數斛供廚替八珍，穿松漱石瑩心神。中涵百衲煙霞色，不染齊梁歌舞塵。○**馬野亭詩** 鍾山有嶺號屏風，碧石青林一徑通。聽得山腰鳴陸續，看來海眼淨洲瀫。初嘗但得煩心解，再飲能令百慮空。歎美輕清

無限好經中所說正相同

曲水 晉海西公於鍾山立流杯曲水延百僚

事跡 水經注曰舊樂遊苑宋元嘉十一年以其地爲曲水武帝引流轉酌賦詩裴子野宋略曰文帝元嘉十一年三月丙申禊飲于樂遊苑且祖道江夏王義恭衡陽王義季有詔賦詩**顏延年應詔讌曲水詩**道隱未形治彰既亂帝迹懸衡皇流共貫惟王創物永錫洪算仁固開周義高登漢祚融世哲業光列聖太上正位天臨海鏡制以化裁樹之形性惠浸萌生信及翔泳崇虛非徵積實莫尚豈伊人和寔靈所貺日完其朔月不掩望航琛越水輦賮踰障帝體麗明儀辰作

貳君彼東朝金昭玉粹德有潤身禮不愆器柔
中淵映芳猷蘭祕昔在文昭今惟武穆於赫王
宰方旦居叔有睟睿蕃爰履奠牧寧極和鈞屏
京維雁鵬鷁雙交刀氣參變開榮灑澤舒虹爍
電化際無閒皇情爰眷伊思鎬飲每惟洛宴郟
餞有壇君舉有禮模帷蘭甸畫流高陛分庭薦
樂析波浮醴豫同夏諺事兼出濟仰闕豐施降
惟微物三妨儲隸五庠朝黻逐泰命屯恩充報
簡有侮可俊滯報難拂。蕭穎士蓬池禊飲序
曰晉氏中朝始參燕胥之樂江左宋齊又間以
文詠風流遂遠蔚爲盛集蕭子範家園三日賦
有云聊潔新而濯故式東流之前軌右瞻則青
溪干仞北顧
則龍盤秀出

溧水一名瀨水在溧陽縣西北四十里

事跡前漢地理志云溧水出南湖○祥符圖經

瀨水西承丹陽湖東入長塘湖蓋丹陽湖即南湖也嘗考其詳固城春秋時吳瀨渚縣篆勝公廟記漢溧陽縣治在焉隋開皇十一年割溧陽之西置溧水縣固城在今溧陽縣之西溧水縣界紹興中得後漢溧陽校官碑於固城湖之傍故知其爲漢縣治丹陽湖在其南故曰南湖溧水出南湖而東縣在水之北水北曰陽故名溧陽自東壩既成於是丹陽湖水不復通本縣界然古溧水之出於丹陽湖明矣今縣西北有水源出曹山逕溧水縣界東流入本縣界合于永陽江六朝事跡編及乾道

建康志皆指曹山之水爲溧源非也○元和郡縣志謂溧水在溧陽縣南六里蓋唐溧陽縣治卽今之舊縣也○溧水東流爲永陽江江上有渚曰瀨渚卽伍子胥乞食投金處故又曰投金瀨自瀨渚東流爲瀨溪鄉民訛爲瀾溪入長塘湖一派東流爲吳王漕吳王漕者楊行密時漕運所行也或以爲春秋時之吳王○眞誥云夫至貞者萬乘不能激其名投金溧女是也陶隱居注云金溧女是子胥所逢浣紗於溧水之陽者後旣投金以報之故謂之金溧詳

見李白所作瀨女碑

吳漕水 源出溧水縣東廬山東南流入吳漕過白馬橋馬沉二港港下入丹楊湖

太山水 源出溧水縣南流入固城湖經五堰東入溧陽縣三塔港

亭水 源在句容縣北三十里亭山南遶縣城東與赤山湖水合流下百堽堰入秦淮

汝南灣 在城東八里當秦淮曲折處 舊志

事迹 晉汝南王渡江因家於此遂名汝南灣齊

陸慧曉劉瓛宅並在灣前又有東冶亭在灣之東南乃晉太元中餞送之所○齊陸慧曉清介自立張緒目爲江東裴樂家於灣前張融自稱天地逸民牽船住岸下以隣居劉瓛弟璡字子敬二人並居其間水有異味時酌飲之至今取此水釀酒極佳事見覽古詩注汝南王昔過江東此地名將汝海同玉斝濯來人易醉有時人面照花紅○當時只號汝南灣後有三人住此間自謂逸民須隱約並稱賢士想高閑秖緣水味都殊異且欲鄰居數往還好是有時相就飲不妨鐺脚對青山

桐林灣在秦淮南南通府城北臨淮水岸舊植桐甚繁故以名東北有浮航即長樂橋也

明月灣在句容縣西南一里通淮謝安石曾月夜泛舟垂釣今釣基尚存

烏龍潭在城北鍾山鄉永慶寺之前水旱祈禱屢應按輿地志云宋元嘉末有黑龍見於元武湖側今潭近湖所疑即當時所見之處

菖蒲潭在句容縣仙人房許長史居此學道又顧著作山房多產菖蒲一寸九節

投金瀨 在溧陽縣西北四十里源出曹姥山經溧水縣界東流入縣界南流爲潁陽江江上有渚曰瀨渚

事跡 吳越春秋云伍子胥奔吳至溧陽溧陽女子擊綿瀨水之上子胥跪而乞餐女子簞食壺漿而飲之子胥餐而去謂女子曰掩子壺漿勿令其露女子曰行矣子胥行五步還顧女子已自投於瀨中後子胥伐楚師還過溧陽瀨上長歎曰吾常饑於此乞食而殺一婦人欲報之百金而不知其家乃投金水中而去後有嫗行哭

而來曰吾女年三十不嫁擊縹於此遇窮人餔之恐事泄投水而死故號此水投金瀨史記云子胥未至吳而疾止中道乞食張勃曰子胥乞食處在丹陽溧陽縣唐書音訓曰投金瀨今潁陽江上伍子胥嘗乞食遇婦人餔之後欲報恩求之不獲乃投百金於此瀨上有正義女廟李白遊溧陽北湖望瓦屋山懷古詩云聞有正義女振窮溧水灣

投書渚 今在城西

【事跡】晉史殷羨建元中爲豫章太守去郡人多附書一百餘封行至江邊石頭渚以書擲水中祝曰沉者自沉浮者自浮殷洪喬非致書郵

【船澳】在城南一十里水出婁湖下入秦淮深丈餘冬春不涸 舊志

【事跡】輿地志云梁武帝所開在光宅寺東二百五十步其寺武帝舊宅帝從城歸宅儀仗舟車駢戢塞路開以藏船

巖洞

天開巖 在攝山棲霞寺之後去寺三里石多特立中有石擘相向其直如截殆非人力所至故以天開名其巖巖之左有張稚圭祖無擇諸公題字

道鄉巖 在八功德水之後半嶺間可容數人慶歷中知府葉公清臣嘗領客來游公字道鄉故名

石城洞 一名龍洞在城西一里二百步石頭西嶺下臨大江當嶄絶之處有洞户眞誥云此小有洞天之南門也俗呼爲龍洞口 **曾極**詩江流遠引背煙嵐平陸何年重舉帆斷岸插天危

欲墜六朝龍

去祇空巖

華陽洞在茅山側三茅二許俱得道於此洞其洞門五三門顯二門隱

事跡茅山記云華陽西南有二洞其西在崇壽觀後其南在元符宮東

國朝每投金龍玉簡於此〇六朝記云十大洞天之第八名中有金壇長百丈復有玉碣皆載神仙祕事三茅二許俱得道於此靈異至多盡見於陶貞白華陽頌〇貞誥曰金陵句容之句

曲洞爲第八洞天又曰句曲地肺土良水清謂之華陽洞天可以度世種民是處五災不干陸游

題詠河漢徹碧霄晴九華仙子到凡塵涼夜出頭吹玉笛纖雲卷盡月分明清露濕草晶熒起看大地粲瑤瓊下界千門人寂寂空山夜靜海波聲仙子去渺雲程天風杳杳珮環清回望九州煙霧白千山月落影交橫○林逋詩華陽山雨拂輕塵獨步煙霞訪隱真笑傲太平雲外客安閑清世夢中身金章名重人稱貴布褐才高道不貧吟罷洞天風正淡自知凡骨定逢人

紫洞在大茅峯南

事跡茅山記云洞在大茅山前從玉液泉爲正路洞前亦有石壇洞內有石鍾磬直下可行七

八里能容一二百人其內流水不絕色若染藍石澗潺湲可戀路通無窮但險峻難涉耳又云外有古壇內有石鍾磬旌節人物皆石入者非人必見異物

越巖山洞 在句容縣乾元觀南

事跡 翳爲勾踐四世孫葬句容大橫山下

金牛洞 在句容崇壽觀東

事跡 秦時採金獲金牛爲女子所觸遂躑而出跡著于石

洲浦 磯汀夾沙並附

白鷺洲　在城之西與城相望周迴一十五里　舊志

事跡　酈道元水經云江寧之新林浦西對白鷺洲。丹陽記曰白鷺洲在縣西三里洲在大江中多聚白鷺因以名之。國朝開寶七年王師問罪江南曹彬等破南唐兵五千於白鷺洲即此地。建炎末虜騎侵軼江南回至江口聞王師將以海舟中流邀其歸路遂用牛犁等於白鷺洲一夜鑿一小河乘輕舠而走詳見新河白詩云三山半落青天外二水中分白鷺洲又宿白鷺洲寄楊江寧詩云朝別朱雀門暮宿白鷺洲送殷淑云白鷺洲前月天明送客回○徐鉉有題白鷺洲江鷗詩云白鷺洲邊江路斜輕鷗接翼滿平沙○曾極詩江水悠悠綠染衣淮山渺渺翠成圖南朝鷺序歸何處惟見滄洲白鳥飛○楊備詩春信風生晚汛潮印沙羣鷺立還翹凭高一片迷人眼蘆葦叢邊雪未銷○劉過詩一聲雷鼓挾風威頃刻衝濤没釣磯行客驚看銀漢落陽侯聳起玉山飛蛟龍便爾爭先化鷗鷺茫然失所依安得長竿入吾手翩然東海釣鰲歸徐見白鷺亭下

馬昂洲在城西北周迴一十五里舊志

事跡寰宇記云馬昂洲在縣北二十三里○南徐州記臨沂縣北有馬昂洲晉元帝渡江牧馬

于此因以名之○梁書南兗州刺史南康王會理前青冀二州刺史湘潭侯退西昌世子彧率兵三萬至馬昂洲即此處○陳軒金陵集王祖道詩云石頭虎踞海洲岸馬昂槽

新洲一名**薛家洲**去城北四十里今幕府山相對有上新洲下新洲

事跡吳志太平元年朱據欲討孫綝綝遣孫憲等以舟兵逆據江都獲據於新洲○晉隆安五年海賊孫恩向京師聞譙王尚之在建康復聞

劉牢之已還至新洲不敢進而去○南史宋武帝微時貧陋過甚自往新洲伐荻有衲布衣襖等皆敬皇后手自作既貴以付會稽公主曰後世有驕奢不節者可以此衣示之○宋武帝伐荻新洲時見大蛇長數丈射之傷明日復至洲裏聞有杵臼聲往覘之童子數人皆青衣於洲中擣藥問其故答曰王爲劉寄奴所射合藥傅之帝曰王神何不殺之答曰寄奴王者不可殺帝叱之皆散收藥而反○祥符圖經云隋末始

漲故名新洲

舟子洲在城南隅周迴七里舊志

事跡梁天監十二年以朱雀門東北淮水紆曲數有水患又舟行旋衡太廟灣乃鑿通中央爲舟子洲諸郡秀才上計憩止于此

槩洲在城東北七十五里周迴三十八里南徐州記云石壠山北江中有洲今百姓於洲上槩種所收倍於平陸

加子洲在城西南十三里周迴一十二里舊志

事跡 溫嶠陶侃赴援討蘇峻侃泊加子洲郗鑒自廣陵來會于此○寰宇記云加子洲夏日堪泊船冬月淺涸永昌之初其洲忽一日崩陷數里其形曲折作九灣

烈洲 在城西南七十里吳舊津所也內有小河可泊船商客多停此以避烈風故以爲名 舊志

事跡 伏滔北征賦亦謂之栗洲上有小山其形似栗因名之○晉永昌元年王敦舉兵至栗洲戴若思劉隗等六軍敗績○寰宇記云王濬伐

米嘗宿於此簡文爲相亦會桓温於此○世說云桓宣武在南州與會稽王會於溧洲于時漾舟江側謝公亦在坐狂風忽起波浪鼓涌非人力所制桓公有懼色會稽亦微異惟謝公怡然自若須間風止桓問謝曰向那得不懼謝徐笑答曰何有三才同盡理○安帝隆安六年桓元舉兵東下司馬元顯大懼以劉牢之爲前鋒軍溧洲參軍劉裕請擊之牢之不許與元交通舊志載宋武帝義師討逆劉牢之屯此洲者誤也劉牢之屯此洲時宋武帝爲牢之參軍大亨三年

方輿義兵於京口討元作舊志者殆未考耳太元九年桓冲爲荊州刺史文武祖道謝安自送至溧洲並此處也

雞距洲在城西南三十五里周廻三十里

烏沙洲在城西南三十五里周廻二十里

楊林洲在城西南二十五里周廻一十一里

木瓜洲在城西南二十八里周廻二十里

深洲在城西南八十里周廻二十五里

龍潭洲在城西南九十五里周廻一十五里

合興洲在城西南九十五里周廻一十二里

鰻鱺洲在城西南七十里周廻三十五里西對和州烏江縣以水多　因爲名

董雲洲在城西南一十五里西有小江名曰澧江故一名澧江場其上有田五百頃

丁翁洲在城西南二十五里周廻一十五里昔有隱士晦其名惟稱丁翁居洲上故爲名

簾檐洲在城西南三十五里周廻一十七里南唐保大中治宮室取材於上江成巨筏至此時會潮退爲浮沙所沫漲成洲渚　宋朝景德三年南岸潰出大

枋木二十餘條

落星洲在城西南三十里周廻一十里上有小阜高數丈舊圖經云星隕所化也

魚袋洲在城西南八十里周廻五里形如佩魚因以爲名

烏江洲在城西南六十里周廻一十五里接烏江縣西界

迷子洲在城西南四十里周廻三十里王荆公次韻葉致遠詩云

迷子山前漲一洲

本八圖志失編收

張公洲在城西南五里周廻三里舊志

事跡梁太清二年豫州刺史裴之高等舟師二萬次張公洲○陳霸先擊破侯子鑒師于張公洲○梁書王僧辯陳霸先之破侯景也耀軍于張公洲高旗巨艦過江蔽日乘潮順流景登石頭城而觀之不悅曰彼軍有如是不易敵也

蔡洲今名蔡家沙在城西南一十二里周廻五十五里舊志

事跡按晉史王敦在石頭欲禁私伐蔡洲荻以

問羣下時王師新敗士氣震懼莫敢異議溫嶠獨曰中原有藪庶人採之百姓不足君孰與足若禁人樵伐未知其可○成帝時陶侃討蘇峻與溫嶠庾亮等率舟師四萬旗鼓百里次于蔡洲六日諸軍盡會石頭城西北○盧循作亂戰士十餘萬舟艦數百里連旗而下劉裕登石頭以望循軍曰賊自新亭直上且將避之若回泊蔡洲此成擒爾時徐道覆請於新亭焚舟而戰循曰不然不如按甲蔡洲以待之初劉裕望見

船向新亭有懼色及見回泊蔡洲喜曰賊落吾下也遂率兵進戰縛以大筏因風逼之大破循軍於江中循遁走侯景次臺城裴之高援兵至後渚結陣于蔡洲景分屯南岸〔一〕大寶三年陳霸先討侯景二月大軍進姑孰先鋒次蔡洲卽此也

長命洲 梁武帝放生之所也在石頭城前舊志

事跡 梁武帝日市鵝鴨鷄豚之屬放此洲名爲長命洲置戶十家常以粟穀餧飼歲各千數而

爲狐狸所食及掌戶竊而烹者各半○輿地志云魏使李愬來聘帝時於此放生問愬曰北主頗知此事乎對曰魏國不殺亦不放帝無以應之

楊虞部詩梁武慈悲不鼎烹業恩豢養亦虛名狐狸口腹應潛飽就死多於日放生○**馬野亭**詩如何長命作洲名梁武當時此放生鵝鴨成羣如市肆鷄豚無數似屯營豈知半被狸奴食寧免私爲鵪戶烹不殺自然能不放御將實禍博虛聲

江乘浦在城西北一十七里舊志

事跡秦始皇東遊於此渡江○南徐州記江乘縣西二里有大浦發源於石城山東入大江因

縣爲名○吳徐盛作疑城自石頭至江乘○晉
蔡謨自土山至江乘鎮守八所城壘凡十一處

蟹浦 在城西北一十六里舊志

事迹 輿地志云白下城西南有蟹浦源出鍾山
北流九里入大江○齊崔慧景軍敗走單騎至
蟹浦投漁人太叔榮之榮之故爲慧景門人時
爲蟹浦戍謂之曰吾以樂賜汝汝爲吾覓酒既
而爲榮之所斬以頭内籃中送都

鄒陽浦 在石城西上通秦淮下入馬昂洲九里達于

江乘舊經云梁鄱陽王嘗於此置屯田因以爲名

牧馬浦 在城東南三十九里案丹陽記牧馬亭東南一里有牧馬浦晉永和中所置流入秦淮浦上舊有橋謂之牧馬橋南朝放牧多在此

遶遶浦 在城東十里闊五十步深一丈下通大江

京江浦 在城東北五十一里闊五丈深一丈下入大江

大城浦 在城東北五十二里闊五丈深九尺下入大江

小城浦 在城東北六十七里闊五丈深一丈下入大江

泉水浦 在城西北二十五里闊五丈深九尺源出白

下山南流一十二里入秦淮

鍾浦在城東一十五里闊四丈深八尺源出鍾山南流七里入于秦淮攷之金陵圖其地有鍾浦橋

同夏浦在城東一十五里闊五丈深七尺南入秦淮浦在廢同夏縣南因以爲名

羅落浦在城東北六十里闊四丈深八尺合于攝湖流十二里入大江宋武帝進至羅落橋卽此地也

白社浦在城東北二十五里案金陵故事云發源鍾山西注秦淮

查浦在石頭南上十里舊志

事跡建康實錄晉陶侃屯查浦李陽與蘇逸戰于查浦盧循犯建業宋武帝柵石頭斷查浦以拒之皆此地也

新林浦在城西南二十里闊三丈深一丈長一十二里舊經云三十里源出牛頭山西七里入大江秋夏勝五十石舟春冬涸舊志

事跡酈道元水經云江寧之新林浦西對白鷺洲○梁武帝置江酒乃自新亭鑿渠以通新林

浦又起義兵擒新亭城主大軍遂次新林侯景圍臺城柳仲禮韋粲合軍屯新林皆此地也互見新亭

龍藏浦在舟子洲岸西南古曲秦淮是也互見秦淮

板橋浦在城西南三十里闊三丈五尺深九尺下入大江舊志

古跡李白有秋夜板橋浦獨酌懷謝朓詩天上何所有迢迢白玉繩斜低建章闕耿耿對金陵

江寧浦在城南七十五里源出太平州當塗縣界長

三十里闊七尺深一丈二尺溉田一百二十頃夏秋勝三百石舟春冬勝一百石舊志

事跡 梁末徐嗣徽任約領齊兵萬人還據石頭陳高祖遣兵往江寧據要險以斷賊路賊水步不敢進頓江寧浦口遣侯安都領水軍襲破之

王荆公有江寧夾口詩五首茅屋滄洲一酒旗午煙孤起隔林炊江清日暖蘆花轉恰似春風柳絮時又月隨浮雲水捲空滄洲夜泝五更風北山草木何由見夢盡春燈展轉中又鍾山咫尺被雲埋何況南樓與北齋昨夜月明江上夢逆隨潮水到秦淮又日西江口落征帆卻望城樓淚滿衫從此夢歸无別路破頭山北北山南又落帆江口月黃昏小店无燈欲閉門半出岸

沙楓欲死繫船猶有去年痕

秣陵浦 在城南五十里闊一十丈長一十里深一丈一尺溉田四十頃輿地志云浦以舊縣爲名源出龍山北流一十里入葛塘湖又一十里入長溪合秦淮秋夏勝三百石舟春冬勝一百五十石

三山磯 在城西南七十五里 舊志

事迹 翰府名談曰陳公堯咨泊舟三山有老叟曰來日午時有大風舟行必覆宜避之來日天晴同行舟皆離岸公託以事日午黑雲起天末

大風暴至折木飛砂怒濤若山行舟皆溺公驚歎又見前叟曰某江之遊奕將也公他日當位宰相固當奉告公曰何以報德叟曰吾本不求報貴人所至龍神理當衛護願得金光明經一部乘其力薄得遷職公許之至京以金光明經三部遣人至三山磯投之夢前叟曰本止祈一部公賜以三今遷隍數職再拜而去

蚵蚾磯 在城西 舊志

事迹 南唐書云江合符上書陳民間利病十餘

條烈祖善之而宋齊丘疾其才因使親信誘台符痛飲推沉石城蚵蛂磯下

欒家磯 在城西北二十五里上元縣金陵鄉長慶村之西

事跡 國朝實錄熙寧五年詔賜江東路轉運使韓鐸新提點刑獄張稚圭詔書獎諭仍賜銀絹以提舉開江寧府張公凸上欒家磯馬鞍山河道也

九里汀 在城東南五十里東下入秦淮溉田五百二

十頭 舊志

事跡 建康實錄吳寶鼎元年後主在武昌冬十月永安山賊施但等反刼後主弟永安侯謙爲主出烏程取故太子和陵上鼓吹曲蓋北入建業衆萬餘人丁固諸葛靚等逆討於九里汀即此處也

碉砂夾 在城西南七十里

事跡 張文潛有碉砂夾阻風詩云 大江春風浪如屋客舟避風碉砂宿

卷終

東亞同文書院圖書

景定建康志卷之二十

承直郎宜差充江南東路安撫使司幹辦公事周應合修纂

城闕志一

建邦啟土既勤垣墉設險守國深濬高壘惟典神天祇肅廟社相協厥居若作室家宣其鬱紆臺池共樂皆宜有志金陵城郭肇於越楚廣於六朝至我宋而大且久往古來今不相沿襲有一居而數更所者矣有一所而數更名者矣新名立而舊者没後迹遷而前者譌志有弗詳曷信而證如昆明鑿而鎬都

爲池隋城立而漢京爲苑固不可以古而爲今唐已爲晉而詩存唐邶已爲衛而詩存邶亦奚可以今而志古哉乃參古今作城闕志

古城郭

古固城 春秋時吴所築也在今溧陽縣之西溧水縣界周迴七里餘其故址尚存亦名平陵城

考證 案勝公廟記云固城吴時瀨渚縣也楚靈王與吴戰吴軍不利遂陷此城吴乃移瀨渚於溧陽南十里改爲陵平縣平王立使蘇邇爲縣

戰於吳吳軍敗收吳陵平縣改爲平陵縣自平
王聽費無極佞言伍員奔吳闔閭用爲將舉軍
破楚國城宮殿逾月煙焰不滅其城遂廢○笠
澤叢書云溧陽昔爲平陵縣縣南有故平陵城
即吳國城所攺也○李賀記爲兒時在溧陽聞
白頭書佐言孟東野貞元中爲溧陽尉溧陽昔
爲平陵縣縣南五里有投金瀨瀨南八里有故
平陵城周千餘步基址才高三四尺而草木甚
盛率多大櫟叢篠蒙翳如鴻如洞其地窪下積

水沮洳深處可活魚鼈幽邃可喜東野得之志歸○紹興中得後漢校官碑於溧陽固城之旁知其爲漢縣治按此城最古在越城楚邑之先不書於表以其在縣境耳志城郭之首以存古

古越城 一名范蠡城寰宇記周元王四年越相范蠡所築在今瓦棺寺東南國門橋西北圖經云城周迴二里八十步在秣陵縣長干里今江寧縣尉廨後遺址猶存俗呼爲越臺舊志

考證 金陵故事云周元王四年范蠡佐越滅吳

欲圖伯中國立城於金陵以彊威勢○郡國志云在縣南六里東甌越王所立吳王濞敗保此城後走丹徒○晉王敦王含以水陸五萬逼淮温嶠燒朱雀航以挫其鋒遂潛師渡水大破含軍於越城○南史盧循犯建康劉裕恐其侵軼用虞丘進計伐木柵石頭城修治越城○齊崔慧景寇建業蕭懿入援自采石濟岸頓越城○梁武義師次新林遣王茂據越郤此地○嘉祐實錄注云越王築城江上鎮今淮水南一里半

廢越城是也案越絕書其城越范蠡所築城東南角近故城望國門橋西北卽吳牙門將軍陸機宅故機入晉作懷舊賦西望東城之紆餘卽此城在三井崗東南一里今瓦棺寺閣在崗東偏也○事迹云今南門外有越臺與天禧寺相對見作軍寨處是也近時詩人指越臺爲越女取越士築臺者非也

楚金陵邑城 威王滅越私吳越之富擅江海之利置金陵邑於石頭及懷王爲秦所滅至漢高帝時封韓

信於楚鄣郡屬焉六年廢舊志

考證 周顯王三十六年越爲楚所滅乃因山立號置金陵邑今石頭城是也楚威王後一百一十餘年當秦始皇二十四年秦滅楚兼諸侯分天下作三十六郡以金陵爲鄣郡楚亡後一十三年當始皇三十七年乃改金陵邑爲秣陵縣詳見郡縣及地名釋

吳石頭城 已載山阜門石城下

丹楊郡城 案宮苑記在長樂橋東一里南臨大路城

周一頃開東南北門漢元封二年置丹楊郡至晉太康中始築城宋齊梁陳因之不改舊志

考證 漢志置丹楊郡先治宛陵建安十三年孫權分爲新都郡二十六年權始置丹楊郡自宛陵治建業永安中分置故鄣郡丹楊所領惟溧陽以北六縣晉太康元年改建業復爲秣陵置江寧縣唐初廢爲州天寶元年復置至德二載析置江寧郡○元和郡國志丹陽郡故城在今江寧縣東南○蔡宗旦金陵賦注云古圖長樂

橋東一里今桐林灣軍寨處

古都城 案宮苑記吳大帝所築周迴二十里一十九步在淮水北五里黃龍元年自武昌徙都晉元帝初過江不改其舊宋齊梁陳皆都之宋世宮門外六門城設竹籬至齊高帝建元元年有發白武樽言白門三重門竹籬穿不全上感其言改立都墻本紀建元二年立六門都墻是也其後增立為十二門云 舊志

考證 按宮室記吳大帝遷都建鄴有曰太初宮者即長沙王故府徙武昌宮室材瓦所繕也有

曰臺城蓋宫省之所寓也有曰東府蓋宰相之所居也有曰西州蓋諸王之所宅也有曰倉城蓋儲蓄之所在也皆不出都城之内輿地志曰晉瑯邪王渡江鎮建鄴因吴舊都修而居之宋齊已下宫室有因有革而都城不改○東南利便書曰孫權雖居石頭以扼江險然其都邑則在建鄴歷代所謂都城也東晉及齊梁因之雖時有改築而其經畫皆吴之舊○隋旣平陳詔城皆毀今之都城非舊也

臺城 一曰**苑城**本吳後苑城晉成帝咸和中新宮成名建康宮即今所謂臺城也在上元縣東北五里周八里濠闊五丈深七尺今烟脂井南至高陽樓基二里即古臺城之地盡爲軍營及居民蔬圃舊志

考證 實録注苑城即建康宮城吳之後苑地一名建平園又云臺城南正中大司馬門南對宣陽門相去二里宣陽即苑城則臺城在苑城內明矣○宮苑記云古臺城即建康宮城本吳後苑城晉咸和中修繕爲宮○輿地志云都城南

正中宣陽門對苑城門其南直朱雀門正北面宫城無別門乃知苑城卽宫城在都城內近北明矣臺城南面開四門北面二門東西面各一門宫城內有兩重宫墻周廻五百七十八丈南面開二門北面二門東西面各一門第三重宫墻南面一門東西面各一門又云同泰寺與臺城隔路今法寶寺及圓寂寺卽古同泰寺基故法寶亦名臺城院以此考之法寶圓寂寺之南蓋古臺城也○晉書成帝時蘇峻作亂焚燒宫

室溫嶠以下咸議遷都惟王導固爭不許咸和五年作新宮始繕苑城六年遷于新宮即此城也○此城唐末尚存唐史張雄傳云使別將趙暉據上元暉負其才欲治臺城爲府者是也○梅摯臺城訪遺址詩云寺僧日扣粧鐘起園客時[illegible]輦路耕○蔡宗旦金陵賦云登高陽之危樓想苑城之舊規

東府城 晉安帝義熙十年冬城東府在青溪橋東南臨淮水周三里九十步去臺四里簡文爲王時舊第

後爲會稽王道子宅道子録尚書事以爲治所時人呼爲東府其子元顯亦録尚書事時謂道子爲東録元顯爲西録西府車騎塡湊東第門下可設雀羅東第即今東府城也舊志

考證 會稽王傳孌人趙牙爲道子開東第築山穿池列樹竹木工用鉅萬帝嘗幸其宅謂道子曰府內有山因得游矚甚善也然修飾太過非示天下以儉道子謂牙曰上若知山是版築所作爾死矣牙曰公在牙何敢死其城東北角有

土山曰靈秀郎牙所築也○宋武帝領揚州日築東府城以居彭城王義康文帝元嘉中義康更開拓北壖浚西塹自後常爲宰相府第景和中嘗改爲未央宮○明帝時建安王休仁鎮東府訛言東城出天子帝懼殺休仁而常閉東府不居桂陽王休範反車騎典籤茅恬開東府納賊○齊高帝封齊王以東府爲齊宫○梁太清三年侯景舉兵毀板女墻以甎甓爲之紹泰末盡罹焚毁○陳天嘉中更徙治今城東三里齊

安寺西臨淮水陳亡廢

西州城 卽古揚州城漢揚州治曲阿晉永嘉中遷于建康王敦始爲建康郡立州城卽此城也案建康實録城所置西則治城東則運瀆今天慶觀之東西州橋是也一説石冰之亂焚燒府舍陳敏營孫氏故宮居之元帝初渡江卽敏府創今城舊志

考證 晉孝武太元末會稽王道子領揚州居東府故號此城爲西州大明中以東府爲諸王邸西州爲丹楊尹治所謝安爲時人所愛重及鎮

新城盡室而行造汎海之裝欲須經畧稍定自江道還東雅志未就遂遇疾篤上䟽請旋旆詔遣還都聞當輿入西州門自以本志不遂深自慨失及薨後安所知羊曇者輟樂彌年行不由西州路嘗因石頭大醉扶路唱樂不覺至州門左右曰此西州門曇悲感不已因慟哭而去○宋時徐羨之住西州高祖嘗思之即步出西掖門往見焉○寰宇記云西州學者多未曉江寧府有東府城城中有揚州廨而揚州在府西故

時人號爲東府西州東府城之西門謂之西州門世說王丞相治揚廨按行而言曰我爲何次道治此爾充少爲王公所知是以發此歎今西州也丹楊記曰揚州廨王氏所居諸葛恪則治建業晉自周浚至王仍吳舊王復領州牧及桓温桓元悉治王府王茂宏以及元謙則在建康永嘉七年顧榮誅陳敏揚州刺史劉機治建康王氏代機元帝渡江居城府王便立州廨於此宋殷景仁既拜揚州羸疾遂篤上敕西州道上

不得有車聲孝武時熒惑守南斗上乃廢西州舊館使西陽王子尙移居東府城以厭之揚州別駕沈懷明曰天道示變宜應之以德今雖廢西州恐無補也上不從西州竟廢

金陵有古冶城本吳冶鑄之地世說敘錄云丹陽冶城去宮三里今天慶觀卽其地舊志

晉元帝大興初以王導疾久方士戴洋云君本命在申而申地有冶金火相鑠不利遂移冶城於石頭城東以其地爲西園○晉成帝幸

司徒府游觀西園徐廣謂之冶城園是也○孝武帝太元十五年於城中立寺以冶城爲名○安帝元興三年以寺爲苑廣起樓榭飛閣複道延屬宮城謝安每與王羲之登之悠然遐想有高世志○金陵故事導疾遷冶於縣東七里六朝有東西冶每遇警急出二冶囚徒○又有東冶亭晉太元七年立在縣東八里爲士大夫餞別之所疑導疾時以古冶遷東西爲二故王荊公詩云欲望鍾山岑因知冶城路此謂東冶城

也金陵故事又有南冶六所少府一司徒二揚州二鎮軍一○晉史庾公權重足傾王公庾公在石頭王公在冶城坐大風揚塵王公以扇拂塵曰元規塵汚人○梁紹泰元年陳霸先使合州刺史徐度立柵於冶城○齊徐嗣徽等攻冶城柵霸先將精甲自西明門出擊之嗣徽大敗

琅邪城 在江乘縣界晉元帝以瑯邪王過江國人隨而居之因城焉在縣東北六十三里今句容縣瑯邪鄉即其地也 舊志

考證 齊武帝永明元年移琅邪於白下置大起樓觀講武於此南徐州記云江乘南岸蒲洲津有琅邪然則琅邪城與白下相邇今句容縣有琅邪鄉蓋與江乘縣界相接是蒲洲津與白下皆有琅邪城也一在上元縣金陵鄉西北去城十四里乃白下之城或者直以蒲洲津城爲白下非也○王隱晉書江乘南岸有琅邪城立琅邪內史以治之○齊永明六年於琅邪城講武習水步觀者傾都○王融從武帝琅邪城講武

應詔詩云白日映丹羽頳霞文翠旃淩山炫組甲帶水被戈船○謝朓有江孝嗣戍瑯邪城詩○南史齊王融傳云世祖欲北伐使毛惠秀畫漢武圖置瑯邪城射堂上毎游幸必觀視焉

金城在城東二十五里吳築今上元縣金陵鄉地名金城戍即其地舊志

考證吳後主寶鼎二年以靈輿法駕迎神於明陵使丞相陸凱奉三牲祭於近郊後主於金城門外露宿明陵乃後主父故太子和陵也蔡宗

旦金陵賦云遊金城以愴然問種柳之何在笑吳王之信巫乃露宿於門外○晉大興中王氏舉兵反將軍劉隗軍于金城○初咸康中桓温出鎮江東之金城後温北伐經金城見爲琅邪時所種柳皆十圍因歎曰木猶如此人何以堪因攀枝執條泫然流涕楊修金城詩亦引此爲據晉中宗於金城置琅邪郡桓温嘗爲琅邪内史至咸康七年出鎮金城今上元縣金陵鄉地名金城戍卽其地

秣陵城在宮城南八里一百步小長干巷內梁宋北齊皆爲秣陵故城跨淮立橋柵當是其地隋併入江寧

建鄴城晉太康三年分秣陵淮水北爲建鄴舊城在吳冶城東詳見縣

蔣州城杜佑通典隋平陳於石城置蔣州寰宇記輔公祏據江東用爲揚州唐趙郡王孝恭平公祏又於其城置揚州大都督後徙揚州於廣陵此城遂廢

五城有二其一在府城東南二十五里東晉時所築其一在石頭城唐德宗時所築

考證　晉王敦敗王含錢鳳乃率餘黨自柵塘西遣五城造營唐景雲中縣令陸彥恭於城側造橋渡淮水今五城渡是○唐德宗狩梁州韓滉觀察江東西乃築石頭五城自京口至土山修塢壁起建業抵京峴樓雉相望詳見石頭城

檀城　本謝元之別墅太傅謝安與元奕碁計勝處至宋屬檀道濟故名檀城圖經云在縣東八里今按建康實錄在墅城東八里非去縣八里也地圖謂之城子墅今清風鄉有城子村在黃城橋之西卽其地去

府城四十里

白下城 按圖經及寰宇記引輿地志云本江乘之白石壘也齊武帝以其地帶江山移琅邪居之唐武德元年罷金陵縣築城於此因其舊名曰白下正觀七年復舊治此地遂廢 舊志

考證 唐地理志云武德三年更江寧曰歸化八年更歸化曰金陵九年更金陵曰白下隸潤州正觀九年復更白下曰江寧前說興廢本末與此不同宜以唐史爲正○又按南史齊武帝欲

修白下城難於動役劉係宗啟謫役在東者上從之後武帝講武白下履行其城曰係宗爲國家得此一城○圖經云在城西北十四里今靖安鎮北有白下城故基父老傳云卽此地也屬金陵鄉去府城十八里

開化城 在縣南九十里環地三里六十步高五尺

東宮城 案宮苑記宋元嘉十五年修永吉宮爲東宮城四周土墻塹兩重在臺城東門外南東西開三門

金陵府城 案宮苑記隋大業六年置元風觀南園是

臨沂 懷德 同夏 諸城並見廢縣

湖熟城 湖熟古縣名漢屬丹陽郡宋元嘉中徙越城流人於此城元和郡縣志云在舊江寧縣東南七十里今在上元縣丹陽鄉去縣五十里淮水北古城猶在詳見廢縣

白馬城 在江寧縣北三十里吳時烽火之所 舊志

考證 金陵故事云吳時沿江烽火臺二所一在石城左一在白馬城今不詳其所

竹里城 在句容縣北六十里東陽鎮東二十五里 舊志

考證齊永元二年崔慧景叛向建康遣驍騎將軍張佛護直閤將軍徐元稱等六將據竹里爲數城以拒之

竹城在溧水縣東南七十里環地二里高五尺有廟未詳

杜城在溧水縣南一十二里環地四百餘步隋大業末杜伏威屯軍於此

皇姥城在溧水縣南一百一十里大山南高五尺有廟未詳

永世城在溧陽縣南十五里周三百步遺址高一二尺漢元封中置永平縣莽廢吳分溧陽復置其後改曰永安晉武帝太康元年更名永世屬丹陽郡元帝又分永世爲平陵皆屬義興郡宋元嘉九年省永世入溧陽今俗稱故縣內有唐隆寺舊基鄉民猶能言古猨犴之所晉伏滔睦畦皆嘗除永世令

趙城在溧陽縣東五里周二百步

梁城在溧陽縣西五十里周二百步

黨城在溧陽縣東十五里周一百五十步

新亭壘 宋孝武入討元凶柳元景至新亭依山築壘東西據險察賊衰竭乃開壘鼓譟以奔之賊衆大潰亭今在城西南十二里壘不存舊志

考證 元徽二年桂陽王休範舉兵潯陽蕭道成頓兵新亭以當其鋒築新亭城壘未畢賊前軍已至道成登西垣使陳顯達等與賊水戰大破之江淹有新亭壘詩

侯景故壘 今桐林灣處即古大航城在其南舊志

考證 梁紹泰元年北齊兵至建康陳霸先問討

於葦截載曰齊人若分兵據三吴之路畧地東境則斯事去矣今可於淮南因侯景故壘築城以通轉輸乃遣載於大航築侯景故壘使杜稜守之

賀若弼壘在上元縣北二十里舊志

考證隋平陳賀若弼過江於蔣山龍尾築壘

韓擒虎壘在上元縣西四里今在石頭城西舊志

考證元和郡國志隋平陳樹碑其文薛道衡之詞武德七年趙郡王孝恭平輔公祏紀功與此

碑相對本李伯藥之詞

仁威壘 在句容縣 舊志

考證 南史洪遹梁承聖初爲國子祭酒二年爲仁威將軍城句容以居之命曰仁威壘○又故老相傳逵奚將軍屯兵于此或云棄甲因名甲城邑舊有祠在武烈廟側土人感夢移廟甲城內東南

藥園壘 晉義熙中盧循反劉裕築此壘以拒之在北郊之西宋元嘉二十一年七月甘露降樂遊苑與地

志云上元縣東北八里晉時爲藥圃盧循反築藥園壘即此處也

今城郭

宮城在府城中已錄首卷

建康府城 周二十五里四十四步上闊二丈五尺下闊三丈五尺高二丈五尺內卧羊城闊四丈一尺皆僞吳順義中所築也六朝舊城在北去秦淮五里故淮上皆列浮航緩急則徹航爲備吳沿淮立柵前史所謂柵塘是也至楊溥時徐温改築稍遷近南夾淮

帶江以盡地利城西隅據石頭岡阜之脊其南接長干山勢又有伏龜樓在城上東南隅自開寶克復昇州城郭皆因其舊紹興初畧加修固乾道五年留守史正志因城壞復加修築增立女牆景定元年大使馬光祖以開濠之土培厚城身創硬樓四所一百七十八間又於柵寨門創甎城及硬樓七間閃門六扇皆裹以鐵圈門一座址以石武臺二座鐵水窗二扇遶城浚濠四千七百六十五丈有奇以深丈五闊三十丈爲率城之外濠之裏皆築羊馬墻其長如濠之數

門闕

古都城門 案建康實錄晉成帝咸和五年作新宮始繕苑城修六門注云六門都城門也晉初但有陵陽門後改爲廣陽門内有右尙方世謂尙方門次正中曰宣陽門本吴所開對苑城門世謂之日門晉爲宣陽門門三道上起重樓懸楣上刻木爲龍虎相對皆繡栭藻井南對朱雀門相去五里餘次最東曰開陽門宋元嘉二十五年改開陽曰津陽東面最南曰清明門門三道對今湘宮巷門東出青溪橋巷尙書下

舍在此門內正東曰建春門後改爲建陽門門三道正西曰西明門門三道東對建春門卽宮城大司馬門前横街也正北面卽宮城無别門又案宮苑記凡十有二門南面最西曰陵陽門後改爲廣陽門正門曰宣陽門次東曰開陽門後改爲津陽門門三道直北對端門最東曰清明門直北對延熹門當二宮中大路東面最南曰東陽門直青溪橋巷卽今湘宮寺門路最北曰建春門陳改爲建陽門西對西明門卽臺城前横街北面最東曰延憙門南直對清明門當

二宫中大路次西曰廣莫門門三道陳改名北捷門北直對樂遊苑南門次西曰元武門門三道齊改名宣平門北直趨元武湖大路最西曰大夏門南直對廣陽門北對歸善寺門西面最北曰西門門直對建陽門即大司馬門前横街是最南曰閶闔門西直對東陽門詳考宫苑記陵陽宣陽開陽三門與實錄所嚮皆同唯清明門在南面最東而實錄乃在東面最南今以宫苑記北對延憙門證之即實錄誤矣又實錄云正東曰建春正西曰西明宫苑記乃在東西面

之最北其最南又有東陽閶闔二門蓋實錄都城止六門而宮苑記之門乃十有二宋紀獨載元嘉二十五年新作閶闔廣莫二門其餘延憙元武大夏東陽四門不見建立之始建康實錄元嘉二十五年四月新作閶闔廣莫等門改先廣莫曰承明然則此六門皆同時作史畧之爾然東西二門相對實錄宮苑記皆云大司馬門前横街則知東西舊止二門各正所嚮後又增立二門故以南北別之也又案宋元凶劭作亂閉守六門於門内鑿塹立柵齊建元中始立六

門都牆梁侯景濟江韋黯屯六門皆止言六門而元
凶劭傳又云同逆先屯閶闔門外藏質從廣莫門入
乃知六門爲正門後又立六門皆便門也故史不載
閶闔廣莫等門作於元嘉二十五年元凶劭之亂乃
三十年云晉咸康元年以王導都督諸軍事禦石季
龍帝觀兵于廣陽門令諸將分戍又宋明帝時聞有
人謂宣陽門爲白門以爲不祥甚諱之右丞江謐誤
犯帝變色曰白汝家門又陳大建十一年幸大壯觀
大閱武步騎十萬陣於真武湖上登真武門觀宴羣

臣因幸樂遊苑再幸此門觀振旅而還

古建康宮門

晉成帝咸和七年新宮成名曰建康宮開五門南面二門東西北各一門又宋文帝元嘉二年於臺城東西開萬春千秋二門又陳宣帝大建二年改作雲龍神武二門案建康實錄注南面二門正中曰大司馬門世所謂章門拜章者伏於此門待報南對宣陽門相去二里夾道開御溝植槐柳世或名爲闕門近東曰閶闔門後改爲南掖門門三道世謂之天門南直蘭宮西大路出都城開陽門其北面平

昌門則上有爵絡世謂之冠爵門南對南掖門宋永初中改宫城北平昌門爲廣莫門至元嘉二十五年改先廣莫門曰承明門又云南面端門夾門兩大鼓在兩墩之南並三丈八尺圜用開閉城門日中晡時及晚並擊以爲節夜又擊之以持更宫苑記南掖門宋改閶闔門陳改端門東西二門考之實録已不可見者唯南面二門與北面一門而已又案宫苑記晉成帝修新宫南面開四門最西曰西掖門門三道上重冲正中曰大司馬門門三道起三重樓直對宣陽

門次東曰南掖門宋改閶闔門陳改端門南直對津陽門北對應門最東曰東掖門門三道南直對蘭臺路東面正中曰東華門門三道晉本名東掖門宋改萬春門梁改東華門北面最東曰承明門門三重本晉平昌門南直對東掖門最西曰大通門上重西面正中曰西華門晉本名西掖門宋改千秋門梁改西華門凡八門此建康實錄所載多五門梁天監十年初作宮城門三重樓及開二道又案宮苑記建康宮城內有兩重宮牆南面開二門西曰僑門隱不見南

西掖門東曰應門晉改名止車門南直對端門即晉南掖門也東面正中曰雲龍門北面正中曰鳳粧門近西曰鸞掖門西面正中曰神武門凡六門第三重宮牆東直對牆南面正門曰太陽晉本名端門宋改爲南中華門東面正中曰萬春門直東對雲龍門西對千秋門西南正中曰千秋門西對神武門東對萬春門凡三門建康實錄皆不載以宮殿證之雲龍門是二重宮牆東面門對第三重宮牆萬春門神武門是第二重宮牆西面門對第三重宮牆千秋門東面

相望案圖可考足以想見臺城門闕之盛然晉成帝時已有雲龍門蘇峻作亂羊曼爲前將軍率文武守此門是也

古朱雀門 案宫苑記吴立初名大航門南臨淮水北直宣陽門去臺城可七里又按地圖去宣陽門六里名爲御道夾開御溝植柳南渡淮出國門去園門五里晉成帝咸康二年更作朱雀門對朱雀浮航南渡淮水宋大明五年立馳道自閶闔門至于朱雀門六年又新作大航門至孝武太元三年又起朱雀門重

樸皆繡栭藻井門開三道上重曰朱雀觀觀下門上有兩銅雀懸楣上刻木爲龍虎對立左右宋大明五年改爲右皁門梁大同三年復改爲朱雀門以金陵圖考之當在今鎮淮橋北左南廂

南東宮門 案宫苑記南面正中曰承華門直南出路東有太傅府次東左詹事府又次東左率府路西有少傅府次西右詹事府又次西右率府東面正中曰安陽門東直對東陽門西對溫德門西面正中曰則天門西直對臺城東華門東率更寺西家令寺次西

太僕寺叓西有典客省

古籬門 案宫苑記舊京邑南北兩岸籬門五十六所蓋京邑之郊門也江左初立並用籬爲之故曰籬門又云東籬門本名肇建籬門在古肇建市東西籬門在石頭城東南籬門在國門之西北籬門在覆舟山東元武湖東南角有亭名籬門又有三橋籬門在光宅寺側白楊籬門石井籬門在護軍府西籬門外路北齊東昏時陳顯達舉兵官軍敗之於西州斬於籬門側又崔慧景與江夏王寶元舉兵東昏遣將軍左

興盛率臺內三萬人拒慧景於北籬門始安王遥光據東府反復使左興盛屯東籬門梁高祖建議命陳伯之進據籬門天監八年新作緣淮塘南岸起後渚籬門達于三橋

古宣陽門 洛京舊名都城正中門也南直朱雀門相去五里門三道上起重樓懸楣上刻木爲龍虎相對皆繡桷藻井南史宋明帝時有人謂宣陽門爲白門以爲不祥甚諱之通典孝武時侍中何偃南郊陪乘鑾輅過白門閫偃將匐帝反手接之曰朕反陪卿也

今宫城門疑是其處

古大司馬門　在宣陽門内三國典畧侯景攻臺城燒入司馬門後閤舍人高善寶以私金千兩賞其戰士直閤將軍宗思領將士數人踰城出外灑水久之火滅景又遣持長柯斧入門下斧門將開羊侃鑿扇爲孔以槊刺倒二人斫者乃退

古建春門　臺城正東面門後改爲建陽門又[illegible]謝希逸宋孝武宣貴妃誄曰經建春而右轉循閶闔以逕度

古東掖門　晉成帝修宫城南面開四門最東曰東掖

門門三道南直蘭臺最西曰西掖門其地在今宮城東北

古南掖門 宮城南面近東門案實錄南面次東曰閶闔門後改爲南掖門世謂之天門南直蘭臺宮西大路升平五年南掖門馬足陷地得銅鐘一有二四字注南掖門是建康宮南面東門陳朝改名端門南出都城開陽門卽宣陽東門也南掖門疑卽東掖門陽公則自越石移屯領軍府壘北樓與南掖門相對

古雲龍門 第二重宮牆東面門對第三重宮墻萬春

門宋劉湛初入朝委任其事善論政道并前代故事聽者忘疲每旦入雲龍門御者便解駕左右羽儀分散不夕不出侍中司徒尚書令謝朏足疾不堪拜謁乃角巾自輿詣雲龍門

古神虎門 一曰**神武門**第二重宫墻西面門對第三重宫墻千秋門宋書傳亮永初四年爲中書令直中書省專典詔命以亮任總國權聽於省見客神虎門外每旦車常數百兩齊陶宏景爲高帝諸王侍讀奉朝請旣而脱朝服掛神武門上表辭禄詔許之

古西明門 臺城正西面門也實錄云宋徐羡之住西州高祖嘗思羡之便步出西掖門羽儀絡繹追之已出西明門矣

古平昌門 宫城北面近東門南對南掖門其地在今城東宋劉延孫爲尚書左僕射疾病不任拜起上使乘舟自青溪至平昌門入尚書下舍

古廣莫門 洛京舊名都城北面次西門也北直樂游苑南門其地在今城東北宋元嘉二十五年夏四月新作閶闔廣莫二門南史

王曇首傳元嘉四年車駕出北堂使三更竟開廣莫門南臺云應須白獸幡銀字棨不肯開尚

書左丞羊元保奏免御史中丞傅隆以下王曇首曰旣無異敕又關幡榮惟稱上旨不異單刺元嘉元年雖有再開門例此乃前事之違今之守舊未爲非禮其不請白獸幡銀字棨致開門不時由尚書相承之失未合糾正上特無問更立科條

古國門 梁天監七年作國門于越城南在今高座寺東南淵橋北越城東偏

古望國門 南史梁侯景犯建康令羊侃率千騎頓望國門其地在越城東南

古光德門 古跡編云在東門外趨蔣山路東北曲折處舊傳如此未詳創建之因

石闕 南朝宮苑記曰晉元帝於宮前立闕衆議未定王導指牛頭山爲天闕不別立闕宋孝武大明七年於博望梁山立雙闕梁置石闕在端門外陸倕爲銘銘曰象闕之制其來已遠或以聽窮省冤或以布治縣法或表正王居或光崇帝里晉氏浸弱宋歷威夷乃假雙闕於牛頭託遠圖於博望有欺耳目無補憲章注此石闕在端門外夾道而置之其上雕起奇獸異禽之狀

白下門 見白下亭

秦淮柵 即柵塘也案實錄注吳時夾淮立柵又梁天監中作兩重柵皆施行馬至南唐時置柵如舊

青溪栅　在城東蘇峻之亂因風縱火進燒此栅官軍再敗卞壼父子死之隋平陳斬張麗華孔貴妃於此栅下

今府城八門　由尊賢坊東出曰東門由鎮淮橋南出曰南門由武衛橋西出曰西門由清化市而北曰北門由武定橋泝秦淮而東曰上水門由飲虹橋沿秦淮而西出折柳亭前曰下水門由斗門橋西出曰龍光門由崇道橋西出曰栅寨門　栅寨乾道元年正月十四日敷文閣待制知建康府張孝祥言秦淮之水流入府城别無兩派正河自鎮淮新橋直注大江其一爲青溪

自天津橋出柵寨門亦入于江緣柵寨門迤近爲有力者所得遂築斷青溪水口緣爲花圃以爲遊人宴賞之地因循至今每水源暴至則泛溢浸蕩城內居民尤所被害若訪古而求使青溪直通大江則建康永無水患矣詔注澈指定以聞其後澈言欲於西園依異時河道開浚使水通柵門入江從之時孝祥已罷澈帥建康○柵寨門歲久弗葺景定元年馬公光祖創硬樓七間每間闊六丈入深一丈三尺通闊四十二丈其下前壁閃門子六扇兩屋山武臺各一座屋下車軸車頰一座絞棒一尺二條車窻麻索四條圈門一座高一丈五尺橫闊一丈四尺入深三丈三尺前後城面包砌四丈二尺其下石脚石面并鐵水窻二扇前後攔石攔草椿木兩邊鴈翅各高六尺五寸長三丈南北兩慢道各長五丈五尺前近濠岸木柵一路護險墻一路長四丈五尺兆幇前後

舊城身長一十五丈

制使姚公希得任內重修諸城門樓臺備屋廊宇等

自景定三年三月十一日興工至九月十六日

畢逐處修整費錢二萬三千一百餘緡米五十

七石六斗有奇

景定建康志卷之二十

景定建康志卷之二十一

承直郎宜差充江南東路安撫使司幹辦公事周應合修纂

城闕志二

古宮殿

吳太初宮建康實錄吳大帝遷都建業徒武昌宮室材瓦繕太初宮卽長沙王**孫策故府**也赤烏十年作十一年宮成周廻五百丈正殿曰神龍南面開五門正中曰公車門次東曰昇賢門更東曰左掖門次西曰明陽門更西曰右掖門東面正中曰蒼龍門西面

正中曰白虎門北面正中曰元武門北直對臺城西掖門前路東即右御街又起臨海等殿**晉**元帝渡江因吳舊都即太初宮爲府舍及即位稱爲建康宮

考證江表傳載權詔曰建康宮乃朕從京來所作將軍府寺耳材柱率細小今未復西可徙武昌宮材瓦更繕治之有司奏言武昌宮已二十八歲恐不堪用宜下所在更伐木治權曰大禹以甲宮爲美今軍事未已所在多賦損農武昌材自可用也○左太冲吳都賦曰作離宮於建

業闔閭之所營采夫差之遺法抗神龍之華殿施榮楯而捷獵崇臨海之崔巍飾赤烏之韡曄東西膠葛南北崢嶸房櫳對櫎連閣相經閽闥譎詭異出奇名左稱彎碕右號臨硎彫欒鏤楶青瑣丹楹圖以雲氣畫以仙靈雖兹宅之夸麗曾未足以少寧注云神龍臨海赤烏皆吳大帝所作建業太初宫殿名也彎碕臨硎宫門名也○晉史石冰之亂太初宫盡焚陳敏平石冰因太初故基創造府舍元帝所居卽敏所造帝

領江左十年始卽位常在舊府明帝亦不改作至成帝始繕苑城詳見晉建康宮下

吳昭明宮始謂之**新宮**周五百丈與太初宮相望榜曰昭明後主移居之**晉**避諱改曰**顯明宮**舊志

考證吳志後主甘露二年六月起新宮於太初之東制度九廣二千石已下皆自入山督攝伐木又攘諸營地大開苑囿起土山作樓觀加飾珠玉制以奇名又開城北渠引後湖水流入宮內巡遶堂殿窮極伎巧功費萬倍

吳南宮 吳太子宮在南大帝赤烏二年適南宮宗置欣樂營於其地今在舊江寧縣北二里半

晉建康宮 亦名新宮（非吳新宮）晉成帝咸和七年新宮成名曰建康宮亦名顯陽宮在法寶寺之南今在府北五里（舊志）

考證 實録云新宮卽臺城也在江寧縣北五里周八里有牆兩重晉成帝時蘇峻作亂盡焚臺城宮室温嶠以下咸議遷都唯王導固爭不許咸和六年使卞彬營治七年新宮成開五門南

面二門東西北各一門十二月帝遷居之明年正月朝萬國于新宮○孝武太元三年謝安以宮室朽壞啓作新宮仰模元象合體辰極王彪之曰中興卽位東府誠爲儉陋元明二朝亦不改制蘇峻之亂成帝止蘭臺都坐不蔽寒暑是以更營修築殆合奢儉之中今自可隨宜增修强寇未殄不可大興力役安曰宮室不壯後世謂人無能彪之曰任天下事當保固國家朝政惟允豈以修屋爲能耶○詔曰昔大賊縱暴宮

室焚蕩元惡雖除未暇營築有司屢陳朝會逼狹遂作斯宮子來之歌不日而成新宮內外殿宇大小凡三千五百間

晉永安宮 即吳東宮在臺城東南舊志

考證 輿地志吳東宮在城之南晉初東宮在城之西南其後移於宮城之東南宋齊梁陳又在宮城之東北○宮苑記永安宮在臺城東華門外孝武太元二十一年新作東宮本東海王第安帝立以何皇后居之桓元拆其材木移入西

宮以其地爲細射宮至宋元嘉十五年築爲東宮陳大建九年移皇太子居之

宋親蠶宮在上元縣鍾山鄉闍婆寺前紗市中舊志

考證南史宋大明三年立皇后蠶宮於西郊四年三月庚申皇后親蠶西郊○輿地志孝武初立爲苑後爲西蠶所○隋志江左至宋大明始於臺城西白石壘爲西蠶設兆域置大殿七間又立蠶觀其禮皆循晉氏○蔡宗旦金陵賦注親桑蠶堂側有蠶觀今北莊前平地是其處

齊世子宮在石頭城舊志

考證 南史齊武帝爲世子日以石頭城爲宮

梁金華宮在青溪東去臺三里舊志

考證 輿地志梁大同中所築昭明太子蔡妃所居○陸襄傳云大通三年昭明太子薨官屬罷妃蔡氏別居金華宮以襄爲中散大夫步兵校尉金華宮家令知金華宮事

陳安德宮案宮苑記在宣陽門外直西即都城西南角外陳宣帝爲文皇后所築隋平陳移江寧縣於此

明年罷之有古池存人呼爲安德宫池今池猶存在精鋭軍寨内

青溪宫在城東二里舊志

考證南史齊武帝元嘉二十七年生於建康之青溪宫後爲芳林苑

未央宫長樂宫建章宫長楊宫南史宋前廢帝景和元年以東府城爲未央宫以石頭城爲長樂宫以北邸爲建章宫南第爲長楊宫東府城在古青溪橋東

梧園宫在句容縣吴王别館有梧楸成林今不詳其所舊志

考證 任昉述異記古樂府云梧宮秋吳王愁

南唐宮即

皇朝舊府治

中興修爲

行宮詳見留都錄

考證 五代史清泰元年吳徐知誥治私第於金陵乙未遷居於私第虛舍以待吳王吳王詔知誥還府舍甲申金陵大火乙酉又火知誥疑有變勒兵自衛己丑復入府舍天福二年徐知誥

建太廟社稷牙城曰宮城廳堂曰殿南唐書云先主建號即金陵府爲宮惟加鴟尾欄檻而已終不改作○江南野錄云初臺殿閣各有鴟吻自乾德之後天王使至則去之還則復用至是遂除○通鑑長編曰慶歷八年正月壬午江寧府火初李璟在江南大建宮室府寺其制皆擬帝京時營兵謀亂事覺伏誅既而火知府事李宥懼有變闔門不救延燒幾盡惟存一便廳乃舊玉燭殿也

吳赤烏殿 在縣東北五里吳昭明宮內 舊志

考證 吳時赤烏見遂起殿名赤烏○吳都賦云飾赤烏之暐曄注云太初宮殿名也○記室新書云殿閉赤烏空留往事

吳神龍殿 太初宮有神龍殿去縣三里 舊志

考證 吳都賦云抗神龍之華殿注云神龍乃太初宮中殿名

太極殿 建康宮內正殿也晉初造以十二間象十二月至梁武帝改製十三間象閏焉高八丈長二十七

丈廣十丈內外並以錦石爲砌次東有太極東堂七間次西有太極西堂七間亦以錦石爲砌更有東西二上閤在堂殿之間方庭闊六十畝舊志

考證山謙之丹陽記曰太極殿周制路寢也秦漢曰前殿今稱太極東西堂亦魏制於周小寢也○按史記秦始皇改命宮爲廟以擬太極魏號正殿爲太極蓋采其義晉成帝咸康中庾闡議改太爲泰謬矣○徐廣晉記曰孝武寧康二年尚書令王彪之等改作新宮太元三年二月

内外軍六千八始營築七月而成○謝安作新宫造太極殿欠一梁忽有梅木流至石頭城下因取爲梁殿乃成畫梅花於其上以表嘉瑞○實録云太元中起太極殿謝安欲使王獻之題牓而難言之因説魏韋仲將懸虚橙書凌雲臺額以諷之搉知其旨乃正色曰仲將魏之大臣寧有此事使其若此有以知魏德之不長也安遂不之逼○晉中興書云孝武造太極殿郭璞卜筮云二百一十年此殿爲奴所壊後梁武毁

之捨身爲奴○文昌雜録云東晉太極殿東西閤天子間以聽政閤之名起於此○宫苑記又云太極殿前東西有二大鐘宋武帝平洛所獲並漢魏舊器殿前有相風烏○南史張永曉音律太極殿前鐘嘶孝武嘗以問永永答鐘有銅滓乃扣鐘求其處鑿而去之聲遂清越○陳高祖永定二年新作太極殿欠一柱忽有樟木大十八圍長四丈五尺自流泊陶家後渚監軍鄧子慶以聞詔以造殿○陳史沈衆兼起部尚書

監起太極殿常服布袍芒履以麻繩爲帶又囊麥餅以噉○徐陵太極殿銘云千櫨赫奕萬拱稜嶒○沈烱太極殿銘云周曰路寢漢稱前殿名號雖殊其實一也○國朝張洎撰定新儀奏曰今之崇德卽唐之紫宸也在周爲內朝在漢爲宣室在唐曰上閤卽隻日常朝之殿也東晉太極殿有東西閤唐制紫宸上閤法此制也

晉清暑殿在臺城內晉孝武帝造殿前重樓複道通華林園爽塏奇麗天下無比雖暑月常有清風故以

爲名　舊志

晉書太元二十一年正月起清暑殿於華林園○何尚之華林園清暑殿賦云却倚危石前臨濬谷涌泉灌於階阯生遠風於曲楹○孝武華林園清暑殿賦云窈盼林梁側眺池籞又云轉流環堂浮清夾室闢西楹而鑒斜月高東軒而望初日○宋書云晉太元中立內殿名清暑少時而崩時人曰清暑反言楚聲也果有哀楚之聲讖云代晉者楚其在茲乎及桓元篡逆

自號曰楚

宋嘉禾殿　宋孝武大明五年淸暑殿西甍鴟瓦中生嘉禾一株五莖改淸暑爲嘉禾殿舊志

宋含章殿　宋孝武帝女壽陽公主人日卧於含章殿簷下梅花落公主額上成五出花拂之不去皇后留之看得幾時經三日洗之乃落宫女奇其異競效之今梅花粧是也舊志

宋玉燭殿　宋孝武帝所造在宫中舊志

考證　孝武壞成帝所居洽室於其處起玉燭殿

與從臣觀之牀頭有土障壁上掛葛燈籠麻繩拂侍中袁顗稱武帝儉素之德帝不荅獨言曰田舍翁得此已過矣○按南史晉諸帝多處內房朝晏所臨東西二堂而孝武末帝淸暑方建永初受命無所改作所居惟稱西殿不制嘉名文帝因之亦有合殿之稱孝武承統制度滋長犬馬餘菽粟土木被綈繡追陋前規更造正光玉燭紫極諸殿彫欒綺節珠窻綱戶

宋紫極殿　宋明帝所作珠簾綺柱江左所未有舊志

考證 齊高帝欲以其材起宣陽門王儉褚淵王僧虔連名表諫手詔酬納

齊昭陽殿 齊有顯陽昭陽二殿太后皇后所居也舊志

考證 永明中無太后皇后羊貴嬪居昭陽殿西范貴嬪居昭陽殿東寵姬荀昭華居鳳莊殿宮內御所居壽昌畫殿南閣置白鷺鼓吹二部乾光殿東西頭置鐘磬兩廂皆宴樂處也上數游幸諸苑囿載宮人從後車宮內深隱不聞端門鼓漏聲置鐘於景陽樓上宮人聞鐘聲悉起粧

東自後此鐘惟應三鼓及五鼓也○武帝永明十一年詔曰內殿鳳華壽昌靈曜三處此吾所治製夫貴有天下富兼四海宴處寢息不容太陋謂此爲奢儉之中謹勿壞云○梁陶宏景詩云夷甫任散誕平子坐談空豈悟昭陽殿化作單于宮時天下之士尚西晉之俗競談元理故宏景云爾及侯景傾陷篡位果在昭陽殿○今景陽基猶存在精銳中軍寨內

齊芳樂殿在臺城內舊志

考證齊史云東昏侯大起芳樂玉壽諸殿以麝香塗壁刻畫粧飾窮極綺麗役者自夜達曉猶不副速後宮服御極選珍奇府庫舊物不復周用民間金寶價皆數倍建康酒租皆使輸金猶不能足鑿金爲蓮花以帖地令潘妃行其上曰步步生蓮花

齊靈和殿在臺城內　舊志

考證齊武帝時益州刺史劉悛獻蜀柳帝命植于靈和殿下三年柳成枝條柔弱狀如絲縷帝

與公卿宴賞歎曰此柳風流可愛似張緒少年時

梁重雲殿　梁武帝造在華林園舊志

考證　隋志云殿前置銅渾儀是僞劉曜光初六年南陽孔挺所造何承天以爲張衡所造○陳書云高祖三年戊辰重雲殿東鴟吻有紫煙出屬天

梁五明殿　在臺城內舊志

考證　梁大通中皇帝謙恭待士時忽有四人來貌可七十鶉衣躡履入丹陽郡建康里行已經

年無人知者帝召入儀賢堂給湯沐解御服衣之合朔無識之者惟昭明太子識之四人喜揖昭明如其舊爻目爲四公子帝移四公子入五明殿更重之○大同末魏使崔敏來聘敏博贍儒釋知天文醫術帝選十人於此殿推論三教百家六籍五運九十餘日崔敏亡精喪神傷心嘔血歸未及境而卒

披香殿 在臺城內後宮 舊志

考證 庾子山詩宜春苑中春已歸披香殿裏作

春衣蓋指此也

林光殿在縣東北十里潮溝村覆舟山前晉爲藥園

光嚴殿在縣東北六里景陽山東嶺南

考證梁於臺城中立層城觀歷代修理更起重閣上名重雲殿下名光嚴殿

鳳光殿在縣東北七里一百步舊臺城内

光華殿在臺城梁武帝大通中施與草堂寺取珠貨直百萬以其地起重閣七間

寶雲殿在臺城梁武以施佛事

惠輪殿亦供養佛事宋於臺城立正福清曜等殿又臺城温德門內有永正温文文思壽安等殿又陳永定中於臺城起昭德嘉德壽安乾明有覺等殿又臺城温德門內起三善長春勝辯等殿又有嘉禾崇政承香栢梁延昌神僊永壽七賢瓊明延務龍光至敬璇璣光昭大政栢香諸殿（自林光殿以下皆建康宮闕簿所載）

陳求賢殿在臺城內後主皇后沈氏居之后字務華沈君理之女端情好學孔貴嬪有盛寵沈氏並無怨妬之色衣無綺綉長箒佛經名畫典籍詩賦而已陳

亡隨後主西遷後主薨后自作哀冊文其辭甚酸楚朝賢痛之

考六朝宮殿具志于前規模制度固不盡同其興也以樸其衰也以侈則未嘗不同也鑒之哉

樓閣

景陽樓今法寶寺西南精鋭中軍寨内遺址尚存里俗稱爲景陽臺

考證輿地志宋元嘉二十二年修廣華林園築景陽山始造景陽樓○孝武大明元年紫雲出

景陽樓狀如煙廻薄久之詔改爲慶雲樓宮苑記云景雲樓○齊武帝時置鐘景陽樓上應宮人聞鐘聲並起粧飾

青漆樓在上元縣北五里臺城內

考證齊書云世祖興光樓上施青漆時人謂之青漆樓東昏侯曰武帝不巧何不純用瑠璃

朝日夕月二樓在華林園內

考證梁武帝所起階道遶樓九轉○宮苑記云景陽山次東嶺起通天觀觀前又起重閣上重

曰重雲殿下重曰光嚴殿殿前當堦起二樓左曰朝日樓右曰夕月樓巧麗無匹

入漢樓在石頭城

考證實錄晉義熙八年於石頭城南起高樓加累入於雲霄連堞帶於積水名曰入漢樓

觀稼樓在城東二十五里梁武帝造

望遠樓在江寧縣西南八里

考證輿地志云新亭壟上有望遠樓宋元嘉中改名臨滄觀今名勞勞亭是也

落星樓在上元縣東北臨沂縣前

考證吳大帝時山置三層樓樓高故爲此名○吳都賦云饗戎旅乎落星之樓是也今石步相去一里半有落星墩里俗相傳卽當時建樓處今去城四十里

烽火樓在石頭城西南最高處吳時舉烽火處也

考證宋元嘉中魏太武至瓜步聲欲渡江始議北侵朝士多有不同至是文帝登烽火樓極望不悅謂江湛曰北伐之計同議者少今日貽大

夫之憂在予過矣又齊武帝登烽火樓詔羣臣賦詩○蘇峻之亂陶侃温嶠入討舟師直指石頭峻登烽火樓望見士衆之盛有懼色謂左右曰吾本知温嶠能得衆也詳見峰燧

李白酒樓在城西

考證李白翫月城西孫楚酒樓達曉歌吹日晚乘醉著紫綺裘烏紗巾與酒客數人棹歌秦淮往石頭訪崔四侍御○白有詩云朝沽金陵酒歌吹孫楚樓又金陵西樓月下吟云金陵夜寂

南風發獨上高樓望吳越又猛虎行云溧陽酒樓三月春楊花茫茫愁殺人此樓又在溧陽縣○陳軒金陵集載楊文公億憶江南詩云江南堤柳拂人頭李白題詩徧酒樓

冶城樓在天慶觀西偏吳冶城舊基卞將軍墓側

考證晉謝安王羲之同登冶城樓悠然遐想有高世之志○蘇峻之亂卞壼巷戰而死二子亦死皆葬冶城○嘉定四年黃公度重建樓于忠孝堂上詳見冶城及卞壼墓 **任彥升**詩翠輿西駐石頭城隻手扶

危義奪情富貴浮雲俱歔欷死生大節獨分明衣冠埋玉千年恨簡冊流香萬古聲莫笑元規能說晉誤元規者是虛名又絕句脩然獨上冶城樓樓外江山只舊遊謝傅不生支遁在懶能騎馬過西州○黃度詩果然當國擅功名著展閑來上冶城久欲乘風還海道江山佳處尚關情又春秋將絕書劉子漢史雖終述武侯舊國不知遺烈在我來偶作冶城樓○曾極詩梟梟踈林集晚鴉鍾山雲氣入簷牙何人乘月吹長笛夜看雲陵百萬家○劉克莊詩斷鏃遺鎗不可求西風古意滿原頭孫劉數子如春夢王謝千年有舊遊高塔不知何代作暮笳似說昔人愁神州只在闌干北度度來時怕上樓○劉元高詩俯仰明知盡可悲西風還此立多時偶然喚醒東山客便有淮淝一局棊

百尺樓 南唐宮中有百尺樓綺霞閣

考證類說云唐主於宮中作高樓召羣臣觀之衆皆歎美蕭儼曰恨樓下無井耳唐主問其故對曰恨不及景陽樓耳唐主怒貶於舒州

忠勤樓在府治錦繡堂淳祐十年吳大資淵建宸翰賜今名詳見錦繡堂

鍾山樓在府治東北鎮青堂吳大資淵重建樓北正對鍾山故名 相公親建鍾山閣輪奐丹青相間錯碧流堂下水灣灣紅綻欄邊葵灼灼面對皇居帝闕開平分佳氣何雄哉時時羣飲神仙輩一片笙歌天外來金陵陪都宗佳麗邊陲帖息無它事運籌奇佐蘇黃賢行宗傳杯朝暮醉何如改作籌邊樓覽君北顧分君憂

何如改作太平樓樂民西成解民愁風光平遠簾高捲月臺掩映君王殿倚空獵獵翬幙飛清爽自無塵一點青惜遙遙何處峯登臨凝眄景無窮秪應詩句能模寫不信人間有畫工水橋曲曲危華表密葉深深蔭芳沼半垂含籜竹蕭疎合抱護堦草横遶何如改作戲彩堂祝君之母壽無疆何如改作清白堂願君之子學餘芳澤潤生民多恩德肅却殘胡不戰力也應銘石紀勲勞請向鍾山閣前立○松洲[illegible]題鍾山樓詞麥場桑隴道都是六代宫城遺跡夢裏江山經幾覺還似蛺旁征驛燕去燕來花開花謝那箇成端的人煙半落晚風何處羌笛[illegible]堪嘆揮淚新亭算與亡莫補萬分之一到我憑闌休更向酒畔是今非昔擊楫誓清聞雞起舞畢竟英雄得傷心殘照塔尖遙露秋碧

東南佳麗樓 在銀行街舊爲賞心樓基樓久廢景定

元年馬大使光祖建規模宏壯增倍舊樓改立今名

李𥶡記畧云資政殿大學士裕齋先生馬公再鎮金陵之明年被　台兼董西餉公對敭休命布宣　上恩弊梳蠹剔害除利興不嚴而治不令而行于時邊氛掃蕩江淮肅清雨暘時若百穀用成貔貅均挾纊之温鴻鴈同春臺之登公於是憑高懷古慨然謂客曰自六飛駐蹕東南兹地實爲陪京三國之英雄雖遠六朝之形勢猶存顧未能選奇占勝以發山川之美非闕歟餉臺故有賞心樓適據一郡之中壤地褊小屋老弗支公命撤而新之培高闢廣度材鳩工因作傑閣三層而名之曰東南佳麗經始於仲秋落成於孟冬不三月而大備巨棟横空重簷插雲於市廛闤闠之中而覩此突兀傑特之勝過其下者皆翹首企足窈窕焉如隔弱水而望蓬萊登其上者皆洞心駭目飄飄焉欲餐沆瀣而拍洪崖云云北望中原一目萬里得無

興禾黍高低之嘆者乎俯視長江一碧萬頃得無懷擊楫誓清之志者乎云云衢被　命將指西淮道由建業謁公於玉麟堂因獲一登斯樓以快賞心目公不鄙其固陋俾爲文以記顛末云云斯役也縻楮五十萬米一千五百斛皆有奇職其事者公之客朱君幼學趙君與鎏吳君疇是歲景定改元仲冬既望門生朝請郎直寶章閣淮南西路轉運判官兼提舉淮南西路常平義倉茶鹽公事李衢記○朱幼學上梁文

金陵帝王州有錦繡兩坊之勝朱樓霄漢道現綺羅萬井之間高百尺而摘星辰虛四簷而納風月神僊地位城郭畫圖切惟青天白鷺擅山水之奇紫蓋黃旗應東南之運六朝盛事千古流風金湯會府之崇嚴景物陪都之佳麗英雄萃聚騷墨淋漓或指鳳臺而詠秋空萬丈之詩或望赤壁而賦浪雪千堆之句石城鍾阜烏巷雨華方輿皆可覽之秀奇眼力有無窮之疆界欲其適輿必也憑高雖十二勾一半簾如揷在青

冥之表然千門疊九衢月宜莫如闤闠之中舊有層欄惜居委巷板檻腐濫而半成毀折地步狹隘而不足改爲誰驅花下之車來曳雲端之屨我大制使撫使判府留守總領大資相公萬間夏廣方寸地存官鼎鼐無樓臺處身甚約已分事卽宇宙用世九㕓顧以書殿之尊兼領節臺之職天下之重其自任公家之事無不爲興念是邦實重閫駐兵之地可無絕景爲籌邊料敵之謀乃卜要區乃求巨木靈鰲駕海氣橫牛斗之秋翹鳳飛空天立翠微之壁朱闌縹緲綵霧飛甍棟梁撐拄於乾坤窗牖照臨於世界衣冠碧落盃酌銀潢合三軍萬姓以同懽與諸道九流而共賞翠眉環坐醉扶花影之欄干玉指彈絲香透春風之帷幙於是樂甚豈不快哉相國之政如飲醇所以見經綸之妙醉翁之意不在酒亦聊舒展拓之懷欲舉修梁敬陳鄙韻抛梁東仙盤出海駕金龍遙望咸池金湧躍滿天瑞彩照簾櫳抛梁南明堂入柱與天參若把長

干來比並長干應作小闌干拋梁西樓閣三層天下希賞心白鷺相輝映淥水中間棟宇飛拋梁北鍾山倚坐如盤石松柏庭前老更恭虬枝直幹三千尺拋梁上絃管半天分隊仗樓高得似政聲高四海蒼生齊仰望拋梁下御前車馬紛如也銀髮貂蟬臉暈紅宣麻道是相司馬伏願上梁之後玉垣天聳金鑰地嚴滿不溢高不危着工夫於柱石閎其中肆其外公指視於道塗　朝廷好而門館無私風雲會而君臣際遇庶社　稷等山河之長久而勳名與樓閣以崢嶸

伏龜樓 在府城上東南隅景定元年馬大使光祖增創硬樓八十八間

楊萬里詩 周遭故國是山圍對景方知此句奇偶上伏龜樓上望一環碧玉鋏城西　菰蒲深處拓重城城上立樓龜喚名應卜南唐不多歲何妨俯首納天兵

層樓 在府城右南廂中界花行街樓跨街東西樂府

有獨自上層樓之句即此是也

南樓 在府城右南廂中界寬征坊與舊佳麗樓相對

舊佳麗樓 在舊米市西曹家巷口

安遠樓 在府城右北廂太平橋西南

有年樓 在榷貨務巷口總領吴潛建并書扁

豐裕樓 在南門外西街

和熙樓 在府城右北廂太平橋西南

嘉會樓 在府城右南廂北界大木頭街

嘉瑞樓 在鎮淮橋北本名鎮淮樓寶祐六年燬重建

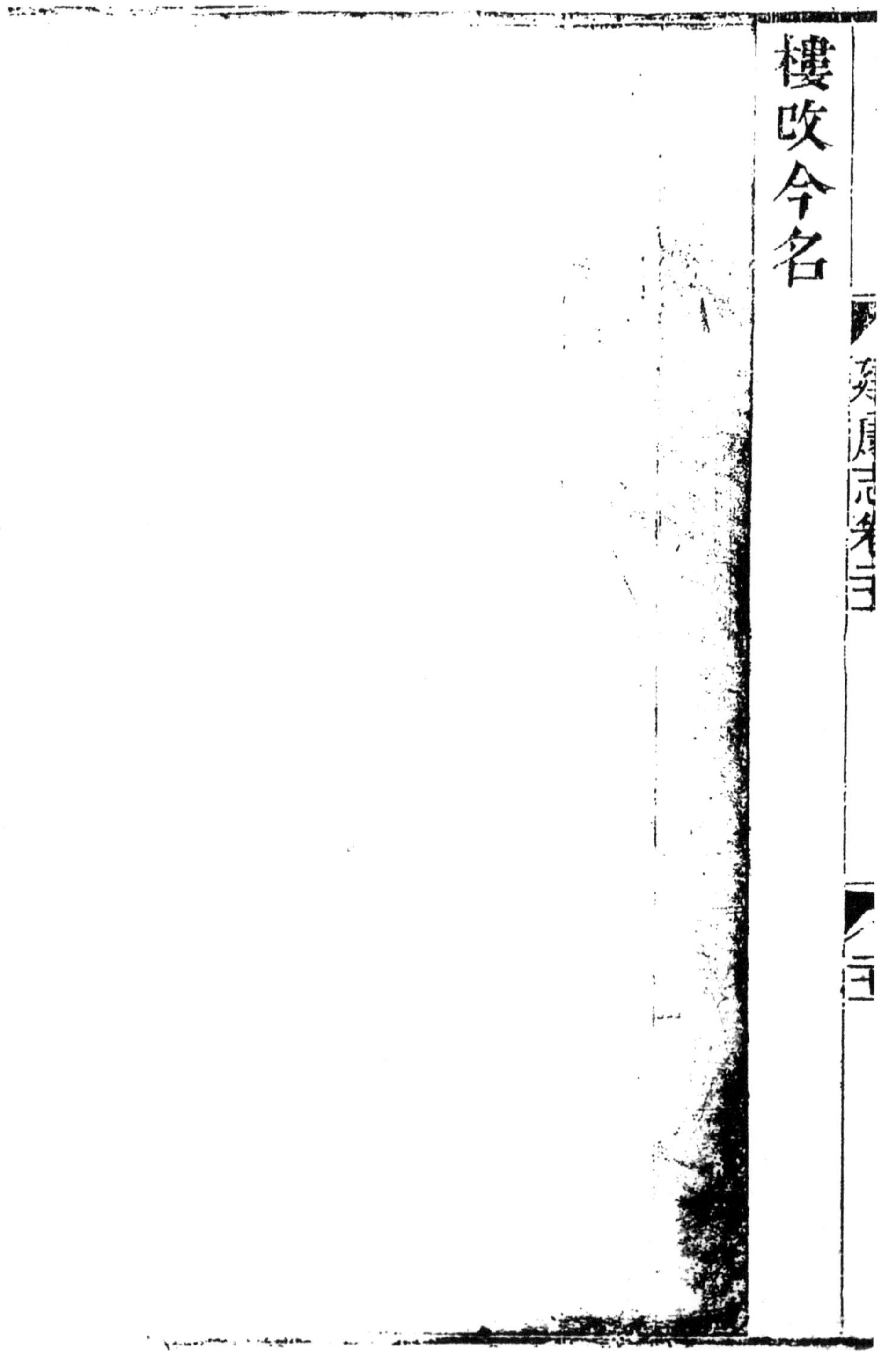

樓改今名

臨春結綺望僊三閣陳後主至德二年起

考證宮苑記在華林園天泉池東光昭殿前高數十丈並數十間其牕牖戸壁欄檻之類皆以沉檀爲之又飾以金玉間以珠翠外施珠簾內設寶帳其服玩瑰麗近古所未有其下積石爲山引水爲池植以奇樹雜以花藥後主自居臨春閣張麗華居結綺閣龔孔二貴妃居望僊閣並複道交相往來使女學士與狎客賦詩采其尤豔麗者以爲詞被以新聲其曲有玉樹後庭

花臨春樂等麗華聰慧有神采嘗於閣上靚粧臨軒檻宮中遥望飄若神僊○陳軒金陵集載王漁惆悵吟云陳宮興廢事難期三閣空餘綠草基○劉禹錫詩貴人三閣上日晏未梳頭不應有恨事嬌盛却成愁又珠箔曲瓊鈎子細見揚州北兵那得渡浪語聲悠悠又沉香帖閣柱金縷畫門楣廻首絳幡下已見黍離離又三人出眢井一身登檻車朱門讒臨水不得見鱸魚

昇元閣舊在昇元寺卽瓦棺寺也在城西南隅

考證京師寺記瓦棺寺有瓦棺閣乃梁朝所建高二百四十尺○李白横江詞云人言横江好

我道横江惡一風三日吹倒山白浪高於瓦棺閣○龔頴運歷圖云開元九年江寧縣瓦棺寺閣西南久傾因風自正○僞吴順義中改寺爲吴興寺閣爲吴興閣南唐昇元初改寺爲昇元寺閣爲昇元閣○江南野史唐仁傑爲溧陽主簿羣公休沐宴昇元閣仁傑郎席和登閣詩有雲散便凝千里望日斜常占半城陰之句座客皆驚○南唐書云昇元閣因山爲基高可十丈平旦閣影半江○開寶中王師收復士大夫暨

豪民富商之家美女少婦避難於其上迨數千人越兵舉火焚之哭聲動天一旦而燼○今崇勝戒壇院近昇元閣故基建盧舍那佛閣亦高七丈里俗猶呼爲昇元閣○李白詩晨登瓦官閣極眺金陵城鍾山對北戶淮水入南榮漫漫雨花落嘈嘈天樂鳴雨廊振法鼓四角吹風箏杳出霄漢上仰攀日月行山空霸氣滅地古寒陰生寥廓雲海晚蒼茫宮觀平門餘閶闔字樓識鳳凰名雷作石山動神扶萬栱傾靈光何足貴長此鎮吳京○羅隱詩下盤雲跡上雲浮偶逐僧行步步愁暫憩已知須用意漸來爭忍不廻頭煙鍾樹老重江晚林鐸風輕四境秋懶指臺城更東望鵲飛龍闕盡荒丘○李丞相詩登高始覺太虛寬白雪須知唱和難雲度瑣窗金榜濕月籠珠箔水

晶寒九天星宿簾前見六代城池直下觀惟有
上層八未到金烏展翅拂闌干○曾極題昇元
閣鐸石柱摩挲石柱蘚痕斑亡國如鴻去不還
無復切雲三百尺秖傳風鐸在人間○劉過詩
脚力倦矣盍少休侵晨更上昇元遊眼中已不
見二百四十尺之高樓但見炊煙萬竈宿貔貅
上有啼鴉噪鵲如泣訴下有老樹根據枝相糾
想其結締初匠石巧與造物侔桷榱枅栱不知
幾大木一木牽挽回萬牛山川退聽左右受約
束日月烏兎早暮東西流阿房之旗矗立嬌如
戟臨春結綺望仙三閣俱下頭太行孟門培塿
而已矣歸涔洞庭芥爲舟拄撑霄漢彈壓大千
界下歷梁唐晉漢周一朝世故有反覆禍結祝
融回祿與鬱攸灰飛障天煙焰熾一火三月爛
不收遂使觚稜化草莽丹雘成墟上吾聞至人
侈儉初何心有茅一把蓋頭便可留何必窮極
土木事妖怪朘削赤子膏血斂以裒是故子劉
子不仙不佛亦不侯視鸞臺鳳閣爲蘧廬百萬

賀宅亦夢幻泡影滬江西豈無家白沙翠竹泉石幽茅簷睞日搔背痒籬缺牆破手葺修爭如以天地爲室廬日月行住坐卧得自由不爲朱門是不作白屋羞有時千里騎鯨遊汗漫有時蛤蜊踞食龜殼秋彼昇元閣者亟戒而復壞腸亦不能爲之斷心亦不能爲之憂造物何足云此身自贅疣譽堯毀桀未必公是非上跖兩窖蟻與螻日斜請公急下山我有斗酒歸去來兮相與勸醻

青溪閣在府治東北青溪上本梁江摠故宅至國朝爲叚約之宅有亭曰割青取荊公詩割我鍾山一半青之句乾道五年秋因移放生池於青溪之曲即割青故基建閣焉**張椿**記云天下山川勝處古今相承往往隨人廢興得其人者

雖雲煙草木皆有憑恃德名高自標致亘萬古而不可泯没之也如其不然亦復憔悴悽愴風悲雨暝過者爲之黯然而山川因人而興者亦不多有孟城北垞本宋延清之别業香山履道之坊巷楊虚受之故宅王白二公乃發其名而傳後世使其地靈氣英而無人傑以當之亦將鎖録蒙昧不復傳矣金陵古帝都也青谿數曲近在城中晉則爲郗僧施之所領覽陳則爲江總持之所據依二人者雖號爲聲名震耀冑次巨室一時游從見於歌詠然纔賤賦詩之時君臣狎昵沈酣昏蔽竟不能免豔妃橋上之戮至今使人羞之則青谿殆爲江令所汙而不可洗也異時段氏結廬其上王半山詩之而割青之名遂振兵火後走蹤蹤埋荆棘獨取給於漁師老圃之用鍾山之秀無復照映此谿之上今大師史公繇甘泉法從宅牧留京政修戸庭而人自得於一路十州之外凡地之勝與景之殊者悉表出之六朝以來人物事迹捜訪具備覽

山川益奇，登覽益多，而聞見益廣。至是青谿數曲之地，足歷而心營之，因柳堤之舊，築層閣之新，忽若飄浮，上臨雲氣，環城之山畢出，軒露朝漪，夕嵐煙顔，雨態盡得於指顧之內。公聽訟之餘，風清月白，蘭橈畫舫，時往來其間，無紅旗穿市之勞，有延緣混碧之觀，龜魚禽鳥，欣榮飛躍，鳴聲下上，而自喜得所遇焉，是可為青谿賀也。一日，公顧謂客曰：夫豈以游樂故而為此哉？予之意殆非也。嘗迹建康志，顔平原為昇州日，據石壁窠大書奇字，以紀乾元放生池者，葢州自江寧秦淮連太平橋，竝江帶郭，皆禁網捕，所以宣皇明而廣慈愛也。今青谿之地，延袤數里，蒲蓮葭葦，聯蔓蔥蒨，潛深伏與，依戲藻荇，不知其幾千萬億，皆欲使之遂性，咸若圉圉洋洋，游泳恩波，以祈　兩宮萬年之壽。此予之理是谿，創層閣而以時往來其間者，述平原之志，舉乾元之實，而效藩臣之精悃者也。客聞而歎，乃酌而請曰：以公修名雅望，特棐假藩，深為　聖天子器重四方之士知公推轂後進桃李滿門顧一見公者日有其人而公寓意幽討寄興滄洲峴山南樓比迹羊庾又能展廓是谿涵濡品類使鳧鷺行哺鷗狎不驚而盡所以鄉慕古人尊君愛上之意則是谿之遇寧有既乎谿之遇公固得其所公方且以宏遠之摹經畧中原勒功彝鼎公則有時而去也公去而位愈尊而谿之名愈大矣可不記歟椿於公爲門下士乃摭其實而書之公名正志字志道南徐人乾道巳丑中秋日右朝奉郎權發遣和州軍州主管學事兼管內勸農營田屯田事借紫龍舒張椿記○徐照詩葉脫林檎處處秋壯懷易感更登樓日斜鍾阜煙凝碧霜落秦淮水漫流人似仲宣思故國詩如杜老到夔州十年前作金陵夢重撫闌干說舊遊○劉過詩瓊樹枝新梅蘂迸與君攜手淸溪問舊時狎客歌舞場何似詩人風雪逕溪邊傑閣高峻層左右華屋連飛甍依稀王謝鳴珂里髣髴秦箏雲母屏古來繁華各衰歇只有

不磨惟歲月小船何處載愁來哀怨一聲吹笛裂○鄭厦詩江家舊宅枕溪頭誰向溪灣著小樓無奈當年亡國恨潮生潮落幾時休

涵虚閣南唐後湖東宫園内見徐鉉集

堂館

清心堂在府治設廳後即經武堂舊基紹興十二年葉公夢得建

玉麟堂在府治紹興十五年晁公謙之建錢塘吳説書扁

錦繡堂在府治忠勤樓下淳祐十年吳公淵建皇帝御書堂名淵自爲記文見二十三卷

忠實不欺之堂即府治中堂寶祐五年馬公光祖建皇帝御書堂名陞景思爲記文見二十三卷

靜得堂即府宅後堂寶祐五年馬公光祖建自書扁

鍾青堂在府治東北隅鍾山樓下淳祐十年吳公淵建弟潛書扁

忠實堂在安撫司僉廳之後紹興十一年葉公夢得建景定元年馬公光祖重修

籌勝堂在制置司僉廳之中景定元年馬公光祖建詳見僉廳記

君子堂在籌勝堂東南臨水景定元年馬公光祖建

清如堂在青溪淥波橋北馬公光祖建取

宸奎中一清如水之語以名之梁椅爲記上改元開

慶之二月進京湖制置大使馬公資政殿學士

再鎮秣陵至之日其父老相攜持以尉其鄉鄰

其部伍激昂以願致其身嘔喻翔佯如兒奪乳

而忽復襁於其母也公爲一切塡以寛靜人用

肅和莫府事益省迺作堂於靑雞之泜扁曰清

如蓋公之在京湖也出私財募善戰士奉

命城黃平八跡不到處轉輸緇屬秋豪不以累

縣官比去少府當具槖中裝公悉卻不齎一錢

上聞親御翰墨以賜有曰卿一清如水公將入同

民之樂而侈 上之賜也遂取以名堂歲八

月落成四面空涵萬象一鏡向之荒煙野草重

昔賢躊躇悽愴之嘅者今使人融怡自得泳游

忘歸焉時椅適自惟揚來省公公命舟觴椅堂

上酒三行椅離席再拜執爵言曰水本清泥滓

之性本清欲蔽之先生無耳目玩好之娛無口

體甘逸之奉傳舍其家而家 國事虛舟其身

而身民隱先生豈有宅哉人汙其清我清其清而已耳雖然椅也竊嘗聞之道滿天地間而寂可見道者莫如水源泉混混不舍晝夜君子以自强不息焉水先萬物而以養萬物水流而不舍是以物生而不窮先生憂勤王室俛焉日孳方寸之天無須刻不運也故其流行爲長江大河潤澤爲時雨甘露社稷生靈實嘉賴之此則先生之清而　聖上所爲褒表也若止於濯吾纓以潔其身而已矣不幾於伯夷之隘乎故曰伯夷之清清而隘裕翁之清清而裕公咲曰噫是吾志也爾子爵遂退而次第其語爲堂記門生宣教郎前淮東安撫大使司參議官梁椅撰門生朝奉郎新除宗正寺簿陳淳祖書門生文林郎滁州軍事推官兼沿江制置大使司幹辦公事章應雷篆蓋

思政堂在通判西廳乾道六年潘恕建好谿章謙爲

記天下之理不有廢何以興不有毀何以成水之涸也適爲洶湧澎湃資也木之落也適爲條暢碩茂基也斯軒之建其殆是歟歲在著雍攝提格夏六月晦西倅聽事之旁忽有回祿之灾帥守臨視人皆效力旋即撲滅而貳車燕處之室已爲煨燼於是鳩工聚財戒期以鼎新一毫之用悉出公帑不以厲民工興于中元節而畢於閱鼓之辰越翼日設觴豆集僚友以落成僕寔與焉酒酣貳車屬僕爲記且謂斯軒舊名治中思有以易之僕固辭弗獲因念貳車左右郡政精力于職今建斯軒端爲坐卧思索之地必不事事宴樂也聞諸子産曰政如農功日夜思之朝夕而行之行無越思如農之有畔其過鮮矣繼自今貳車處於此或爲南郭之隱几或爲茅容之危坐終夜不寢師仲尼之訓坐以待旦以周公爲法則郡政庶其盡善古所謂同流王化不爲虛語矣請以思政名庶來者知營建之意云貳車潘其姓昶其名端行其字九江人

也好谿章謙記

籌思堂在轉運司圃內本籌思亭之舊王荊公范忠宣公皆有詩**王荊公**詩昔人何計亦何思許國憂民適此時寓與中園爲遠趣託名華榜有新詩數株碧柳蒼苔地一丈紅蕖淥水池坐聽楚謠知歲美想銜盃酒問花期○**范忠宣公**詩亭爲籌思設公將稱此名致誠通造化審慮敵權衡境寂居忘倦心虛照自明詎同游宴事休戚繫羣生紹興二十年鄭公僑年即亭基建堂邊惇德爲記紹興丁卯秋華原鄭公以浙東倉司移總外計于大江之左行且終更留司以應辦軍須無擾而濟聞於 上爰下綸言俾仍舊服於是軍民官吏讙呼而樂公之留及是年之冬公以暇日步于公圃視西北隅得隙地焉欲經度之詢之屬吏咸曰漕臺舊

嘗有籌思亭者兵火之後其廢日久獨大丞相王文公范忠宣公所詠二詩刊石尚存公歎曰豈可使前人之迹堙没而不舉二公之雅什殆爲虛設乎乃度餘材成之賦功屬役不擾於民用財不取於諸邑閲月而就得豐儉之中而少加壯焉易之爲堂而名仍其舊乃立王范詩碣于堂中匪爲觀游特以繼前人之志也惇德謂天下之事戒在樂因循而憚改作苟臨事例君此視陋不支忽傾不持毛舉縷數歲月之間浸浸而廢者不知幾條亘可憫笑也蓋常人用心每以玩歲愒日爲事故較論短長將有所興作必曰此有利於已乎有利於吾子孫乎力非不足勢非不便畏首畏尾將發復已率皆滯常而難合惟公之志迺大不然視事雖久一日必葺如其始至於是弊者一新蠹者以飭軍儲充盈民不告病故能以餘財餘力求前人之志而成之其用心固自不同矣聞之晉叔向曰政如農功日夜以思之思其始而圖其終行無越思如

農之有畔其過鮮矣方吏退無事時優游此堂坐而思之若何而可以享上若何而可以足食民之利思所以興民之瘼思所以去則籌思之設殆非苟然者在我後之人凡升公之堂能求公之用心而復思公之所爲則天下之事何患於骫骳而不振也哉故書此以序事之始末云紹興二十年歲次庚午三月十一日記左從事郎新充秀州州學教授王誼書石儒林郎新監通州鹽倉

邊惇德撰

忠宣堂在轉運司西廳本雙槐堂之舊眞文忠公改建劉漫堂宰爲記

建安眞侯將漕江東之明年夷攷前人名氏曰惟忠宣范公實獲我心乃爲堂以祠復更命故雙槐堂曰忠宣朝夕游焉以致其思謂大司成袁公其文宏雅宜爲祠記以光昭忠宣之令德謂漫塘叟劉宰少戇宜述堂之所以名以砭吾私叟不佞

竊惟　國家倣古部刺史置轉運使江東以地大賦殷　委寄特重異時駕四牡而來多巨公有顯跡而忠宣無可書之事後忠宣百五十餘年其間績用之湮晦何可勝計而忠宣之名與日月懸豈忠宣之所存與眞侯之所思固不可賾等歟夫好善惡惡人心公理一失其平則是非易位故愛君子必知其善之所不及則君子勉而進於善疾小人必原其惡之所不至則小人不狃於爲惡君子進於善而小人服小人不狃於爲惡而君子安斯民也三代所以直道而行而家而國所用平康也而季世君子不然其愛同已太深而疾小人已甚愛同已太深則以一人而信其類以其得於彼意其必不失於此言出而和不矯其非事舉而隨不要其弊幸其中而不倚正而非激也則可否則激而偏嘗試而誤而君子之道始詘疾小人已甚則屏之去恐不速麾之法恐不重抉擿其隱微不俟其著掇拾其既往不開其新幸其惡之稔辭之屈也則

可否則有疑而甚之者矣疑之則是否莫辨甚之則曲是有歸而君子之禍激矣忠宣公其知之方其在江東賦籌思堂詩有曰審慮敵權衡又曰心虚照自明夫虚則無我平則稱物其後曰規撫率昉乎此故在當時曰歐曰韓曰富曰司馬世所謂君子公所藉以進者而意向稍愆公皆指其非曰章曰蔡曰鄧世所謂小人公所坐以退者而文致稍深公皆以爲過其持平此心真不愧於權衡而其識慮之遠則非淺鮮者可及故後之論者謂使公之言行於熙豐必無元祐之紛更使公之言盡信於元祐必無紹聖之反覆叟亦謂使公之生先於漢唐之季必無朋黨之禍使公之死後於建中靖國則崇觀必人亦無所容喙矣人之云亡邦國殄瘁尚忍言之真僕以道事君以義正國蓋庶乎忠宣之爲者其升堂而思夫豈徒哉其名字不書蓋見童走卒知而誦之若夫以忠宣所以事韓富司馬諸公者事僕它日將有人焉僕老矣嘉定丙子

臘日記丁丑十月望朝散大夫直寶謨閣權
江南東路計度轉運副使俞建書并立石

戲綵堂在轉運司正堂後嘉定八年眞文忠公將母
出使葺而名之馬公光祖王公埜皆公門下士
寶祐初適同持節于此新其堂而大其扁且刻
石識之嘉定八年春西山先生眞文忠公繇右
史出持江東漕節時公方盛年將母出使
退食之暇日以娛親爲樂卽官廨之後堂葺而
扁之曰戲綵今四十年矣公忠於君孝於親
仁於民盛名鉅德四海仰之不特江東父老也
然公之德政實自江東始故思公者久而不忘
既繪公像與忠宣范公並祠矣登斯堂者又慨
想其承顔養志之孝而興起焉埜事先生甚久
而馬公光祖受先生之學亦深皆門下士也適
以臺閫同寅于此馬公命埜作戲綵堂三大字

而更扁之于以見尊慕先賢之心而傳示來世之意且述其梗槩刻諸壁寶祐二年孟秋朔門人王埜謹識

使華堂在總領所圃內紹定三年戴公栒建自爲記

記云余於景蕭之南敞政足園矣廳事西偏舊有圃焉一水縈環若蟾之鉤若珮之璜古柳參天夾峙着行余欣然樂焉挾書過之亭老而欹地窄而磽藿莽蒙茸水失其性無以發余天趣之靈也沿水爲堤編木護之徹壅而通去滓而清而水之性復矣於水之陰闢地二區移分鍾堂於其上易名使華左植修竹亭曰碧鮮右植寒稍亭曰春信循堂之後復締三亭曰種花以牡丹名曰金粟界以丹桂名曰雲錦鄉以桃花名此水北之佳趣也使華之南隔水着亭曰芳洲曰映波曰柳風柳風而東飛梁通之曰玉水曰靜觀曰蕉境映波而西復跨飛梁極水置亭

名曰水雲此又水南之嘉趣也方其霽影初開天光相磨璧月當空金波動搖其或風止瀾息一塵不生草木軒窻如鏡中觀余遊於斯吟於斯豆賓於斯而不能去也客或謂曰水哉水哉何取於水也余應之曰夫散於兩間者五具道體之妙匹一性之真者惟水焉耳而四者不預焉今夫水生於天一根固有也含蓄孳象該萬善也潤澤百物惻隱仁也不舍晝夜純不已也盈科後進毋自欺也入纖芥之隙英也斡鼇極之運健也余因之以兟此性之理豈獨恣心目之娛哉且古者卿士奉命而出竣事則旋故謂之奉使未有列職于外而以使名者也若觀察節度轉運之類唐以來失之矣獨今鑲師必王人爲之故名園曰使華而又扁諸堂也然金穀縈之塵埃蒙焉比諸使爲冗且劇矣必疏瀹此心若水之清講切利病若水之明稱物賦予若水之平始足以稱禮樂之遣盡諮諏之責不然余於水有愧焉耳奚光華云哉子今與余臨是

水也不獨鑑形於以鑑心不獨觀物以之觀性反稽中省久焉有得則異日遊是園也波光水色無一非性矣客訖曰異哉吾問水得知性紹定三年端午日記朝請郎守太府少卿總領淮西江東軍馬錢糧專一報發御前軍馬文字兼提領措置屯田戴樆撰承議郎監建康府權貨務都茶場何處信書從事郎辟差充總領淮西江東軍馬錢糧所準備差遣李自牧篆額

堂後爲橋跨溪榜曰尋春橋之北爲看窻榜曰晝訪皆馬公光祖所作

仁本堂 在總領所東廳馬公光祖建自題其柱云斯堂經始于寶祐甲寅仲秋朔旦落成于良月既望扁曰仁本取君子治財以仁爲本之義

雙清堂在府治東親兵教場內紹熙元年留守章公森建淳祐七年都督趙公葵改建

指授堂

有美堂舊在府治今堂基在　行宮內

考證梅堯臣宛陵集載金陵有美堂詩李白愛山如洛陽三杯爲歌白日長廢基臺殿不可識王謝舊棲王謝堂公來碧瓦起棟宇羅列圖書牙作床池頭古月城下江照見萬里氷雪光江流不盡月不死寒涙素影東西翔願公樂此殊未央愼勿區區思故鄉

儀賢堂一名聽訟堂今廢

考證吳建中堂在都城宣陽門內路西每歲策

孝廉秀士考學士學業歲暮習元會儀於此梁改曰儀賢○梁武帝謙恭待士大通中有四人來年七十餘鶉衣躡履行丐經年無人知者帝召入儀賢堂給湯沐解御服賜之　帝問三教九流及漢舊事了如目前　帝心異之四人與昭明太子如舊交

楊備詩云兩兩鶉衣鶴髮翁講筵談柄坐生風緣何太子歡相得應與商山四皓同○馬野亭詩鶴髮龐眉四老人鶉衣躡履一何貧堂中論事君心喜寺裏譚經衆說新蜀杰仍黼皆古字角黃園綺定前身胡為朝上無人識惟有昭明極見親

樂賢堂舊在臺城內晉肅宗為太子時所作蘇峻之

闕宮室皆焚惟此堂獨存舊志

考證宫城西南角外有清游池通城中樂賢堂

○晉咸和七年彭城王紘上言樂賢堂有先帝手畫佛像屢經寇難而此堂獨存宜勑作頌帝下其議蔡謨曰佛者夷狄之俗非經典之制先帝量同天地多才多藝聊因臨時而畫此像至於雅好佛道此未聞也於是遂寢

武帳堂元嘉中建于武帳崗上故名在城北二十里幕府山南今廢

考證 宋文帝元嘉二十一年宴于武帳堂將行敕諸子且勿食至會所賜饌日旰食不至有飢色上曰汝曹少長豐逸不見百姓艱難今使汝曹識有飢苦知以節儉期物

鄭介公讀書堂 在清涼寺

考證 鄭俠字介夫其先光州固始人四世祖佰唐末隨王氏入閩遂爲福清人俠既冠遭妣黄氏憂念家貧親老弟妹鮲多慨然自誓當苦學以成名治平二年初舉下第隨父暈赴江寧府

監稅得清涼寺一小間閉戶讀書唯冬至元日歸省時王荆公以中書舍人持服寓江寧聲迹相聞公未嘗往見有楊驥者鄱陽人來就學於荆公公語之曰鄭監稅一子在清涼讀書聞其人好學可與相就驥如其言歲正月忽一夕大雪寒甚通直以酒食餉公公讀書至夜艾呼驥共飲酒酣登寺之瑞像閣題詩曰濃雪暴寒齋寒齋豈怕哉漏隨書卷盡春逐酒瓶開一酌招孔孟再斟留賜回醺酣入詩句同上玉樓臺已

而楊君雪後爲荆公誦此詩公嘆賞不已屢諷其漏隨書卷盡春逐酒瓶開之句曰眞好學也是歲公還鄉應舉通直敕公以舍人累相問須一往見乃攜所業謁荆公公益稱獎期以高第明年治平四年擢進士甲科荆公得牓喜甚公時年二十四調光州司法以歸荆公服除起知江寧相見愈厚及公赴浮光荆公入參大政公數具書諫荆公極言新法之爲民害不聽後公監在京安上門數上書言新法被謫詳見一拂祠下

熙載讀書堂在溧水無想寺中

考證熙載集有贈寺僧詩無想景幽遠山屏四面開憑師領鶴去待我掛冠來藥爲依時採松宜繞舍栽林泉自多興不是效劉雷○元祐間邑尉周沔嘗題詩有螢火不知人已去夜深猶傍竹牕明之句

蠶堂舊在縣北七里者闍寺前沙市中六朝皇后親蠶之所也**楊虞部詩**摘藕抽絲女在機茅簷葺箔舊堂扉年年桑柘如雲綠翻織誰家錦地衣○**馬野亭詩**桑林倒影媚晴川中有蠶堂半燠寒翟茀先期移過此鞠衣拂曉定來看未眠曲薄心方急已洗繅盆事始寬瞻彼北宮猶若此田家婦子可偷安

四老堂在轉運司

韓元吉爲記

乾道二年秋予自公府掾得請補外上不忍其窮而猶以爲可用也俾漕於江東予平生喜交遊其在中朝所與遊多天下知名士遇退食之隙及日之休暇則亦持酒賦詩紬繹文史講論古今以爲樂既縣膺使者之寄矣賓客之至者動以禮法相拘縶猝猝不得款雖强之亦往往不肯盡其語輒去而漕之治頗有軒亭之敞花竹之茂職事稍閒可以周游閑放而無前日交遊之盛與共此者予方以爲恨也歲十二月予兄子雲自京口罷官始得奉太夫人以就養弟兄晤語頗已自適而友人龎祐父乃自吳中來過得之益歡明年春鄱陽章冠之復從儀眞來館於一室四人者晝夜語不休間以吟諷論難而談辯鋒起咲呼之聲聞於外向來索居之嘆若醉而醒病而愈也蓋留連累月其爲歡且甚矣於是盡取所謂軒亭之名相與易之不易更書之而二友之所舍因名之曰四老堂吾四人者實以自況也

夫古之君子少而學壯而仕老而傳皆禮之常也年未七十不可謂之老又老者非人子所宜稱今吾兄弟之有親也而與祐父年僅五十冠之復少於予十餘歲皆不得謂之老而遽以老自名者蓋皆生於羇旅而長於貧賤容貌茶然以衰鬢髮蒼然以華雖未老而老態已具故辭其名而不可得爾又四人者志尚之侔而臭味之相似不特相從於此蓋將相期老於山林之下此堂之所以識也然祐父牽於文章仕而未達冠之以詩自鳴不肯用以求仕而予與子雲乃僥倖爲郎以蒙　上之任使子雲既投劾以歸予之庸且懦每懼其不獲免也使吾四人者幸而至於老既老而果得自逸於山林田視今日所以名吾堂而爲之先者豈不信而無所媿哉則斯堂雖陋或以吾黨之故而傳後之來者固賢於予亦足以知老之可慕而人生會合之可樂也夫二月己卯穎川韓元吉記

尚友堂 在青溪先賢祠後馬公光祖建

飛泳堂 在江東運管廳紹定四年建陸德輿書扁嘉定九年重建楊蓬爲記

木犀堂 在烏衣園王公埜書扁

存心堂 在上元縣廨西偏景定三年知縣事臨邛楊應善翔建取程純公語爲扁帥垣姚公希得爲記漕使陸公景思書丹朔齋劉公震孫鐵菴楊公應巳斛峰李公伯玉皆爲銘之**記云** 令古子男國宅生首里位雖未公卿心苟在焉譬之水流斯爲川懸知其不澤物邪上元爲建鄴赤縣近市不囂譁

所西偏舊有堂扁曰存愛蓋取純公程子存心愛物之語歲久屋老凛焉將墜景定三年臨卭楊君應善涖事未期月櫛紛爬垢撤故以新易名存心其義一也廣庭闢其前方沼疏其後生香樂意可玩可適齋心燕與與神明對景前修之法言儼函丈其如立昔純公主是簿且攝是邑均田塞隄脯龍折竿載諸傳記皆仁者之爲異時嘗於令宰坐處書視民如傷四字其言愛物濟人謂一命之士皆當以此存心博哉仁言乎楊君睎賢志可尚已堂成屬記於予予曰虛靈之府萬善皆具寂然不動之時與天地萬物爲一苟能廣而充之其仁不可勝用仁人心也心主是則仁不主是則欲去仁存欲富貴所充詘也嗜好所齊喙也夜氣不梏亡者幾何聖賢論存與不存惟於多欲寡欲上秤亭分數蓋欲寡則虛虛則明明則油然而生者皆仁矣今夫百里之官夫豈念不及民而常苦於簿書期會之不給由是狀邑曰灘目邑曰債擞精神竭智

力濟斯斯已矣償斯斯已矣終更而去之無慮皆褒城驛厥或告之曰民胞物與也徒有靨然而已嗚虖聖門仕學每於令宰乎觀千室之邑民社之寄蒲之三善武城之學愛隨試輒效壹是心法縣雖劇顧吾所存之何若純公聖賢者流豈欺我哉後之登斯堂者所貴乎體公名言充我實踐其毋曰力不足也通議大夫試　刑部尚書沿江制置使知建康府江東安撫使　行宮留守兼權淮西總領姚希得譔朝議大夫集英殿修撰江南東路計度轉運副使陸景思書丹并題蓋通直郎　特差知建康府上元縣主管勸農營田公事兼弓手寨兵軍正賜緋魚袋楊應善立石○緒云士自一命以上苟存心愛物於人必有所濟此明道先生程純公語也先生嘗以上元簿正攝令後人因摘存愛二字以名堂歲久頹圮臨卬楊君應善來爲邑始撤而新之小易其名爲存心屬劉震孫書之且述先生之旨以爲銘銘曰孰爲人心心乃仁其端

則愛其德曰生聖人以此守位君子以此長人士自一命皆可及民惟令之職於民尤親苟存心於愛物知分殊而理均疾痛痒苛舉切吾身賦斂必薄徭役必輕刑罰必省幽枉必伸蠹賊必去困窮必矜皆此念之流布貫四時而常春一息間斷私欲外乘已與物隔如越視秦野有餓殍里有呻吟睹之不見聽之不聞作於其政毒流害深剝床及膚戕葉至根虎豹不爲猛蝮虺不足驚彼同胞且弗卹而況於洿池之罔罟山林之斧斤此仁與不仁之異而存與不存之分令登斯堂其繹嘉名純公在前毋貳爾心〇

又銘云泰禧間論者謂令宰受地百里古公侯之國今受辱役於部若部不得與判司小吏比凡郡若部之府史胥徒皆得辱縣令宰士大夫百方巧計爭避於令宰 國家百方立法迫必爲令宰有不爲令宰或爲之而適其歲月大吏得支劾之必使爲令宰乃已蓋數十年前已如此今眡之殆無以異而加難焉吾弟應善志元

以大帥尚書姚公之辟出宰上元公聰明惠愛視郡邑如家待寮屬如子弟凡令宰所難不以爲病縣治舊有堂曰存愛實用程純公語歲久頹圮撤而新之更扁存心公爲之記予語志元是心所以能存其存者抑有繇也爲之銘曰方寸之運虛明公溥六合可彌操之而存舉斯加彼善推所爲古之從仕志於行已位無崇卑吾心所及吾力未逮惟勿忘之有惻于中爾痾予恫禹稷溺飢須臾不存痒痛莫關杞魯瘠肥彼夸毗子奭言蹻行謂心可欺而狠疾人自謂勿能則亦勿思河南夫子樂顏之樂自任則伊與物爲春視民如傷內恕所推仁義之言式穀多士爲百世師季也學製肇新斯堂景行前規嗟惟宰邑展布之難莫甚今時星符羽檄繭絲保障心勦力疲簿書眯目敲榜犯慮所存幾希不遇其長弗矜乎上民不可治堂堂橘翁威風大體忠信療慈季也何幸祗若教條二天我私翁非爾私絜矩之學百辟表儀季吾語汝勿替此

心朝斯夕斯燕與一堂無愧此顏是荅已知○

又銘云邑令楊應善摘純公語名斯堂番人李伯玉爲之銘體天地塞其名曰人性天地帥其心曰仁心體本仁其端惻隱能廣而充可放而準庶人去之禽獸幾希安得君子終食無違格言大訓繫孟程子先後發明異辭同指君子以仁是舉其全命士愛濟則有後先民胞物與理一分異由仁而愛匪愛先濟思昔先生攝令上元見之政事先行其言畫法均稅貯粟給卒視民如傷推以及物楊君作宰慨想儀刑有揭其扁式新斯亭是心茍存舉斯加彼有渝斯言其穎有泚

景定建康志卷之二十一

吴别館在句容縣

考證述異記云吴王夫差立春宵宫爲長夜之飲造千石酒鍾又作天池池中造青龍舟日與西施爲水嬉又有别館在句容楸梧成林古樂府云梧宫秋吴王愁是也

吴客館在城南十三里

考證丹陽記曰吴時客館在蔡洲上以舍遠賓晉陶侃嘗屯兵於此

宋儒學館在今覆舟山北鍾山鄉去城五里

耆舊 南史宋文帝元嘉十五年立儒學館於北郊命雷次宗居之

宋招隱館 今草堂隆報寺是其舊址

耆舊 宋雷次宗傳召詣京邑爲築室於鍾山西巖謂之招隱館

宋四方館 今不詳其所

耆舊 宋初置南北客館主四方賓客後爲四方館

齊商飆館 在蔣廟西南即九日臺是

耆舊 齊武帝永明五年四月立商飆館於孫陵

同世呼爲九日臺○沈約郊居賦云望商飈而永歎詳見九日臺下

齊梁士林館

考證 齊竟陵王子良開西邸延才俊以爲士林館西邸在雞籠山○梁大同六年於臺城西立士林館延集學者

梁集雅館

天監六年置今不詳其所

陳別館

亦名婚第

考證 陳書云六門之外有別館以爲諸王冠婚

之所名爲婚第

涼館在舊江寧府治元符中吕公升卿建今在

行宫内 修涼館記 金陵開府因李氏故都舍館之雄爲江左第一而東園閱武亭規制宏偉[illegible]之寂歷載既久蕪穢不治將就傾敗直秘閣吕公自河東漕移鎮於此公初下車以民事爲不可緩先設敎約十餘條以令於民民大化服至不敢犯會不旬浹境内無事始與賓客寮佐宴游圃中顧瞻斯亭惜其將隳乃命營葺因其故材授以新矩未幾而功就大厦旣[illegible]規摹增壯弗華弗質厥度惟中面闢廣庭架松爲廕背[illegible]虚室以來清風回環䟽明無有蔽障雖三伏藴隆而暑氣不到至者豁然煩襟[illegible]釋故公更以涼館名之昭其實也嗚呼兹亭之廢久矣上漏下濕柱折棟撓鳥鼠棲伏風雨不除遊者畏厭蹴踖而去今革故之陋輪奂一新

宜侈其名以矜于後而公意獨不然貴實不貴華取其便事者以名之而已觀公爲政斥去邊幅崇尚誠信事悉躬决而庭無留訟老姦猾吏拱手禁默不能爲姦盜賊踰境囂頑革面市無忿爭內外嘉靖故報政之速易如反掌茲非貴實之効歟初公以問學政事被遇

神考歷位華顯元祐之際解組自高一旦起閑左奉使諸路豐功美利及物多矣其間民之被澤尤深者如二浙之越京東之鄆河朔之瀛公以使者皆攝其府事施設先後如出一律民吏馴畏相戒不撓法皆席未及煖而囹圄虛休聲洋溢流布四方今金陵之政復卓越顯著如此且將去而大用於朝矣則斯館之存殆爲甘棠之遺思耶元符二年閏月旦武林元時敏記

德星館在西門外七里倪總領垕建

通江館在賞心亭東即月亭舊基後爲回易庫馬公

光祖改立通江館以待四方之賓客 馬公光祖自書壁記

云懋遷有無商賈事也官自爲之則其害著矣蓋商賈之術透迤萬狀身履目擊旁通曲遂左右望而罔焉始得倍稱之息今掌之以吏制之以縣官之令其情逆其分格勢已難矣就使綜理得人出納以道而利未一二害且百十剏耳目之弗周而弊倖之紛錯乎金陵中興駐蹕之地爲古東西都其井邑當殷阜人民當富殖物貨當輻輳今皆不然市無藏賈民以窶告蓋其俗多游惰習末作耻苦心力業務本一值連雨闤闠蕭條往往菜色很顧長民者率多大吏養威望不屑細微有隱弗達民已病矣且視暮撫猶懼弗蔇顧乃聚斂儈競刀錐通衢焉以爲之壟斷取之於素貧爭之於無贏剗龜之毛封鶩之股是民已病而又益之疾也余所至惡言利開慶己未春自荊閫被 旨復還舊鎮下車見吏民有爲言即易庫之害者無智愚貴賤慼頞

不忍道始而行之不過貿易以逐什一之利耕經費所不及求爲甚害然日引月長不特守長未嘗預聞僚佐亦未嘗經目其與百姓商賈相爾汝量較者皆獰卒悍胥猾出柙之虎兕當道之蝮虵也既欲自肥而家又欲藉是迎合微寵恨不掩其目搤其吭而豪奪之有司方幸其術之售餘不暇問於是商賈愈望望而去之逮歲久物蠹官覘元估太半責羨又晝策畫敷之列肆復於其中高下其手而官又不暇問市井販夫無不束手失業此金陵之民不能自聲之痛也郡本無土物僅産紅花自庫之與而種藝者反受害焉余兩守是邦愧無以及人知其害爲甚深決意罷之以其廬爲通江館不獨欲舍過客蓋又欲泯其跡云

橫江館 在水西門内賞心亭側馬公光祖鼎創以待四方之賓客名取山谷詩出門一笑大江橫之意

亭齋 舊在江寧府治今在

行宮內康定中葉公清臣建胡公宿作記南中江山類多託賞之美金陵故都緒餘六代華人夏士盛棲此土雖一丘一壑之細皆經高賢名輩嘗所留連茅許世外之風王謝江表之德山林皐壤號爲名勝子城東北趨鍾山爲近南唐李氏嘗因城作臺臺上望月人相呼爲月臺下臨濬濠正面覆舟南對長干西望冶城榛煙漁火泉華谷氣川禽山鳥翔嬉其間林木嘘唫之聲雲霞起滅之狀須臾眺聽萬態遞出此名勝之內特又名勝者也臺傾地荒介在人外一境之秀未有晒者康定辛巳之夏龍圖南陽公自三司拜符安輯江介政尚凝簡日多休暇寄意琴酒之適留好風泉之賞它日因行後圃遂登故城適廢臺留壞址躊躇四眄愛歎形勝指言佳麗之觀此最妙處因哀材瓦之美調兵幹之使攀

蕪穢養華薄開逕自下立齋其上環植百柱通敞四軒高倖譙樓廣容宴豆檐宇飛竦勢將干雲秀矚郊坰俯見盧井句曲之地肺華陽之洞墟三峯參差仿佛在目雖進躁之士怵迫之人暫遊其藩一踐茲境其心翛然猶以謂已登崑崙涉閬風澹乎忘歸有　離昏俗之意又況眞粹之流平日隱几反照正性保御太和人境相得其樂如何哉公既用鐘鼓落其成復須金石記其始比辱來教見命紀事曰我作是齋姑欲榜之佳名而絕境難摸了不可得今采謝宣城宴坐之意直題曰高齋夫齋戒潔之稱休舍之所君子根本於道德極摯於性命利用於安身有餘於治人不役志以營已常虛心以待物其有爲也精義致用以經世務之輻及其無事也恬智相養以濟天均之和故道用不勤而氣守自若庖丁之奏刀老扁之斵輪顏生之坐忘伊公之強德神機之王繇此物也公抅道混成栖神高映初揔機劇未嘗榮華比辭禁輿亦亡欣

戚方舍山水之所以穆仁智之性高情遠尚焉可跂邪人之登是齋者當領會公意不止遨樂壺觴取悅林岫而已足使軋者忘其名夸者辭其權長留清風以遺永年慶歷二年四月十九日記○王荊公和王微之登高齋二首寒雲沈屯白日埋河漢蕩堓天如簁衡門兼旬限泥潦臥聽窾木鳴相挨蕭晨忽掃纖翳盡北嶺初出青崔嵬微之新詩動我目爛若火齊金盤堆想攜諸彥眺平野高論歷詆秦以來觥舩淋浪始快意忽憶歸雲胡為哉念君少壯輟游衍發揮春秋名王杯書成不得斷國論但此空語傳八垓登臨興罷因感觸更欲遠引追宗雷君知富貴亦何有諂譽未足償譏排風豪雨橫費調燮坐使髮背為黃台留賓往往夜參半雖有罇俎無由開江南佳麗非一日況乃故國名池臺能招過客飲文字山水又足供歡咍剩留官屋賭酒母取醉不竭當如淮○干戈六代戰血埋雙闕尚指山遺覽當時君臣但兒戲把酒空勸長

星柸臨春美女閉黃壤玉枝白蘂繁如堆後庭新聲歎樵牧興廢倏忽何其哀咸陽龍移九州圻遺種變化呼風雷蕭條中原碭無水崛強又此憑江淮廣陵衣冠掃地去穿築隴畝為池臺吳儂傾家助經始尺土不借泰人篴珠犀磊落萬艘入金壁照耀千門開建隆天飛跨兩海南發交廣東温台中間業業地無幾欲久割據誠難哉靈旗指麾盡貔虎談笑力可南山排樓船蔽川莫敢動扶伏但有謀臣來百年滄洲自潮汐事往不與波爭迴黃雲荒城失苑路白草廢時空壇埃使君新篇韻險絕登眺感悼隨嘲咍嗟予愁慮氣已竭對壘每欲相剸挨揮毫更想能一戰數窘乃見詩人才

學齋 在今府治王麟堂側詳見府治

昭文齋 在鍾山定林庵王安石嘗讀書於此米芾榜

曰昭文李伯時畫安石像於壁王荆公詩我自山中客何緣有此名當緣琴不鼓人不見虧成又定林齋後鳴禽散秪有提壺邊屋簷苦勸道人沽美酒不應無意引陶潛

式敬齋在左司理廳邢庚立傅公行簡銘邢君典獄金陵扁其齋曰式敬求銘於予予觀古人論刑獄之道曰明刑曰祥刑曰哀矜庶獄曰庶獄庶謹雖不止於一端而所以本之者敬也蓋敬則心體常存勤合於理推是心以典獄豈惟匹休蘇公殆將邁德皐陶矣因敘用式敬爾由獄顧作之銘曰敬以直內刑屬五極我思古人蘇公是式大祭大賓心罔不敬何敬非刑咸中有慶惟敬惟一純亦不已斯須或忘薄乎云爾片言折獄其惟仲由由何敢望匪敬奚求明謹哀矜敬無不足皐陶垂休亦惟典獄開禧改元仲夏旦日四明

傅行簡欽父銘金華邢庚應
辰立河陽李大節德操書

紬書齋在府治東北鍾山樓下紹興初葉公夢得嘗於府治建書閣榜曰紬書後燬于火閣不復建景定二年馬公光祖命周應合修纂建康圖志乃置書局于鍾山樓下聚書數萬卷以備討證故取葉公書閣之舊名以名此齋公自書扁

制使姚公希得任內重建

江寧館本府舊有是館歲久弗葺將就頹圮景定五年二月七日興工至四月初七日畢重建廳堂廊宇門樓小大咸具

總費錢一十三萬六千餘緡米三百一十二石有奇

大使馬公光祖任內創建誓清館即客亭舊址在龍灣江滸凡舟之泝岷江達淮海上下去來者經焉北對滁山中原可拱挹也故宇卑陋名存實亡咸淳丁卯三月始盡撤其廳創屋五十二間治事有廳燕息有堂幕屬有舍庖湢有次高明軒敞快人心目大夫士之館於斯者寧不動中流擊楫之思更名誓清蓋取此意縻錢二萬二千有奇

大使馬公光祖任內創儀賓館前志舊名也今廢咸

淳丁卯因没入之屋改爲之門廡皆新創堂奥
庖湢尚仍舊以爲車馬小駐之地

大使馬公光祖任内創書館咸淳二年卽没入之屋
爲之在小木頭街

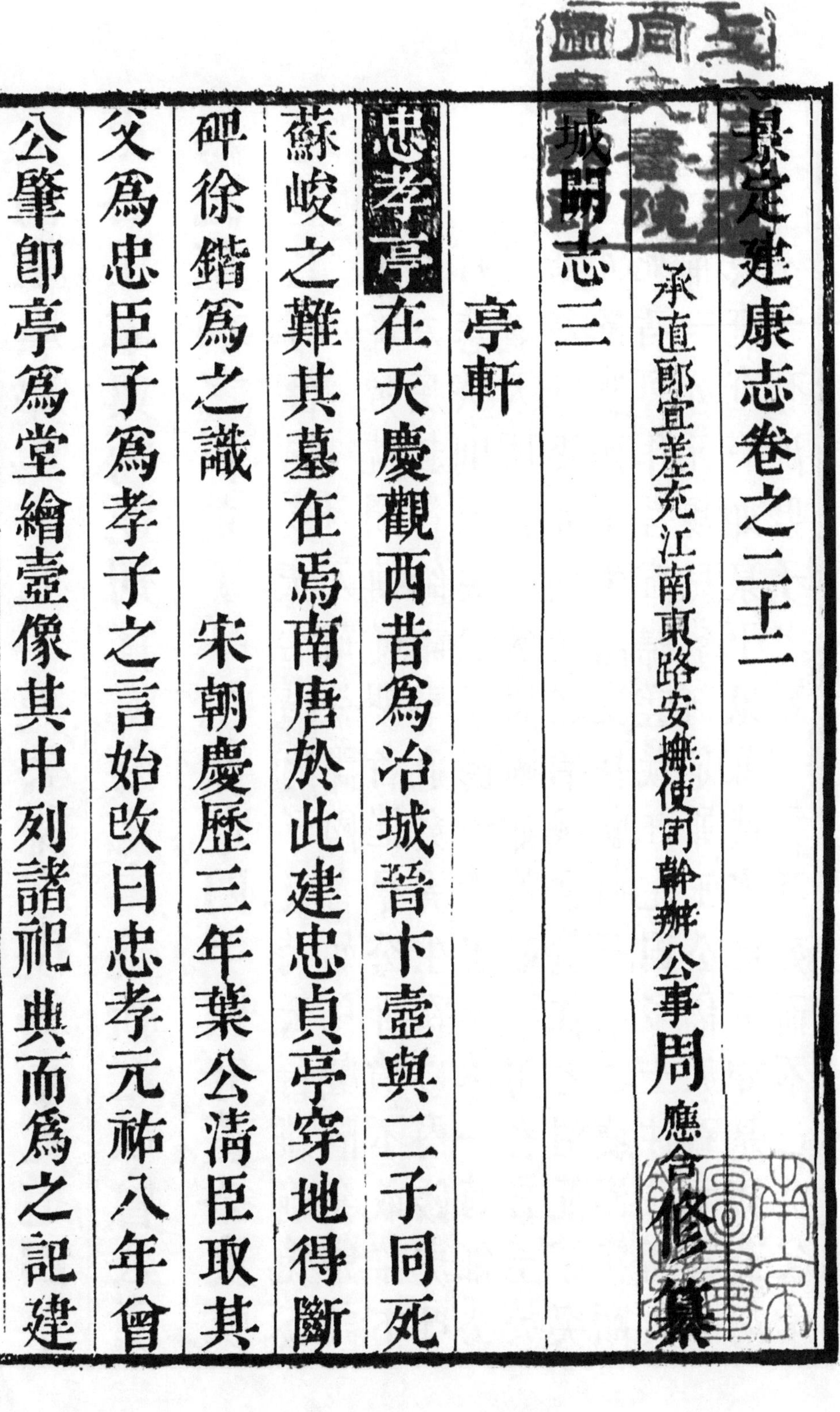

景定建康志卷之二十二

承直郎宜差充江南東路安撫使司幹辦公事周應合修纂

城闕志三

亭軒

忠孝亭在天慶觀西昔爲冶城晉卞壼與二子同死蘇峻之難其墓在焉南唐於此建忠貞亭穿地得斷碑徐鍇爲之識　宋朝慶歷三年葉公淸臣取其父爲忠臣子爲孝子之言始改曰忠孝元祐八年曾公肇卽亭爲堂繪壼像其中列諸祀典而爲之記建

炎間堂廢紹興十五年晁公謙之復爲亭乾道四年史公正志與轉運判官韓公元吉益新之取曾公所爲記重刻之石立于亭左嘉定四年留守黃公度改建堂上爲冶城樓天台周洎子及詩云晉鼎鼿硊姦人窺覦謀國者如兒戲陷穽弗設延虎貔虓闞搏噬嬰者摧羣公奔潰不敢誰卞公力疾起督師謂事迫矣奚生爲以肉餧虎吁可悲公則死死矣二子隨偉哉忠孝萃一時維公忠義天所資向來謀國如蓍龜不用吾言至於斯爲社稷死則死死之冶城之麓江之湄荒塚突兀餘豐碑半生讀史長歔欷拜公之墳涕霑頤死者可作吾誰歸嗟哉江左固多士往往所欠惟一死元規兒輩何足罪王公偃仄石頭裏氣息奄奄有如泉下鬼蘇武之節不如是視公胡不類有泚男子之死一言耳死而不亡公父子

賞心亭在下水門之城上下臨秦淮盡觀覽之勝丁晉公謂建舊志景定元年亭燬馬公光祖重建

考證李學士家談曰揚州有賞心亭此其始也○湘山野錄及苕溪漁隱及金陵事迹皆云丁晉公鎮金陵重建賞心亭其家藏卧雪圖張於屏乃唐周昉筆經十四太守雖極愛不敢輒取後爲一太守以凡筆畫蘆鴈易之○祝穆編方輿勝覽引續志云丁始典金陵陛辭之日眞宗出八幅袁安卧雪圖付丁謂曰卿到金陵

可選一絶景處張此圖謂遂張於賞心亭按乾道舊志及湘山野錄苕溪集金陵記王容學詩序皆言賞心亭卧雪圖出於晉公家藏不言御賜唯晉公圖畫見聞志中以此圖爲真宗所賜和父蓋本此耳考之　宋朝史傳會要記聞等書皆無賜圖之事而僅見於晉公所作圖畫志中或謂晉公既張此圖慮爲好事者取去故設爲　御賜之説以保之而卒不能保勝覽殆爲圖畫志所誤也未詳孰是姑兩存之

景定庚申四月二十一日龍王廟災風盛燄熾其東正接大軍廣濟諸倉積貯之命也而風燄向之馬公光祖至倉所叩頭祈天風反而西倉廩得全舊賞心亭在龍王廟西正當風反之處不免煨燼公曰倉燬則食難足亭燬易建也亟命工度材重建斯亭遴幕屬朱幼學董其事不日而成視舊觀雄偉過之爲金陵第一勝槩

密學王公琪詩云千里秦淮在玉壺江山清麗壯吳都昔人已化遼天鶴舊畫難尋卧雪圖冉冉流年去京國蕭蕭華髮老江湖殘蟬不會登臨意故噪西風入坐隅○**王荆公安石**詩檻折

簷傾野■旁臺城佳氣已消亡難披草莽尋千古獨倚青冥望八荒坐覺塵沙昏遠眼忽看風雨破驕陽扁舟此日東南興欲望江流萬里長○又霸氣消磨不復存舊朝臺殿只空村孤城倚薄青天近細雨侵尋白日昏稍覺野雲成晚霽却疑山月是朝暾此時江海無窮興醒客無言醉客喧○侍讀張公瑗詩洲圍淮口江形狹亭上城頭月色多○王坡公珪詩六朝遺迹此空存城壓滄波到海門萬里江山來醉眼九秋天地入吟魂于今玉樹悲歌起當日黃旗王氣昏人事不同風物在悵然猶得對芳樽○周益公必大賞心亭醮會古風晉人誇新亭暇日輒高會中間伯仁輩未免楚囚對江山猶古昔人物已暧昧東郊今保釐翠華記行在佳麗饜淮楚追遊盛冠蓋茲樓貫城雉于邁無小大令威雖不歸靈光故無礙烟雲互明滅川郭相映帶當年烏衣遊此日思心槩從容值休沐登臨多慷慨幽懷忽軒豁細故絕芥蔕已尋詩社盟更

許食期戒佳賓滿坐上好語來天外舟移白鷺遠目送飛鳥快方極淵明秋粗免監河貸一醉儻可期與君時倒載○高公九萬登賞心亭詩江亭如倚釣魚磯面面雲簷勢欲飛西望汀洲依白鷺東連卷陌接烏衣六朝更代何人守千古興亡事總非客子獨憐風景好倚欄長是欲忘歸○曹元寵詩白鷺洲邊蘆葉黃石頭城下水茫茫江山不管事興廢今古坐令人感傷六代豪華空處所千秋城闕委荒涼空餘眼外無窮景助我憑欄到夕陽○米公芾詩晴新山色黛風縱蘆花雪盡日倚欄干寒霄低細月○姜光彦詩樓外青山刮眼明軒窻當暑更風清地分南北開天險江泛東西幾客程四者難并同醆斝一之已甚厭戈兵最憐夜夜秦淮月相伴依然似友生○北谷羅泌元詩勝地分明可賞心江山滿目飽登臨洛陽黯淡烟雲遠多少英雄淚染襟○潜齋王公埜詩物華盡入錦囊收留與江山做話頭桃葉數聲風力晚蘆花萬頃

月波秋非尋鶴相當年畫誰記坡仙舊日遊同首興亡多少事漁舟獨不掛閑愁○後村劉公克莊夢賞心亭詩夢與諸賢會賞心恍然佳日共登臨酒邊多說烏衣事曲裏猶殘玉樹音江水淮山明歷歷孫陵晉廟冷沉沉曉鍾呼覺俱忘却獨記千門柳色深○見說斯亭勝同爲此日游賞心那復有愁緒不勝稠江水鳴如恨淮山慘似秋鬢毛將白盡爲問若爲酬○洪丞相邁云杭漢汝陰之西湖洪蜀永之西山嘉之峨眉巴陵岳陽之樓黃之臨臯金陵之賞心白鷺揚之平山吳之蘇臺茂苑荆楚之雲夢滁之瑯邪九江之庾樓皆延庚挹辛賓夕陽而導初月校奇弔勝於登臨爲宜○大山蕭山則記賞心亭佳麗地之瓌觀可賞已如先正言此北望中原憤惕不敢暇逸處可賞耶古今遊宦幾何人目以玩賞口以吟賞而眞賞以心者幾希人心天地之託也爲天地立心之心也虛用之虛高實用之實高虛毋勝實虛而勝撫慨千

數百年之消息興懷四十餘帝之盛衰炳蕪凝愁風濤磯感宮雉相望客心悲未央其心耳事跡東流傷心長春草其心耳騷人賞自高如虛何實而勝莫若王謝高宴飲新亭賞也戮力王室剋復神州實之放情丘壑賞也棋墅指授破賊淮淝實之曠不弛勞清不妨要以虛務心之壅滯以實發心之精明兩公實高之賞歟虛高者荒實高者强用實心辦實功今大制使資政裕齋馬公之心王謝心也無賞心也何以亭於新一酒不歡甘苦其同一錢不妄調度其供何以亭於費讀開寶二年二月詔官受代歷書廨增毀以定殿最見亭毀於燬而無動心有慊心日羯胡透渡江上危甚公啓元戎行蒙公先驅祀姑後張循視大江嚴險棘之防進駐上流雄掎角之勢神龍拏淵威虎憑林英稜挫其遏衝洪基屹其磐石馳鶩再歲始柙刃而韜弦此一功殊大新北亭賞秦淮洗兵也賞豈虛賞者屏卧雪圖賞之浮獨倚青冥賞之游公之心心

實也鳳凰去已久正當今日回有思治心去惡如去草養花如養賢有贊治心想虞雍公督舟采石而捷聞則義心激憂張魏公勞軍沙上而虜奔則壯心生充是心之實何賞乎以調玉燭之明爲時和賞以補金甌之缺爲國壽賞以鐵劍利而倡優拙爲外禦内修賞非賞之賞此之謂大賞高哉凡役屬其屬朱幼學凡一費不書惟一非三是牽聯書亭前爲張麗華墓一賞賴有一戒存萬代之永監而前守袁之非是東郎張忠定公所栁折柳亭謹送迎也西郎蘇文忠公嘗題柱白鷺亭尚典刑也又西横江館取李太白人言横江好之句以名實如歸也三併新之是亭事畢出餘力築舒州二十三載久復隍之城以舒隸昇閫故遠且城之而况於近亭皆一實所成觀之坎有孚維心亭剛中也中畫一陽蓋象心心剛則實往乃有功公當習坎之出以剛爲實心亭有道矣賞大矣躋亭覽景弄筆而賞以詩公心憤惕未暇也有大父野亭先生百

詠在景定二年二月朔大山蕭山則記併書雪坡姚勉書葢

白鷺亭接賞心亭之西下瞰白鷺洲柱間有東坡留題舊志景定元年馬公光祖重建詳見賞心亭下

考證李白鳳凰臺詩有二水中分白鷺洲之句亭對此洲故名○蘇文忠公軾嘗題其柱王勝之龍圖守金陵一日而移南郡東坡居士作長短句以贈之千古龍蟠并虎踞從公一弔興亡處渺渺斜風吹細雨芳草渡江南父老留公住公駕飛車淩綵霧紅鸞驂乘青鸞馭却訝此洲

名白鷺非吾侶翩然欲下還飛去王荊公安石詩柱上題名客姓蘇江山清絕冠吳都六花飛舞憑欄處一本天生卧雪圖○斯庵任希夷江水悠悠淮水流臺城寂寂石城留淒涼白鷺洲頭月曾照前朝玉樹秋○王公輿詩白鷺亭西軒棟宇窮爽豈千峯若聯環翠色不可解是時天宇曠六幕無纖靄金斗熨秋江素練橫衣帶乾坤清且歛氣象朝昏改蘆花作雪風飛舞來滄海九霄汀鶴起萬里檣烏快月上三山頭烏沒橫塘外滄茫洲渚寒銀錯星斗大開樽屏絲竹披襟向蕭籟余生本江湖假蹇欣所會清興雖自發苦嗜亦吾累魚龍憑夜濤四面忽滂湃安得犀燈然煌煌發水怪○黄尚書度詩白鷺亭前白鷺飛定知公子未忘機我來猶識雖馴意江際翩翩趁落暉○馬公之純詩白鷺亭前白鷺飛山如屏障水如圍水中獨立鸞窺鏡沙上羣行雪滿磯白日不來爭碧樹有時同往送斜暉江山得

此方成畫撩得遊人不憶歸又和人韻一見斯亭喜可知風來拂拂更清微青山坐處天開畫白鷺飛時雪滿磯何必搜奇效康樂正應得句似元暉最憐別浦潮生後須有征帆萬點歸○**龍溪劉過**詩何人將我此來遊白鷺那知客有愁如子矜持山玉立似予迂闊水盤洲塵襟抖擻風雲入石刻摩挲歲月流惆悵謫仙鸞馭遠離離別恨黯難收○**羅公愿**詩千古城頭白鷺亭鷺飛長是滿江汀如何覽德輝臺上只有臺存鳳不靈○**葉輝**次韻白鷺洲邊敞此亭淮山江水瞰蘆汀鷺飛點點星顏色那侶公山鶴有靈

二水亭在下水門城上下臨秦淮西面大江北與賞心亭相對歲月寖久舊址僅存乾道五年秋留守史公正志因修築城壁重建自爲記舊志

考證李白鳳凰臺詩二水中分白鷺洲亭名取此也記云秦淮源出句容溧水兩山自方山合流至建業貫城中而西以達于江有洲横截其間李太白所謂二水中分白鷺洲是也來秦淮兩城隅對峙北爲賞心亭其南闕焉登城而望坐挹牛首可憑藉如掖淮山一帶沙洲煙嶼皆不遺豪髮意古必有亭其上者一旦父老謂予曰此承平時二水亭也考於圖志不載嗚呼六朝以來迨今九百餘年其廢興成敗可勝言哉今之爲城蓋自徐温之改築亭以二水久不知爲何時豈歲月久遠故不傳邪城下二水混混東流古今固自若也昔羊叔子登峴山顧其客鄒湛曰自有宇宙便有此山勝士登此遠望如我與卿者多矣皆湮滅無聞使人悲傷湛曰公名與此山俱傳若湛輩當如公言耳嗟夫有志之士慨其名之不與山傳也如此頃者城壁缺壞才辨瓦礫是亭之名失其傳久矣况於

一時登臨之人哉碑石果可託於峴山為不朽乎蓋笑叔子之志真區區也予方修築城隅復建是亭揭以舊名而為之記後有來者覽江山之勝而讀予之文因悟夫城之與亭廢興成敗相尋於無窮而人事得喪倏往而忽來思所以託名於後世者可不慨然有感而而為之賦邪乾道五年十月望日左朝散郎充敷文閣待制知建康軍府事提舉學事兼管內勸農營田使充江南東路安撫使馬步軍都總管兼　行宮留守司公事**史正志**記左朝奉郎新權通判楚州軍州主管學事賜緋魚袋杜易書并題額

冶亭在冶城

考證宋義熙十一年劉鍾領石頭戍事屯冶亭今即冶城樓所在之處

東冶亭舊志云在城東八里續志云在城東二里汝南灣西臨淮水今此亭在半山旁有**瑞麥知稼二亭**

考證晉太元中三吳士大夫於汝南灣東南置亭爲餞送之所西臨淮水卽當時冶處○謝安爲揚州袁宏爲東陽郡祖道於冶亭羣賢畢集○南史王裕之元嘉六年遷尚書令固辭表求東還改授侍中及東歸車駕幸東冶餞送○乾道五年留守史公正志於半山寺前重建**記**云留尹史公治效之明年作亭東郊並鍾山之南前臨大逵距城五里所謂僚屬曰厥今驛湊居所使

命賓客畢出於是當六朝時名園甲第瑰壯秀麗之觀山川之形勝占是爲多使夫往來者休焉有以寓登臨觀覽俯仰古今感慨愉悅之適斯亦一奇也如將奚名或曰晉東冶有亭在縣東汝南灣桃花園之間三吳冠蓋送餞於此夫亭近是盍以東冶名公命宗爲之記辭弗聽則進而言曰夫亭整暇爲之也故爲之無勞而享者易之且 國家建置 行都逮今數十年自城雉麇庾取士之宮齊民之居室因仍故常或缺弗治而公之承之猶自若也獨如亭何惟其悉繕悉營亡一不備而後及此則後推公之治能整且暇焉者夫亭所以識也雖然是豈殫公志哉蓋立館於國以待方國之諸侯列邸於郊以待四夷之客使俾朔南萬里拱極面內以尊京師是以公之志云耳而殫於是哉宗聞之也結眊者志在糾紛運甓者心存乎憂勞君子作於小所以寓大嘗試從公夫亭之上東挹方山西眺石城以望大江南瞻牛首之岩嶤北顧鍾

山之大且高商形制之謂何論險塞之所如究方來之若爲悼已往之弗圖而寓諸遊觀之娛斯亦庶幾公之志乎公曰唯遂記之乾道五年春三月左文林郎觀察推官王寗記左朝奉郎通判軍府事嚴煥書○馬之純詩舊時只說東西冶今日轉爲長短亭無奈梅花臨水白可堪柳色向人青十分瀲灔苦難把三疊凄涼誰忍聽不道離愁堆滿屋往來車馬放教停○楊虞部備詩忍淚相看酒共持一生心事幾人知年年折盡東亭柳此別綿綿無盡期　劉給事珙以四面皆田作亭于旁以知稼名胡公榘爲書榜并題二詩　詩云周公說稼成王師樊遲學稼夫子嗤區區農圃焉用學艱難之事惟當知江淮制帥周公似取以名亭意如此遙知袖有無逸篇準擬歸時獻天子

歲久扁圻櫰夷景定辛酉馬公光祖新之既復

東冶知稼舊扁又增一亭扁曰瑞麥與知稼對峙是年上元縣惟政鄉麥秀兩歧知縣鍾蜚英上其瑞聞于朝　上有宣諭曰芝封來　上麥穗呈祥叚由善政之致和式表豐年之嘉兆宜宣德意仰荅天休亭所以名也

覽輝亭在今保寧寺後鳳凰臺舊基側寺有覽輝亭碑刓缺不可讀莫詳其人唯歲月可考蓋熙寧三年夏四月也詳見鳳凰臺

翠微亭在城西五里清涼寺山頂南唐時建　國朝

乾道間亭已不存舊志不載續志云廢紹熙中復建隷淮西總領所景大亭小淳祐己酉總領陳公綺新而大之石城登臨最佳處也林和靖詩亭在江干寺清涼更翠微又送方大師歸金陵云長干古寺游行子爲到清涼看翠微○丹陽胡緝詩帆穿萬里江心過雲傍六峯山頂來○潛齋王公埜詩虛亭北眺大江臨江外晴嵐出寸岑景與齊山俱絕唱量如滄海且斟地高宇宙雙睥睨人老風霜兩鬢侵感慨石城勳業舊侃居夏口嶠居深○建亭記六朝以石頭爲重戍府庫甲兵萃焉至南唐始爲離宮此天所以開混一也然而翠微之景實甲於天下林和靖隱居西湖得得來游游見之賦詠則其稱絕可知矣中典以來掤總領所亭隷之豈以金穀之冗瑣易生煩厭非江山之清絕不足陶寫邪又不然則中間必有文人騷客名輩清流以是人而居是

官故能爲是官而有是景耶淳祐己酉春余自當塗來故人少司農天台陳綺伯奇實護餉事嘗因暇日相與徜徉其上余舉酒屬伯奇曰是亭之址居山之巔無所障礙故無非景物夫其南爲方山則秦皇之所以鑿而爲瀆以厭東南天子氣者也其北爲環滁則歐陽公之所以與客遨遊作亭其上而名爲醉翁者也其西爲三山則元暉之所登以望京邑太白之所眺以懷長安者也其東爲鍾阜爲雞籠則雷次宗周顒阮孝緒韋渠牟輩之所以隱居求志遯世無悶者也廼若長江自西亘北銀濤雪瀾洶涌湍疾煙帆風席杳靄滅沒朝宗于海晝夜不息與夫遥岑近岫危峰斷嶺如列畫圖如植屏障或雲靄之出入或煙霞之明晦或晴霽而日月朗或風雨而雷電暝朝莫四時千變萬態不可名狀者無非此亭之景也然景大而亭小不可以縱目而騁懷景四面而亭一面不可以總觀而並覽坡翁有曰登臨不得要萬象覺偃蹇子盍圖

之伯奇曰諸會其以憂於職而病又以最於職而召夫憂於職而病則所亟者藥裹最於職而召則所趣者行裝其於游眺之所必不暇過而問是則不惟人意之雖余亦意之也居無何忽折柬告曰亭已成矣昔亭一面而今亭四面矣余驚喜冗未能造亟命工繪圖取而觀則自西自東自南自北凡景之所在亭皆延之亭之所在景皆赴之余之所以舉酒而屬者無一不酬而土木之壯丹艧之工營繕之巧則又其次也夫金陵六朝舊都故其形勢周遭迴環其江山雄偉壯麗非偏州小壘可望萬分一前人登覽之地如賞心如鳳凰如雨華如青溪皆最佳處不獨翠微而已也而大景物每無大棟宇以彈壓之不惟無大棟宇而其小小者亦皆將仆焉余雖有志於此而力未暇及今伯奇當財賦正赤病疾未瘳命召將待之際而能鼎新之使三百年之景物一旦軒豁呈露無餘則其丘壑之襟楚楚不凡鞭筭之才綽綽有餘蓋非其餘子之所

能及而允余之所甚愧焉者也夫翠微之爲景一絕也伯奇之爲亭二絕也又以鶴山魏公了翁舊扁而揭之人與斯亭斯景俱稱三絕也故書亭爲屋二十四楹落成於庚戌之十一月旦資政殿學士太中大夫沿江制置使充江南東路安撫使馬步軍都總管兼營田使兼知建康軍府事兼管內勸農使兼　行宮留守節制和州無爲軍安慶府兼三郡屯田使金陵郡開國侯食邑一千三百戶食實封一百戶**吳淵**記

新亭亦曰**中興亭**去城西南十五里近江渚

考證丹陽記曰京師三亭吳舊立先基旣壞隆安中丹陽尹司馬恢徙創今地世說過江諸人每至暇日輒相邀出新亭藉卉飲宴周侯顗在

坐歎曰風景不殊舉目有江河之異皆相視流涙惟丞相導愀然變色曰當共戮力王室尅復神州何至作楚四相對泣耶洛陽四山圍伊洛瀍澗在中建康亦四山圍秦淮直瀆在中故云風景不殊舉目有江河之異李白云山似洛陽多許渾云只有青山似洛中謂此也蔡薿作天津橋亦以此孝武寧康元年桓温來朝頓兵新亭召王坦之謝安安發其壁後置人温爲却兵笑語移日○隆安劉牢之自栗洲應桓元進敗王師於此○楊佺期至石頭聞劉牢之領北府兵在新亭賊皆失色乃回師屯于蔡洲

崔慧景兵至新亭石頭白下兵皆潰○徐道覆勸盧循焚舟自新亭步上○宋孝武入討至新亭修建營壘因卽位王僧達始改爲中興亭○元徽二年桂陽王休範舉兵朝廷集議或欲依舊遣兵據梁山蕭道成以謂新亭正是賊衝昔上流謀逆皆因淹緩以敗休範懲之必輕兵急下乘我無備請頓兵新亭以當其鋒乃出新亭治城壘未畢賊遽至道成登西垣使陳顯達等與賊水戰大破之賊將丁文豪設伏破皂莢橋

軍直至大航復陷東府或傳新亭亦陷道成遣周盤龍等從石頭濟淮間道自承明門入衞宫闕道成仍守新亭卒破休範○宋討晉安王子勛所向克捷事平明帝大會新亭勞諸軍主摴蒱官賭○梁武帝起義兵進屯江寧東昏使李居士率兵屯新亭梁擊破之遂次新林○乾道五年留守史公正志即故基重建亭自爲記記云

西南去城十二里有岡突然起於丘墟壠畮間其勢回環險阻意古之爲壁壘者或曰此六朝所謂新亭是也予考之地志信然方六朝時上流奔衝用兵戰爭無不扼此相拒先據者勝亭

之名始見于東晉至宋王儉達更爲中興亭其後干戈相尋鞠爲榛莽不知幾年矣予因送客過之裴回顧眠愴然有感乃即其地稍南爲亭榜以舊名其制崇高廣袤雖未必及於舊而山川形勢登覽之勝煥然如新則世之相後累數百歲未嘗有改也初元帝過江人士暇日相邀出新亭周顗中坐興歎謂風景不殊舉目有江河之異因相與流涕獨王導變色以楚囚對泣責之且有戮力王室尅復神州之言導可謂有其志矣當一馬化龍之後導首任相柄非不立志恢復而元戎屢動不出江圻經畧區區僅全吳楚以至中更敦峻之叛下陵上辱紀綱不振導於是時浮沉俯仰終其身自開學校一事畧不能有所建立平居暇日非清談自命則有短轅犢車長柄麈尾之譏驗以前日之言徒虛語耳所謂江左夷吾功烈如是其卑乎蓋人之情多銳於新而怠於久自古規模之作於新者不苟則勳業之傳於久者必大天下萬物無不始

於新也新新以爲用則精神運動之妙鼓舞天下雖百世作興而不窮不能者日就因循苟且而不知所以振起故自其新者觀之則物無不故自其善用者觀之則物無有故而皆可以日新矣中原者東晉故物也南渡之初庶事草創故以江左爲新造而亭之名亦因以爲新導不能日用其新以酬其素志宴安有以敗之也然則今日新亭之復豈特爲將迎游燕之地憑高眺遠動游子之悲而發北客之嘆也哉嘗試與客登亭四望其西定山一帶淸曠龍洞綿亘數百里實與長江爲脣齒之勢其東牛首方山緣延周匝意斗牛間王氣宛然自若也其南則新林板橋控扼屯守之所歷歷可考其北幙府諸山連接石頭蹲踞如虎想孫權城築之氣尚凜凜如生也南北覔隔中原如故要當哭泣於歡笑之際藥石於强壯之時不敢怠於新以圖其故功名之士患無志耳苟有其志又患無其才今天下豪傑輩出安敢厚誣以爲無人異時擊

檝渡江掃清中原以日新之志收日新之功使王導一時空言乃驗於百世之下者庶幾是亭有以發之乾道五年月望日左朝散郎充敷文閣待制知建康軍府事提舉學事兼管內勸農營田使充江南東路安撫使馬步軍都總管兼　行宮留守司公事史正志記左朝奉郎權通判楚州軍州主管學事賜緋魚袋杜易書并題額○曾極詩青山四合遶天津風景依然似洛濱江左于今成樂土新亭垂淚亦無人○南軒張公栻詩風景自今古新亭今是非絕憐江水去還有故山圍得失同千慮成虧共一機所思惟謝傅不但勝淮淝又月明淮水空陳迹山繞新亭有故墟暇日更須頻訪古因來爲道我何如○誠齋楊公萬里詩六朝豈是乏勳賢爲底京師不晏然桓壁置人添一笑楚囚對泣後千年鍾山喚客長南望江水留人懶北旋強管興亡談不盡枉教吟殺夕陽蟬○楊虞部備詩滿目江山異洛陽北人懷土淚千行不如亡國

中書令歸老新亭是故鄉○**留守史公正志詩**龍盤虎踞阻江流割據由來起仲謀從此但誇佳麗地不知西北有神州又忽枉王人六轡馳新亭有酒便同持坐中不作南冠嘆江左夷吾是素期○**野亭馬公詩**相對何庸作楚囚一時凜凜氣橫秋定知決意誰能止何何事空言竟亦休敢謂扶持非爾力要須恢復有奇謀壺槳滿路無人至空使遺民歎白頭又新亭見說在山頭看見江河衮衮流何事後人輕變改不教遺址且存留憐他一代稱賢相說此諸人似楚囚若使有人來訪舊一番人見一番羞○又憶昔諸賢扶晉室冠蓋多於此雲集坐中翻作兒女悲世換人非但陳迹我來正值三月春花落鳥啼春寂寂江河雖異事畧同風景不殊今視昔磨滅英雄得喪多山重水複無終極安能鬱鬱老江左尅復神州當戮力未論重見管夷吾秖今誰爲楚囚泣徒倚令人三歎息徒倚令人淚横臆狄夷相殘春又春時乎時乎難再得○**周**

師成詩 昔日新亭今則舊百年名義只如新高談坐上無安石灑淚尊前有伯仁對面飛來帆影少傳音吹過羽昔頗靑犬重與當時月放下清光照坐人○北谷羅必元詩 五馬來時集宴遊江山風景勿繇愁合思戮力中原語對泣何須作楚囚○劉後村詩 此是昔人遊樂處當時風景與今同不干鐵鏁樓船力似是蒲葵麈柄功幾簇旌旗秋色裏百年陵闕淚痕中興亡畢竟緣何事專罪清談恐未公○[illegible] 眼前風景異中州莫笑新亭一段愁得似祖生眞有志也會擊楫到中流○[illegible] 新亭遺迹已榛蕪風景于今尚不殊三百餘年分王始江東自有管夷吾

金山亭 在舊府治今在 行宮內

考證 蘇魏公頌集中有金陵府舍重建金山亭

詩
地出城隅闢阯臺斬茅刪竹受良材春塘夢
草成詩後畫棟飛雲式燕開一境山形天際
望四時風物坐中來府公經搆民偕樂魚鳥猶
知喜躍迴又故時臺榭對池心空有名傳擬穴
金鬛理茅茨脩竹茂經營軒檻緑楊深橋橫斷
岸虹流彩花滿芳園鳥轉音盛府多歡頻命席
每容疎外楚寬臨王荊公安石懷府園詩亦云嘗憶小
金山下路緑荷深處見游儵此亦府園有金山
之證

練光亭在保寧寺今廢

考證蘇魏公頌有遊保寧寺練光亭詩寺本梁瓦官地臨吳建業何人結虛亭勝槩壓危堞黃曾直嘗題云練光亭蓋是

登臨勝處然高寒不可久處若於亭北穿土石作一幽房置茶鑪設明窻瓦堆殊勝不爾師方丈北挾有屋兩楹其一開軒其一作虛窻奥室余爲名軒曰物外主人喜作詩也名室曰凝香窖而清明於事稱也

折柳亭在賞心亭下張忠定公詠建爲祖餞之所久廢景定元年馬公光祖重建

風亭在折柳東葉公清臣建蘇州從事張伯玉爲記

佳麗亭與風亭相近馬公亮建

此君亭在華藏寺

考證王荊公嘗題華藏寺此君亭詩誰憐直節生來瘦自許高才老更剛元祐間亦有歌詩信安毛滂歌日玉堂視草儒林翁暫憑熊軾來江東政成暇日開燕席邀勝共詣金僊宮幽亭虛敞竹森聳低徊暎日清陰重靜坐愛此君乃知雅尚人情同屏山疊石色蒼翠我疑巨靈掣斷岷峨峯繁霜摧枯木飛葉穿疏櫳芳筵列時果璀璨間青紅羊肋細軟蟹螯豐兵廚酒美琥珀濃褫帶就坐約煩禮幅巾相向聊從容晤言與心契至樂非絲桐高懷詎比晉七子徒以散誕相夸雄飲餘寓意對碁局萬事不足縈心胷人生天地間寧異浮萍相值江湖中偶然會合復離散東西南北隨飄風須知此會不易得爲公更酹黃金鍾○武陽黃履次韻邂逅相遇三詩翁適我願兮江之東每乘高興即同賦

矧值脩竹華嚴宮迫窮收衆勢相遼交我以淡
情何重古來金石論賢達應求本自聲氣同清
晨登此亭亭前羅會峰浮雲開白日金影升珠
櫳高標不逐四時變翠色可奪千花紅一日無
此君子猷嘯詠已不濃清風颯然至淵明喜動
義入容化龍況是葛陂杖待鳳幸列朝陽桐伶
倫裁嶰谷律呂因雌雄太和尚可格天地煩想
豈特疏心胷下逮漢蔡邕取椽製笛柯亭中與
夫皮爲冠兮葉爲酒皆自荆揚之貢東南之美
兮冒霜停雪拂景雲而紫惠風吾曹對此但欲
適清樂不學渭川之人兮資千畝以敵萬鍾○

福唐王祖道君不見太白之精下人間兮昔人
號爾謫仙翁君不見不爲蒼生起兮謝安攜小妓
山之東玉堂主人繡衣客邀我載酒金蓮宮
亭環立千竿竹參天百尺繁陰重岸巾散髮對
此坐一日無君誰我同夜來霜壓北枝重剩見
鐘雲數尺峰玉實幽香儀彩鳳日華轉影篩金
櫳孤幹未甘春雪折青陰不逐秋風紅長隨檜

柏老剛勁不羨桃李爭鮮濃我愛此君有直節肯學蟠木求先容我愛此君歲寒志長咲霜井落青桐大夫老松邀我侶三品頑石徒誇雄不作湘江兒女泣蒼梧雲散愁盈胷夜深明月滿亭戶此君入我懷袖中故人來兮七賢至開門滿坐生清風此君此君聽我語藏器於身兮終奏太廟歌黃鍾○

合肥馬瑫

八座鎮俗光文翁政閒鳴珂曉丁東邀賓尋勝遍郊郭最愛檀欒森梵宮虛簷新敞小亭峻幽徑靜掩閉門垂脩枝應待丹鳳集勁節只許青松同根蟠南借秦淮潤影疎北露鍾山峰乃知景淡有真趣何必花艷羅彫櫳放懷喜逐開口咲傳盃不覺酡顏紅談圍浩浩真意得棋戰紛紛嘉興濃人生倏忽猶逆旅少壯易失今衰容得喪何須論塞馬用捨寧復驚夔桐逍遙齊物慕蒙叟澹泊無生師大雄英游幸陪諸公後傾蓋夙已披懷胷芝蘭亦既序蒙益切嗟顧使協于中佳章每出連城寶雅調綽有先賢風顧予酬和不量力嗟哉

寸筳撞巨鍾

水亭有二一在臺城寺即今法寶寺一在齊南苑中是陸機故宅乃王處士水亭也今鳳臺山南傍秦淮是其處李白題金陵王處士水亭詩王子耽元言賢豪多在門好鵝尋道士愛竹嘯名園樹色秀荒苑池光蕩華軒北堂見明月更憶陸平原掃拭青玉簟爲余置金鐏醉後欲歸去花枝宿鳥喧何時復來此更得洗囂煩○林逋詩金井前朝事林僧問不知綠苔欺破閣白鳥占閑池清楚曾經晉荒凉直到隋南廊一聲磬斜照獨凝思○杜荀鶴金陵水亭詩云江亭當廢國秋景倍蕭騷夕照明殘壘寒潮漲古壕就田看鶴大隔水見僧高無限前朝事醒吟易覺勞

木末亭在移忠禪院路西亭廢名存圖經不載不詳

所立之始舊志地屬江寧縣七十里處眞鄉舊傳有香木浮而上土人迎之以爲亭又號木龍亭

五馬亭 地屬金陵鄉去城西二十五里幕府山之側亭今廢

考證 晉元帝與彭城王元西陽王羕南頓王宗汝南王宏南渡之所當時讖云五馬浮渡江一馬化爲龍謂此亭

征虜亭 在石頭塢東晉太元中創

考證 世說注丹陽記曰太元中征虜將軍謝安

止此亭因以爲名○南史宋何尚之傳遷吏部郎告休定省送別於冶渚及至郡父叔度謂曰聞汝此來傾朝相送此是送吏部郎非關何彥德也昔殷浩亦嘗作豫章送別者甚衆及廢徙東陽船泊征虜亭積日乃至親舊無復相窺者○徐鉉集送謝仲宣員外使北蕃序云征虜亭下南朝送別之場

白下亭 驛亭也舊在城東門外舊志

考證 李白獻從叔當塗宰陽冰詩云小子別金

陵來時白下亭又留別金陵諸公詩云五月金陵西祖余白下亭又云驛亭三楊樹正當白下門按此亭在府西○王荆公舊宅在今報寧寺詩有門前秋水可揚舲有意西尋白下亭之句又有東門白下亭摧甓蔓寒葩之句按此亭在府東蓋新舊亭各在一處舊志所指特其新者爾

任斯庵詩金鑾殿上脫靴去白下門東索酒嘗一自青山冥漠後何人來道柳花香○**馬野亭詩**云白下非今白下亭府城西北舊會城石山四面若環合江水一條如帶橫庚亮憑高臨賊騎安都間道走齊兵地形峻極真如此全勝當時却月營

勞勞亭在城南十五里古送別之所

考證 吳置亭在勞勞山上今顧家寨大路東即其所○輿地志新亭隴上有望遠亭宋元嘉中改名臨滄觀又改名勞勞亭 李白歌 金陵勞勞送客堂蔓草離離生道傍古情不盡東流水此日悲風愁白楊我乘素舸同康樂朗詠清川飛夜霜昔聞牛渚吟五章今來何謝袁家郎苦竹寒聲動秋月獨宿空簾歸夢長又詩云天下傷心處勞勞送客亭春風知別苦不遣柳條青○楊虞部詩 柳風飛絮撲征袍望遠樓中望眼高幾許江南名利客灰塵滿面日勞勞○馬野亭詩 誰把勞勞目此亭從來於此送人行三盃別酒傾桑落一曲離歌唱渭城此到伊邊還幾日不知何日是歸程分攜更復憑高望滿目青山萬疊橫

客亭在龍灣五里臨大江迎送之所也**杜工部甫詩**秋窻猶曙色落木更高風日出寒山外江流宿霧中聖朝無棄物老病已成翁多少殘生事飄零似轉蓬

清水亭去府城三十里

考證建炎四年四月二十五日岳飛敗虜於此

二李亭在溧水縣尉廨舍後

考證李常師字公擇同兄野夫侍其父東作尉于此嘗讀書是亭宣和七年烏江縣丞朱虙攝尉修亭作記今亭廢而記存移在縣治記云二李亭者識其人也初尚書李公擇與兄野夫隨其親尉溧水而讀書於尉廳之後圃後人榜其堂曰二

李蓋以識其人也處少時登是堂有故老能道其事者處不能記其詳也宣和七年承乏尉事求所謂二李堂者不復見矣有亭巋然出榛莽間旁無廡檻唯四壁立意者堂之壞爲亭亭壞而爲吏宿之所問諸吏果然處以是感之欲新其一堂以代者至而不果姑闢廳廨加丹堊榜其上而已竊以謂伐聽訟之棠不若勿伐以存其思去告朔之羊不若勿去以愛其禮一亭之廢興於兩公無加損也而遺迹在焉其可以輕廢之乎尚書公舊嘗讀書於廬山既去而藏書九千卷以遺後之學者山中至今指以爲李氏山房藏書之所然則是亭也登之者挾策讀書亦足以想見兩公之風采師道德而論世尚友也若處者何足以識之是年二月朔從事郎和州烏江縣丞權縣尉朱處謹記

甘露亭在上元縣北鍾山鄉去城五里

考證陳太建七年秋閏九月甘露三降樂遊苑詔於苑內覆舟山上立甘露亭○又按輿地志宋元嘉中移晉北郊壇出外以其地爲北苑遂更興造樓觀於覆舟山上大設亭館侯景之亂悉焚毁至陳天嘉一年更加修葺於山上立甘露亭陳亡並廢

朝陽亭在通判東廳張維建

考證于湖張公孝祥留題云隆興甲申八月當涂闕守檄建康府通判事張君仲欽維字攝焉十

有九日安國置酒餞別且言曰所領州饑民十萬死生之命縣於仲欽之手仲欽勉之哉安集流亡左餐右饔以無負　聖天子褒矜之意仲欽勉之哉梁溫其鄭光祖翁子功同會○張維書留守舍八開維築亭爲題其牓曰朝陽既去而亭成復爲賦詩

于湖詩 便合朝陽作鳳鳴江亭聊此駐脩程南瞻御路臨雙闕東望仙家接五城日上白門兵氣靜春歸淮浦早潮平遙憐莫府文書少時个滄浪目濯纓○

維次韻 日邊清切以文鳴立對朝陽欲問程筆落生春變寒谷詩來將喜破愁城簷前水到乘槎便天際山横與檻平准擬公歸道過此小留觴詠集簪纓

羅江亭

考證 古今詩話云李煜作羅江亭四面栽紅梅作艷曲歌之韓熙載和云桃李不須誇爛漫已輸了春風一半時淮南已歸國

望湖亭 在雞籠山上或云南唐立今遺址見存

不受暑亭 在今清涼寺後景定二年馬公光祖重建

考證 清涼廣惠禪寺南唐爲避暑宮有亭名不受暑 **馬野亭詩** 驅車曾向暑中來望見塵襟已豁開裊裊羊腸知幾折亭亭鳳翅與俱回渭川沮洳何如此佛國清涼亦快哉久坐不禁清霧濕却須酒力喚春回

郡圃十亭並見府治後

青溪諸亭東自百花洲而入臨水小亭曰放船入門有四望亭曰天開圖畫環以四亭曰玲瓏池曰玻瓈頭曰金碧堆曰錦繡段其東有橋曰鏡中由此而東爲青溪莊與清如堂相望南自萬柳堤而入爲小亭三曰■■曰■■曰■■橋之南舊萬柳亭改曰溪光山色自橋而北亭臨水曰撐綠其逕前曰孫竹後曰香遠尚友堂之西曰香世界先賢祠之東曰花神仙清如堂之南淥波橋之西曰衆芳曰愛青其東曰

割青青溪閣之南清風關之北有橋曰望花隨柳其中曰心樂其前曰一川煙月惟割青爲舊餘皆馬公光祖所作也

風亭在折柳東葉公清臣建蘇州從事張伯玉爲記咸淳乙丑馬公光祖有指其故基以告者乃疊石爲岸創堂三間前後軒如之廚舍備屋挾翼其旁繚以花竹亦艤舟勝處

西城門接官亭舊有亭卑陋弗稱咸淳改元之春馬公光祖撤而大之名其東曰迎暉西曰致爽南曰來薰北曰拱極丹艧爛然過者矚目各有文以記始末

迎暉亭門拱行都直趨南徐岐入淮淛郡登茅鍾二名山咸此乎出舊名建陽踰數步即白下

有白下亭負城立規褊制陋無以容車馬今並門度地在外城之中爲亭三間深各二丈二赤闊倍之前爲泊水挾屋七間翼其左爲吏舍五間麗其右簷楹敞奐入門者有觀焉

致爽亭出門數里爲龍灣長江駕順而東蜀漢荆廣所畢湊古石頭城在焉舊宜有驛亭邦父老無知者蓋廢久矣咸淳元年三月一日並門鼎創三間深各二丈闊半之前爲泊水三間視亭之深減六尺而闊與之稱左爲吏舍右爲

二神祠

來薰亭 門直溧水溧陽西指當塗上荆蜀古長干道在焉前是有兩亭歳久仆其一今復鼎刱與所存亭儷自南來者咸適所憩

拱極亭 門對幕府山踰山絶江瑯琊諸峯隱約在目極目則中原可氣挹也舊無驛亭今刱置三間深各二丈闊倍之敞爲前楹邃爲後序妥神有祠休吏宿兵有舍共爲屋十五間

南軒 舊傳在保寧寺方丈今皆指天禧寺方丈旁小室是南軒張宣公讀書處

考證 祝穆編方輿勝覽謂張魏公開督府時其子讀書於保寧寺方丈小室號南軒○西山眞公德秀建南軒先生祠堂於天禧寺方丈後蓋以此爲張宣公讀書南軒之舊址王潛齋埜又設西山像侑食祠中作亭其旁扁曰仰宣 羅北谷詩

萬松盤嶺勢回環才抱淸溪浸碧山
莫道南軒專一壑古今天下共曾顏

川泳軒 舊在江東撫幹廨舍

考證丞相益國周文忠公記云唐以節度使鎮
諸道其屬皆得辟置雙旌出都門不待設禮案
洗刓印固已譔書辭具馬幣而走處士之廬幕
下多賢豪易耳本朝謀帥間許辟士今皆命諸
朝幸而賢也信可樂也否則相忘於江湖者有
矣尚何樂之云故君子以爲難紹興二十六年
春内出玉麟符以吏部尚書鄱陽侯張公帥守
金陵且安撫大江之東一年政平二年教行三
年而謠頌興書溪沈君世德實奉詔從事於莫

府力學而多聞和其外而方其中公前席焉他日謂世德曰負水築室者非子之廨耶是宜闢軒盡臨觀之美於是披簷以爲宇梁空以爲閣俯秦淮之支流而蒼龍之華闕右帶天津東望公堂實而不陋潔而不奢啓扉而夏涼塞向而冬温春風之朝秋月之夕不必登高騖遠而臨觀之美盡矣既落成或取韓退之徐泗濠掌書記廳石記之語而榜曰川泳所以志賓主皆賢而後可以樂此也暇日世德與客飲於斯詠於

斯已而歎曰美哉是軒也公之賜而我則居得無愧乎客曰不然昔羊叔子鎮襄漢造峴山者數矣必與從事鄒湛語故此山名著編簡武昌南樓殷浩之徒朝夕登焉向非庾元規一有不淺之興則斯樓殆且泯泯也賓主相資何世無之今公斂經綸之才惠此一道回視羊庾蓋鴈行也而世德儁才懿行顧湛浩輩亦豈溟涬然弟之哉吾知今日之川泳後世之南樓峴首也而何愧雖然二府尚有虛席者公且歸矣世德

亦將爲東閣奇士矣後之人開軒而望臨水而歌儵魚出游從容或未知此樂也故吾因名軒之意而道古今難易以告之庶幾循其本乎二十八年十二月朔東里周必大記并書儒林郎充江南東路安撫司幹辦公事沈作式立

存愛軒在知録廳

考證 周師成有記 顔伯奇父爲録事參軍於建康不有其餐錢營小軒聽事之後以爲便坐摘取明道子程子之語言榜之曰存愛而謂予記之予於伯奇父同官而交又厚乃不辭而言曰一軒方丈而嬴名之侈矣焉用記然其名軒之意與義有足記者君子之欲

仕非謂其位之足以榮其身也亦曰有位則可以濟乎人而已耳位有高卑濟有廣狹濟可必也濟之廣狹吾安能必之哉蓋有愛物之心斯有愛物之事不必高位而後可也苟存是心則隨其力之所及而民受其賜使仕者人人皆存是心則天下之大將無一夫不受其賜矣惟其不然故民之得其所者不能什一而冤失職者什九也夫愛物之心一存一否之間而效之相絕如此則愛其可暫忘耶夫愛者仁之發也善之端也有人焉體仁而盡此善則其仕也自己而物皆天理之流行愛自存也非存之也降此而心能存於愛物則其仕也優而庶乎仁之功矣雖然特未易也利害輻輳志氣交馳愛物之念其存者幾苟不兢兢於此則始終乖戾何可勝算軒之名且記者用此今夫一命之士多矣豈皆泊然無愛於心愛有公私勢無兩大彼私其愛者知有己而已而物我之愛卒兩失之於彼之私愛云者非吾所謂愛也伯奇父旣異故

彼矣因軒之名味名之義於愛物之心旣存之又存之一念一慮存之此伯奇所用力而欲然不自足者他日流風所感後來者坐于此而惕然有省怡然有得則伯奇父之美不孤矣不然則此軒乃胚胎厲氏之所也其何愛之存伯奇父姑蘇人名椅伯奇父字也遂師考亭於學禁方張時中其訓甚於親炙之者與人簡易而守義不可奪如藺相如之璧不雕飾揣摩以摟大官之知其所長也嘉定七年正月中澣日雉山周師成記汴人趙師夏書

韡龍軒在城內西北鐵塔寺王荆公嘗讀書處

偃秀軒在蔣山道中松間 **李忠定公綱詩** 青蔥秀邑一軒中俯瞰梁朝萬木松頂蹙風雲疑偃蓋枝蟉雨露若蟠龍四時鬱鬱寧彫葉千載亭亭不改容却笑宗人主岱嶽倿秦先得大夫封

大使馬公光祖重修南軒祠在南門外長干寺之東依山爲祠由寺而入蓋宣公舊讀書所也杜公杲爲尹時嘗撥田百畝屬有學奉祠祀且設煎漕使西山眞文忠公像于旁春秋仲丁校官率諸生行舍菜禮亭其上曰仰宣示不忘也然歲僅兩至平時足跡所不到棟橈簷頹求像設於煙煤蛛網之中甚非所以崇教化而勵風俗也咸淳丁卯夏五月鼎新修繕視昔有加大使又念儒先鳴道之地不可與緇流之室相混殽乃

翦荆榛闢正路作高門俾學士大夫之出入是塗者知所宗嚮仍屬兩校官朔望一謁祠下置閽人以司啓閉再撥田四十畝有奇俾葺治無壞而不負仰宣之意云

臺觀

鳳凰臺在保寧寺後寶祐元年倪總領垕重建

考證宋元嘉十六年秣陵王顗見三異鳥數集于山狀如孔雀文彩五色音聲諧和衆鳥附翼而羣集時謂之鳳乃置鳳凰里起臺於山因以爲名又案宮苑記鳳凰樓在鳳臺山上宋元嘉中築有鳳凰集以爲名李白宋齊丘皆有詩李白

詩置酒延落景金陵鳳凰臺長波寫萬古心與雲俱開昔時有鳳凰鳳凰爲誰來鳳凰去已久正當今日回明君越羲軒天老坐三台豪士無所用彈琴醉金罍東風吹山花安可不盡杯六

帝沒幽草深宮冥綠苔置酒勿復道歌鍾但相催又詩鳳凰臺上鳳凰遊鳳去臺空江自流吳時花草埋幽徑晉國衣冠成古丘三山半落青天外二水中分白鷺洲總爲浮雲能蔽日長安不見使人愁○宋齊丘詩嵯峨壓洪泉岝崿撑碧落宜哉秦始皇不驅亦不鑿上有布政臺八顧皆城郭山蹙龍虎健水黑螭蜃作白虹欲吞人赤驥相搏爍畫棟泥金碧石路盤墝埆倒挂哭月猿危立思天鶴鑿池養蛟龍栽桐棲鸑鷟梁間鷰教鶵石罅蛇懸殼養花如養賢去草如去惡日晚嚴城鼓風來蕭寺鐸掃地驅塵埃剪蒿除鳥雀金桃帶葉摘綠李和衣嚼貞竹無盛衰媚柳先搖落塵飛景陽井草合臨春閣芙蓉如佳人迴首似調謔當軒有直道無人肯駐脚夜半鼠勃窣天陰鬼敲椓松孤不易立石醜難安著自憐啄木鳥去蠹終不錯晚風吹梧桐樹頭鳴嚗嚗峩峩江令石青苔何淡薄不話興亡事舉首思眇邈吁哉未到此褊劣同尺蠖籠鶴

羨梟毛猛虎愛蝸角一日賢太守與我觀囊篇往往獨自語天帝相唯諾風雲偶不來寰宇銷一暑我欲烹長鯨四海爲鼎鑊我欲取大鵬天地爲矰繳安得生羽翰雄飛上寥廓

建炎中僞張太師嘗賦詩建炎中金人犯建康以僞張太師爲守一日登鳳凰臺賦詩云六代興亡地千年一瞬間無情是江水終日對鍾山烽火連吳越旌旗耀海蠻鳳兮今不至百尺古臺閒後虜退人多傳之

淳熙中留守范公成大重建更榜曰鳳凰臺開慶元年倪總領垕重建馬大使光祖作記

尚書戸部員外郎倪公以總領淮西軍馬錢糧兼漕江東金陵郡其治所也治以簡靜賦平人和故得休其暇日考卜惟勝作鳳皇臺臺舊在郡西南隅保寧寺側余嘗剥蘚尋碑訪古訂實而老禪宿衲無能道者雖圖經載宋元嘉中因神爵至而臺得

名然寺之淳熙壁記廼謂晉升平已有臺元嘉時王顗復面臺締樓我　朝祥符間又嘗著亭於斯斯樓斯亭咸㠯鳳字星移境換鳳去臺空於是蕪没於屯煙戍火之場矣今臺蓋唐布政臺也後世因以存古焉然而風飄雨毀漫漶不鮮棟撓級夷荒穢弗治騷人勝士顧瞻徊徨率不得以極其游覽之娛盡登臨之美後觀得無廢乎公廼凌氛埃登亢爽腐折斯革破缺用完碧欄螭飛萬瓦鱗次然後幽想逸發神游飄蕭烟雲徐來風雨在下遙青遠白刻露濤高沙鷺水鳧滔浣飛泳龍背鶴膝俯伏後先而夕陽衰草之悲夜月寒沙之恨亦紛紛落研席間矣公於是舉酒觴客撫飛軒而浩歌白也之詩聲連林木吳時花艸亦不覺爲之出色也客有屬而和者曰臺峩峩兮山之陽招桂樛兮芳菲爾章日五色兮雲飛揚嘻鳳皇兮胡不來翔臺巍巍兮山之扉肯吾車兮天風歛衣鶩在茆兮烏潛飛噫鳳皇兮胡不來儀公聞之曰梧桐生矣子

姑醉公錢塘人名厔字泰定開慶元年四月資政殿學士通奉大夫沿江制置大使知建康府事兼管內勸農營田使江南東路安撫使馬步軍都總管行宮留守節制和州無爲軍安慶府三郡屯田使金華郡開國侯食邑一千戶食實封貳伯戶馬光祖記并書　朝奉郎守軍器監總領淮西江東軍馬錢糧專一報發御前軍馬文字兼提領措置屯田兼江南東路轉運判官兼提領江淮茶鹽所借紫印應雷篆蓋

登臨之勝題詠爲多

曾文昭公

簫聲無復到層臺畫棟空餘燕雀來我是鳳凰池上客等閑汀鷺莫相猜○李丞相　臺上西風急來遊悟昨非依然龍虎踞不見鳳凰飛樹客遮殘靄江寒浸落暉中原在何處目斷鴈來稀○給事劉渠詩　鳳臺何亭亭逈與雨華對憑高一登眺秋事渺無際鷺洲賞心前牛首泰淮外萬疊雲稼橫百纜風檣會聽言簿書隙載酒邀華旃翰林詩百篇生公法三昧皮膚雖不

似妙趣總相懷古睇平蕪可但高李輩憶昔耿與韓造滕陳大計高光課厥成一語不相戾江淮今清晏河路尚腥穢蛇豕相噬吞天已厭戎裔箕斂民弗堪惡稔將自斃憤激聞雞舞慷慨中流誓尺捶仗皇靈喋血笞其背燕然彼有石深刻詔來世兵强在食足萬竈餘廩廥叶奏鄭侯功接武文石陛○周邦彥詩危臺飄畫碧梧花勝地淒凉屬梵家鳳凰紫雲招不得木魚堂殿下飢鴉○朱存詩竹影桐陰滿舊山鳳凰多載不飛還登臺客有吹簫者爭得和鳴暄世間○任斯庵詩只爲羊車戀靚粧倉皇合殿燭無光宮中不解嫁鸚鵡臺上安能來鳳凰○曾景建詩江淮表裏拱神州底事干戈不肯休試上鳳凰臺上望定山盡處是瓜洲○楊誠齋萬里詩千年百尺鳳凰臺送盡潮回鳳不回白鷺北頭江草合烏衣西面杏花開龍蟠虎踞山川在古往今來鼓角哀只有謫仙留句處春風掌管拂蛛煤　戴石屏之詩登臨舒老

眼弔古得淒凉故國自龍虎高臺無鳳凰浮雲多改變爵木見興亡往事渾休問鍾山又夕陽○馬野亭詩 鳳凰不見祗空臺臺底事臺存鳳不來應到緱山還且住住定游阿閣不能回江山不改當時舊賓客何妨盡日陪待作簫聲勾喚處有時飛舞下雲堆○劉改之詩 公子飄然俊有才此臺翻覺在塵埃江淮浩渺洲渚沒鳳鳥寂寥鴻鴈來時事不言惟拄笏書生無用且銜盃生平自厭胷中窄萬里霜天一目開○羅北谷必元 振衣快上鳳臺游極目中原淚欲流慨歎興亡思太白永言眇邈憶齊丘烏衣已往人千古白鷺依然月一洲君子坐朝今在治重恢關洛不須愁○[illegible]唐師成詩 元嘉王子宅李白重登臨鳴鳳元非昔蟠龍直到今淒凉微子事寂寞茂宏心望斷長安日懸知屬意深○退庵吳公淵詩 暫因休暇得遨游感慨樽前歲月流長向此時憂徼塞不知何日樂林丘鳳凰寂寂空留寺鴻鴈嗸嗸尚滿洲疇昔謫僊愁絕處我

來登眺更多愁又六朝舊跡作新游王謝千年風尚流但使時能開晉宋只緣道不本軻丘昏昏赤縣神州地渺渺白蘋紅蓼洲誰道天分南北限人分南北至今愁○**呂午詩**古臺曾說少年遊彈指驚嗟歲月流山似三神浮碧海城如一虎卧崇丘鳳凰去後遺陳迹白鷺來時認舊洲但得風寒無罅隙江河舉目不須愁○**深居馮去非詩**許大乾坤裏那無一鳳鳴臺畝紅日晚梧拂翠雲生瑣瑣六朝夢悠悠千古情寒潮如有恨時打石頭城○**鴈山劉汝春詩**高臺寥寞晚雲深故國山河萬里心若使當年眞鳳見不教春燕亦巢林○**總領倪公垕詩**鳳凰鳳凰幾千載鳳凰已去臺空在應多燕雀語晝梁曾見蛟龍起滄海二十年前曾徠遊野田白鷺涵清秋今夕何夕領賓客飯盂百萬思貔貅六朝故國金陵道柳外閑愁仗誰掃掀髯一笑秪問西風未必江山知我老○**澗春徐栻翁詩**盡臺前賸種桐萬柯搖碧護春風縱無丹鳳重

來此且障長安落日中又臺前煙草接青徐臺後風花滿殿廡千里莫濤空寂寞醉人春色正西湖○**金淵吳景伯賦沁園春詞**再上高臺訪謫仙兮仙何所之但石城西踞潮平白鷺浮圖南畤雲淡烏衣鳳鳥不來長安何處惟有碧梧三數枝興亡事對江山休說誰是誰非庭花飄盡臙脂算結綺繁華能幾時問行人重向新亭揮淚何人重到別墅圍棊笑拍欄干功名未了寧肯綠蓑尋釣磯深深飲任玉山醉倒明月扶歸○**郭功父詩**高臺不見鳳凰遊浩浩長江入海流舞罷青娥同去國戰殘白骨尚盈丘風搖落日催行棹潮擁新沙換故洲結綺臨春無處覓年年芳草向人愁○**王渭卿詩**江山還似六朝時老盡梧桐鳳不知保大空存前殿佛元嘉已沒舊廊碑幾年何德之衰也曷日覽輝而下之不見長安豪傑恨諸公忍讀謫仙詩○鶴山**韓浣溪沙詞**瀟洒梧桐幾度秋鳳凰飛去舊山幽風景不殊人物換恨悠悠衰草遠從煙際

合夕陽空趁水西流恰好凭欄便回首怕生愁○南翁紹康詩不見鳳凰在似曾麋鹿遊六朝春夢裏千古大江流地屬閑僧管天知遠客愁拊欄空感慨白鷺起滄洲

越臺舊基在城南江寧尉廨後

考證越范蠡築城長千里此卽古越城内所築臺也詳見越城及諸辨○齊崔慧景寇建業蕭懿入援頓越城舉火臺上鼓噪相慶

周處臺亦名子隱臺今城東南有故基在鹿苑寺後

考證晉書周處字子隱仕吳爲東觀左丞有臺於此○國朝嘉祐中太守梅公摯嘗爲記府雉東南

有故臺基曰周處圖志云之都人稱之登而四望江山表裏與陳跡槩見愴如也按晉史處字子隱義興陽羨人弱冠前好馳騁不修細行州曲患之自知爲衆所惡慨然有改勵之志里人以三害切諷於是射虎斬蛟往見陸雲具以誠告雲曰古人學道貴朝聞夕死君前塗尚可第患志之不立何憂名之不彰遂退而鄉學有文言必信行必謹如是朞年州府交辟仕吳爲東觀左丞吳平入洛累遷郡太守率有善狀拜御史中丞凡所糾劾不避貴權卒樹功名没世遠耀噫天地至大根一氣陶萬化未始無過陰陽寒暑小有繆盭則從而改之卒歸大順而況於人乎古聖賢本天地之性以修其性亦未嘗諱過後之人不獨諱之而已抑又從而文之自底悔吝艮可嗟惜維子隱少而不逞長乃自悟一旦番然去惡即善遂爲名世忠賢可不重乎則中人所稟因物染遷爲時詘訏信有小眚言有小疵未甚子隱之害于而鄉又何憚改爲哉

予因表是臺新是堂非止卜高明之居包游覽之勝而與民同樂亦將有激時世云嘉祐[illegible]年三月十五日上石○**周師成詩**孝侯遠矣使人懷安得從之上此臺幾回一舸荆溪上苦被風帆浪欒催又克已工夫鮮矣能孔堂今繼仲由登試從臺上看臺下狂聖中間隔幾層○**羅谷必元**周處豪雄亦可人勇於遷善罕前聞區區未說除蛟虎一念中閒舜跖分

九日臺今在蔣廟西南俗呼爲松陵岡去城十五里

考證齊武帝永明五年四月立商飇館於孫陵岡世呼爲九日臺○十道四蕃志云武帝九月九日宴羣臣孫陵岡卽吳大帝蔣陵○齊書云高祖以九月九日登商飇館在孫陵岡南縣北

三里一百步○覽古詩注云縣北三里九月九日以宴羣臣講武習射應金風之節○建康宫闕簿云商飈館在縣北十三里籬門亭後堆上沈約郊居賦云望商飈而永歎每樂愷於斯觀

雨花臺在城南三里據岡阜最高處俯瞰城闉

考證舊傳梁武帝時有雲光法師講經於此感天雨賜花故名郭祥正詩云雲公說法時諸天賜名花○王荆公詩盤互長干有絕陘并包佳麗入江亭新霜浦溆綿綿靜薄晚林巒往往青南上欲窮牛渚怪北尋難忘草堂靈蓯輿却走垂楊陌已載寒雲一兩星○楊無爲詩空書來震旦康樂造淵微貝葉深由譯

曼花半夜飛香清雖透筆藥散不露衣舊社白蓮老遠公應望歸山謙之丹陽記云江南登覽之地三曰甘露曰雨華曰淩歊○建炎之後臺址僅存後人乃請均慶院舊額即此基建寺又壞于火隆興元年留守陳公之茂重築此臺刱一堂名總秀而徙均慶院於臺之下紹興中侍郎劉公岑新修高座永寧寺記云今號雨華臺則故侯盧給事名襄字贊元者所命也○葉宗旦金陵賦云上瑪瑙之絕徑雨花翼其飛甍石子崗上石似瑪瑙亦名為瑪瑙崗○周益公雪中約胡推官登雨花臺詩歲晚相逢古帝鄉長松百尺傲冰霜青鞋踏遍江南岸更賦名花似漫郎又傳道詩仙折簡來破寒雪屋為君開要將好句誇張籍故放歌謠

吏部才又天女來參彼上人逆知君動雨花心故令六出繽紛下免使荒臺更重佈○**馬野亭詩**居士室中天女現生公臺上雨華懸只因妙語傾人聽非有眞花墮我前却似文章稱錦麗亦如咳唾說珠圓不知誰向癡人道令望虛空眼欲穿

淳祐中吳公淵重修寶祐初王公埜又加修飾自書其扁**苕溪張湯詩**不譚仁義只譚空一着參差在箇中臺上繽紛花正雨城邊一陣已西風君王自有君王業何事區區翻貝葉雨花名臺非識奇要使後人知覆轍○**羅北谷必元**蕭帝傾心向佛家謾言天女墜天花盧僧一葉橫江去回首梁園日脚斜○**後村劉克莊詩**昔日講師何處在高臺猶以雨華名有時寶向泥尋得一片山無草敢生落日磬殘鄰寺閉晴天牛上廢陵耕登臨不用深懷古君看鍾山幾箇爭○**退庵吳公淵**雨花臺再用弟履齋烏衣園滿江紅韻秋後鍾山蒼翠色

可供餐食登臨處怨桃舊曲催梅新箇江近蘋
風隨汛落峯高松露和雲滴歎頭童齒豁已成
翁猶爲客老懷抱非疇昔歡意思須尋覓人間
世假饒百歲苦無多日已没風雲豪志氣秖思
煙水閑蹤蹟問何年同老轉溪濱漁鈎擲○履
齋吳公潛再用前韻瑪瑙崗頭右醲酒左持螯
食懷舊處磨東冶劒弄青溪笛望裏尚嫌山是
障醉中要捲江無滴這一堆心事總成灰管波
客歎俯仰成今昔愁易攪歡難覓正平蕪遠樹
落霞殘日自笑頻招猿鶴怨相期蚤混漁樵跡
把是非得失與榮枯虛空擲○南徐張榘詩莫
說南朝勝槩繁秖今近郭已江村臺荒浪紀曼
花墜事往空餘古意存飈缺正緣輕納景鼎分
誰謂不如孫滔滔千載興亡恨盡付凭欄對月
樽○蒙齋劉端之詩六朝宮苑帝王州何事興
衰若置郵可是戰爭收拾後却將歌舞破除休
千門靜鎖梧桐雨萬堞深籠薜荔秋試陟雨華
臺上望夕陽煙水替人愁○虞壽老詩輶車行

曉快新遊更上雨華臺上頭看不厭人渾是景清無極處奈何秋地完龍虎堂堂立江泊鯨鯢衮衮流一帶黃山是淮土依然望弗見神州○**天台王淮**用二吳韻踏遍江南予豈爲解衣推食謾羸得煙波短棹月樓長笛看劍功名心已死積薪涕淚今誰滴想中原一望一傷情英雄客形勢地還如昔談笑裏封侯覔豈有於前代無於今日龍豹莫藏韜畧手犬羊快掃腥膻跡看諸公事業卜梟盧何勞擲○**王雲煥**題沁園春詞四十君王三百載間興亡一家嘆幕府峯高生涯社燕烟脂井晴富貴飛花山竹呈羞江聲帶恨磨盡英雄歲月賒君知否是枋頭灞上著數全差倚空長劍吁嗟奈爭戰年來似亂麻但蒼陵古冢白楊啼鴂荒園廢沼青草鳴蛙旗蓋東南風濤天塹○北興王隙地皆休凝竚望長安路杳夕照愁鴉

咸淳元年夏五馬公光祖既新烏衣園或謂臺與園相頡頏

亦不可以不治乃併撤而新之高廣視舊加倍繚以脩垣旁建掖屋又累石數百級以便登陟作門通衢以嚴啓閉江山觀覽之勝爲金陵第一矣

臺記云雨華臺勝甲江南事詳郡乘余公餘一往則臺屹其崇萬象環集山川城郭江淮吞吐如拱如赴而顧瞻吾臺藩扳級夷反若欲然有不足當者乃度材吏繕不兩月告成既成率賓佐落之余撫欄作而言曰嗟乎地以山川勝山川以人勝而人之所以勝者何哉今吾與二三子登斯臺也仰而觀○行闕奐如趙元鎮張德遠之所建請猶凜有生氣俯而觀長江渺如韓蘄國虞雍公戰勝之跡尚可一二數也予以是而觀之其亦有槩於心否歟向者如晉元奕輩把酒清譚脫落世事則雖茂宏新亭士行石城遺迹之丘墟久矣而況所謂雨華臺

者然則吾與若從容無事相與遊於此也而可不知其所自耶知其所自則當監其所爲矣吾老矣何能爲惟聞謫北出移説東廬山故事則躍然有所契金盆石室諒不終寒我盟然前所謂元鎮諸賢之事其卒付之登臨一槩而已乎詩曰高山仰止景行行止又曰以似以續續古之人吾敢以是爲二三子勉二三子有不勉者耶乃相與離席而謝曰敢不勉因筆以爲之記旹咸淳改元八月望日觀文殿學士金紫光祿大夫沿江制置大使兼知建康軍府事兼管內勸農營田使兼江南東路安撫大使馬步軍都總管兼○行宫留守節制和州無爲軍安慶府三郡屯田使兼權淮西總領金華郡開國公食邑四千一百戸食實封捌伯戸馬光祖記并書朝請郎集英殿修撰汪立信篆蓋

蔡伯喈讀書臺在溧陽縣太虚觀東北舊志

考證 吳顧雍傳云邕以內寵惡之慮卒不免乃亡命江海遠跡吳會積十二年在吳○抱朴子云蔡伯喈到江東得論衡中國諸儒覺其論更進嫌得異書求其帳中果得之則伯喈讀書於此理或有是

郭文舉書臺 今天慶觀太一殿即此臺基也

考證 金陵故事郭文字文舉王導築臺於冶城以處之文舉嘗手探虎鯁導問之文舉曰情由想生不想即無人無殺獸之心獸無害人之意

梁昭明書臺在蔣山定林寺後山北高峯上

考證梁昭明太子嘗著書於此今遺基尚存

董永讀書堂在溧陽縣西四十里林木茂翳

考證永嘗自鬻以養其親事見孝子傳

望耕臺在今白上村

考證宋文帝嘗登此臺以觀公卿親推之禮宮苑記云在籍田壇東

日觀臺一名司天臺在臺城內

考證宮苑記臺城直鸞飾門西有日觀臺○祥

符圖經云宋司天臺也

烽火臺在城西石頭城

考證覽古詩注石頭城山最高處吳時舉烽火於此自建康至西陵五千七百里有警急半日而達

楊備詩云一帶東流當複關築臺相望水雲間麗華應不如褒姒幾許狼烟得破顔

○馬野亭詩此到西陵路五千烽臺列置若星連欲知萬騎還千騎只看三烟與兩煙不用赤囊來塞下何須羽檄報軍前如何向日緣褒姒無事逢逢火又燃

景陽臺見景陽樓下

拜郊臺見郊廟下

獨足臺在古宮城今不詳其所

考證覽古詩注云陳將亡有一鳥獨足上宮城臺上以觜畫地書云獨足上高臺茂草化爲灰欲知我家處朱門傍水開及國亂遷洛陽賜第於洛水傍

馬野亭詩無端獨足上高臺以咮縱横作字來茂草爲灰猶可解朱門傍水直難猜宮城後向煙中盡府第還當洛口開洪範五行劉向傳莫言其說盡迂迴○**楊備詩**鳥跡分明在帝臺管絃聲裏輒書來回頭一覽風流夢猶得朱門傍水開

通天臺有二

考證宋書孝武大明七年鍾山通天臺新成飛

倒散落山澗○建康宫闕簿云通天臺在縣北

一百步舊臺城内

元武觀在元武湖上

考證南史蔡景歷拜度支尚書舊式拜官在日午後景歷拜日適逢輿駕幸元武觀在位皆侍宴帝恐景歷不預特令早拜其見重如此又曰元武館宋書文帝本紀云帝臨元武館閱武即此觀也

通天觀舊在華林園内宋元嘉中與景陽樓同造舊志

考證金陵故事晉孝武帝講孝經於通天觀僕射謝安侍座尚書陸納侍講黄門侍郎謝石吏

部侍郎袁宏執經丹楊尹王緄讀句論者榮之則此觀晉所有也非剏於宋舊志殆未攷耳

臨滄觀今城南顧家寨大路東卽其所

考證輿地志丹陽郡秣陵新亭隴上有望遠樓又名勞勞亭宋改爲臨滄觀行人送别之所李白勞勞亭詩序在縣南十五里古送别之所一名臨滄觀詩云金陵勞勞送客堂蔓草離離生道傍留别金陵崔四侍御詩云初發臨滄觀醉栖征虜亭南史宋元徽元年桂陽王休範舉兵

白服乘輿自登城南臨滄觀

齊雲觀在古臺城內陳建後廢

考證陳後主令採木湘州擬造正寢至牛渚磯

盡沒既而漁人見桄於海上復起齊雲觀國人

歌曰齊雲觀寇來無際畔**楊虞部詩**上界笙歌

下界聞縷金羅袖縷

金裙倚欄紅粉如花面不見巫山空暮雲○**馬**

野亭詩高高眞是與雲齊直到青霄不用梯三

閣連延須在下層城突兀亦居低俯看落雨自

天半平視流星從屋西好是嬪嬙遊翠輦却如

僊子駕

青霓

層城觀亦名穿針樓舊在華林園景雲樓東宋元嘉

中造後廢

考證 輿地志云齊武帝七月七日使宫人集層城觀穿針乞巧因號穿針樓 楊虞部詩 秋星如彈月如梳宫妓香添乞巧爐萬縷千針同一意眼穿腸斷得知無 ○ 馬野亭詩 人世佳期惟七夕星躔至巧是天孫直從樓上將身乞所欠雲間着手捫聞得鵲聲云報喜看來蛛網似傳言工夫只是憑心手此外冥茫不足論

園苑

古華林園在臺城內本吳舊宮苑也世說晉簡文帝在華林園謂左右曰會心處不必在遠翛然林水便有濠濮閒趣覺鳥獸禽魚自來相親建康宮闕簿云宋元嘉中築蔬圃二十二年更脩廣之築天泉池造景陽樓大壯觀花光殿設射堋又立鳳光殿醴泉堂宋書何尚之傳曰時又造華林園並盛暑役人尚之諫宜加休息上不許曰小人常自暴背此不足爲勞○龔穎運歷圖曰齊高帝建元二年幸華林園褚彥回彈琵琶王僧虔彈琴沈文季子夜吟王儉誦封禪書帝曰此盛德事吾何以堪之○武帝子巴東王子響既誅久之上游華林園

見一猿跳擲悲鳴問左右曰猿子前日墜崖死上思子響嗚咽流涕○梁裴子野華林園賦曰正殿則光華宏敞重臺則景陽秀出○蔡宗亶金陵賦云其後則華林之園別宮在焉偓華醴泉連玉芳香靈曜景陽日觀風光玉壽披香清暑茅堂樓有穿針鍾有趣䧺一柱層城之臺工巧妙而莫窺朝日明月之樓曲九轉而欲迷築以壯武之山鑿以天淵之池中立複襖之堂遶以流盃之規誇青樓與紫閣悵不純乎瑠璃侈神僊之彩雕香雜麝而塗之起臨春與結綺竦神僊之巍巍聳戶牖以沉檀飾珠翠爲薄帷並是華林園殿閣臺榭等名○會極詩羽葆來臨鼓吹停華林暢飲倒長瓶萬年天子曾騰眼錯認長星作酒星○馬野宗詩當時園上想歡娛不見當時見畫圖縹緲神僊來絳闕分明人世有蓬壺庭花唱斷風生砌蓮蕩歸來月滿湖萬點華燈星似綴明

朝簪珥得青蕪

古樂遊苑 案寰宇記其地在覆舟山南輿地志云在晉爲藥圃義熙中盧循反劉裕築藥園壘以拒循卽此處也宋元嘉中以其地爲北苑更造樓觀於覆舟山後改曰樂遊苑十一年三月禊飲於樂遊苑會者賦詩顔延之爲序孝武大明中造正陽林光殿於內侯景之亂焚毀略盡

范蔚宗應詔詩崇盛歸朝闕虛寂在川岑山梁協孔性黃屋非堯心軒駕時未肅文囿降照臨流雲起行蓋晨風引鑾音原薄信平蔚臺澗備會深蘭池淸夏氣脩帳含秋陰遵渚攀蒙密隨山上嶇嶔睇目有極覽遊情無近尋聞道雖已積年力互頽侵探己謝丹黻感事懷長林○**王希範**侍宴應詔詩詰旦閶闔開馳道聞鳳吹輕荑承玉輦細草

籍龍驂風遲山尙響雨息雲猶積巢空初鳥飛荇亂新魚戲寔惟北門重匪親孰爲寄參差別念輿肅穆恩波被小臣信多幸投生豈酬義○

沈休文應詔詩丹浦非樂戰負重切君臨我皇秉至德忌已用堯心懸茲區宇內魚鳥失飛沈摧轂二崤岨揚旆九河陰超乘盡三屬選士皆百金戎車出細柳餞席遵上林命師誅後服授律綏前禽函轘方解帶嵩武稍披襟伐罪芒山曲弔民伊水潯將陪告成禮待此未抽簪

古上林苑案宮苑記云雞籠山東歸善寺後又實錄宋大明三年初築上林苑于元武湖北宮苑記云孝武立名西苑梁改名上林今其地有古池俗呼爲飲馬塘亦曰飲馬池其西又有望宮臺**楊虞部詩**泰甸荒凉漢苑深當

時白虎鑾千金江南地窄分茅少也學中原有上林

古博望苑 在城東七里齊文惠太子所立輔公祏城是也沈約郊居賦云睇東巘以流目心悽愴而不怡昔儲皇之舊苑實博望之餘基謝元暉游東田詩云魚戲新荷動鳥散餘花落即此地也今城北七里鍾山下

古婁湖苑 齊武帝永明元年望氣者言婁湖有天子氣帝乃築青溪舊宮作婁湖苑以厭之陳朝更加宏壯後其地為光宅寺

古江潭苑 其地在新林路西去城二十里梁大同初

立案輿地志武帝從新亭鑿渠通新林浦又爲池開大道立殿宇亦名王遊苑未成而侯景亂蔡宗旦金陵賦云訪江潭之大苑惟蕭溝之名存注今有溝名蕭家溝即此也

別苑 一名**西園** 晉安帝元興三年春桓元築別苑於冶城案輿地志其城本吳冶鑄之處因名焉王導疾作因徙移冶出石頭城西以地名爲西園故晉書咸帝幸司徒府游觀西園即此處也太元十五年武帝爲江陵沙門法新於中立寺以冶城爲名至是桓元

盡移僧出居太后寺以寺爲苑在今縣城西

古芳林苑 案寰宇記一名**桃花園**本齊高帝舊宅在古湖宫寺前巷近青溪中橋帝即位修舊宅爲青溪宫一名芳林園後改爲芳林苑永明五年禊飲於芳林王融曲水詩序云載懷平浦乃睠芳林蓋謂此也梁天監初賜南平元襄王爲第益加穿築蕭範爲記言藩邸之盛莫過於此**馬野亭**詩昔日曾爲府署來誰人都把插桃栽不聞華屋笙簫響但見芳林錦繡堆幾度劉郎來觀裏半年阮客住天台如今此地知何在桑柘成陰撥不開

古建興苑 梁天監四年立建興苑於秣陵里侯景之

亂裴之高迎致柳仲禮韋粲等俱會青塘立營據建興苑其地在今府治西南秦淮南岸

古元圃 齊文惠太子性頗奢麗宮內多雕飾精綺過於王宮開拓元圃與臺城北塹等其樓觀塔宇多聚奇石妙極山水慮上望見乃傍列脩竹內施高障造游墻數百間 輿地志云丹陽郡建康縣臺城齊文惠太子治元圃有明月觀婉轉琦徘徊廊內作淨明精舍又梁書云昭明太子性愛山水於元圃穿築更立亭館與朝士名素者游其中嘗泛舟後池番禺侯軌盛稱此中宜奏女樂太子不答誦左思招隱詩何必絲與竹山水有清音軌慙而止其地在今府城東北隅

卷終

古南苑在瓦官寺東北宋明帝末年張永乞借南苑帝云且給三百年期滿更請後廢帝葬於此梁改名建興苑在秣陵建興里侯景舉兵攻臺城司州刺史等皆來赴援裴之高營於南苑即此也

楊虞部詩 張永移家入洞天綠篁紅藕舊林泉人間滿百人應少明帝恩深三百年○**馬野亭詩** 當時南苑最新奇勝似其他東復西多少園亭行不到縱橫石徑動成迷香風十里荷花蕩翠影千行柳樹隄伊被何人曾借住端如誤入武陵溪

古桂林苑陶季直京都記曰建康縣北漢朝爲桂林苑南朝宮苑記曰桂林苑在落星山之陽吳都賦云

數軍實於桂林之苑卽此也屬上元縣慈仁鄉

南唐北苑 徐鉉湯悅徐鍇有北苑侍宴賦詠序云望蔣嶠之嶔崟祝爲聖壽泛潮溝之淸淺流作恩波其墌在城北

烏衣園 在城南二里烏衣巷之東王謝故居一堂扁曰來燕歲久傾圮咸淳元年五月馬公光祖撤而新之堂後植桂亭曰綠玉香中梅花彌望堂曰百花頭上其餘亭館曰更衣曰穎立曰長春曰望岑曰挹華曰更好左右前後位置森列佳花美木芳蓀蔽虧非

復曩時寒煙衰草之陋矣。北谷羅竑元詩　烏衣池館一時新，晋宋齊梁舊主人。無處可尋王謝宅，落花啼鳥秣陵春。○履齋吳公潛滿江紅詞　柳帶榆錢，又還是、清明寒食。天一笑、滿園羅綺，滿城簫笛。花樹得晴紅欲染，遠山過雨青如滴。問江南池館有誰來，江南客。烏衣巷，今猶昔。烏衣事，今難覓。但年年燕子，晚煙斜日。抖擻一春塵上債，悽涼萬古英雄跡。且芳樽隨分趁芳時，休虛擲。○退菴吳公淵和　揔老未歸，太倉粟、尚教蠶食。家山夢、秋江漁唱，晚峯牛笛。別墅流風慙莫繼，新亭老淚空成滴。笑當年君作主人翁，今為客。紫燕泊，猶如昔。青鬢改，難重覓。記攜手同遊，此處恍如前日。且更開懷窮樂事，可憐過眼成陳跡。把憂邊憂國許多愁，權拋擲。○履齋又和　與出山來，把鷗鷺、盟言輕倉。依舊是、江濤如許，雨帆煙笛。歌斷莫愁檀板緩，盃傾白墮瓊酥滴。但驚心十六載重來，征埃客。秋風鬢，應非昔。夜雨約，聊相覓。歎主恩未報

六百五十六　建康志卷三十二　五十二

據鈔本補

無多來日故國千年龍虎勢神州萬里麒麟跡
笑謝兒出手便呼盧携蒲擲○葉潤[illegible][illegible]離
騷困陰夢醒訪臺城舊路問流水東入滄溟還
解流轉西不烏衣夢浪傳故國晴煙荊蓁宮墻
樹念陰魂淒斷待隨燕子來去回首十年欄錦
花場趁陰雲賦雨可曾對寶瑟知音高軒為誰
輕駐倚東風愁長笑短水雲深春江日暮伴羈
懷唯有征衫貯寒半縷高情謾賦蕙帶蘭襟蛾
眉古來相妒英雄到江南易老後來誰更風景
傷心淚沾樽俎登山宴水横江酹酒傾將慷慨
酬形勢付興亡一笑翻歌舞獨醒難繼山公上
馬旌旗動又還驚起鷗鷺危亭恨極落盡寒香
怕道斷腸句有多少行星翠點春淺寒深孕粉
藏香蝶清蜂瘦因孤絲筆芳牋擬待倩取遊絲
繫却離緒旋[illegible]寫入鳴弦柱曲高調古美人
何在誰比和此幽素○樗岳張柱詞柳梢青燕
里花深鷺汀雲濕客夢江皋日日言歸淮山笑
我塵鎖征袍幾回把酒憑高欄干外魂飛暮濤

只有南園一番
風雨過了櫻桃

古東園在城東東冶亭側面東有堂曰鍾山以其盡得鍾山之勝名之近東有兩亭相對南曰見墩取其見謝安舊墩之意北曰草移取北山移文之意乾道五年與東冶亭並創

沈休文宿東園詩陳王鬬雞道
安仁采樵路東郊豈異昔聊可
閑余步野徑既盤紆荒阡亦交互槿籬疏復密
荆扉新且故樹頂鳴風飈草根積霜露驚麏去
不息征鳥時相顧茅棟嘯愁鴟平岡走寒兔夕
陰帶層阜長煙引輕素飛光忽我遒寧止歲云
暮若蒙西山藥
頹齡儻能度

沈約郊園在鍾山下約憩郊園和約法師詩云郭外

據鈔本補

三十畝欲以貿明饘繁蔬既綺布窖果亦星懸謝朓有和沈祭酒行園詩舊志

半山園 在今報寧禪院是其地王荊公營居半山園

自古南苑在瓦官寺東已下至此三葉刻本所無乃題云卷終不知何故今据影鈔宋本補入

景定建康志卷之二十二終

景定建康志卷之二十三

承直郎宜差充江南東路安撫使司幹辦公事周應合修纂

城闕志四

諸倉

廣濟倉有東西倉又有新倉西倉在大軍倉後崇道橋南東倉在武雄營側新倉在廣濟西倉北乾道四年留守史公正志以親軍寨及作院地增拓舊基西偏建爲新倉轉運副使趙公彥端爲記

倉記 上臨御之六年中都之倉廩實乃始建豐儲倉著粟百萬然議者猶謂宜放古實邊

之意藏之外便時天官貳卿史公正志躬獻納
而彦端掾公府皆與聞之未幾公出鎮建康彦
端亦將漕江東踵至焉會秋上熟其糴二十幾
邑病農公乃推前議大出庫錢斂而藏之邑均
本末戒先備而廩人病委積之無所也邑告蓋
昔之爲倉者三日廣濟曰常平曰大軍緜亘錯
峙凡百有餘楹自他郡眡之可謂壯矣惟
帝之別都天下勁兵良馬在焉歲之經入無慮
數十萬斛漕江而下者舳艫數千里方其流行
坌集雖佛廬賓傳爲之充仞而阜棧之共有至
於露積者然古　帝王之居也其廩詹之制宜
雄盛閎博後世可考而圖記獨稱吳苑倉在苑
城內於晉爲太倉餘無聞焉苑城今都城也邑
當時運瀆推之於廣濟爲近皆距城之西偏外
薄于江中則泰淮注焉轉漕之利古今蓋同之
於是因廣濟之北徹故官治又告于大將從旁
軍營得地凡百有一十丈爲屋八十有四楹度
受粟五十萬斛高明嘳爽深厚固嚴輸者不勞

守者易力然儲材于素市工以直農不去野商不辟塗斧斤齊和丹堊絢煥故新相臨適出其表中役有沈茷舉於江莫之主名取而用之既巨且良民懷不擾益以歎異始於乾道四年秋九月戊辰冬十有二月甲寅乃告成焉公偉人也其在朝廷嘗為 上陳天下大計 上命坐反復酬聽率漏下十數刻其輟公之來固不專於奉法令剸煩劇然適疆場無事而獄訟簿書之屬又廊廡無足省故得以其餘力一為方長久之圖又自城池邑屋細大畢舉茲其一也公平生慷慨不治財及在官則斂然如他人之私方天子以恭儉先天下乃者郡國以潦聞者衆既優其復除又從而賑稟之而太倉之富自若也公之境人食三鬴亦鐍其入十三蓋君臣之間以儉登濟者如此夫道 上德意而宋方國之風者使人職也故并記之以昭示來者俾知富國之道自儉始五年春三月辛未左朝請郎直顯謨閣權發遣江南東路計度轉運副使公事

趙彥端記左朝奉郎新差權通判楚州軍州主管學事賜緋魚袋杜易書并題額

平止倉在廣濟倉之左嘉定中留守余公嶸建

省劄沿江制置使兼知建康府余嶸申嶸叨守陪都因去夏水災之後備知此邦雖名爲繁庶而民生最艱素無蓋藏日食所須仰給商販米舟一日不至米價即倍騰踴纔苦高糴便至流莩萬一上江歲歉鄰邦遏糴則狼狽尤甚欲盡濟則事力有限欲平糴則蓄積無餘以是數拾萬之生齒常寄命於泛泛之舟楫而米價低昂

之權又倒持於牙儈之手遇災倉皇坐視太息偶嶸到任以來節約妄費財計粗裕即以拾伍萬緡轉糴他郡隨糴隨糶相續不絕以故商販通民食粗給於是規剏一倉名曰平止盡以拾伍萬緡永充此倉糴本其錢米並委常平倉庫官主掌如有侵移證常平條法施行其倉敖木石堅好造作精緻下砌以磚復鋪以板外繚以墻復包以磚風雨不侵蒸濕不入委堪耐久其糴糶條目具載須知謹具申 朝廷併以須知

冊申繳伏乞　指揮劄下建康府遵守條約證應常平條法不得妄有侵移仍於交承項目帳內登載以防歲久漏落稟名實爲邦民之幸伏候指揮右劄付建康府從所申事理施行準此

嘉定拾柒年拾貳月日押

平止倉須知本府戶口緐庶日食米二千餘石民無蓋藏全仰客販客舟稀少價卽踴貴斛抑之則米不來聽之則民艱食常平纔數千斛府廩又無餘積官既無以持平其權盡出牙儈向來雖屢行招誘之法而勢或有所格雖畧有先備之蓄而數已申　朝廷伸縮既不自由緩急實無以濟是數十萬之民命常稟稟而無所恃近因水災諸證備見職思其憂盍爲之計今將當職到任以來撙節到錢壹拾伍萬貫撥充

循環糴本，更不中作無窮 朝廷之數。賤則糴，貴則
糴，隨糴隨糴，循環無窮，權既在我，米價自平，實
爲永久之利。今具須知下項：一、今朔造新倉五
敖，以平止爲名，取李悝所謂使民適足，賈平則
止之義。一、平止倉不許本府及諸司占借，以開
異時無窮之害，事當謀始，不可不謹。一、遇米平
則糴，糴價視時高下，或置場於本府，或收糴於
鄰郡，或於客舟輻湊之時。一、遇米貴即糴，糴價
止視元糴之數，所有元行收糴船腳般擔之費，
明行加上，不得過數。一、糴本錢收附常平庫，本
庫官掌之。一、糴米糴米，須擇廉能誠實官吏，庶
所糴無侵欺濕惡，所糴無夾雜減尅之弊。一、倉
官不專屬廳分，但隨時於職曹官以下選委廉
能誠實之人提督出納，或廣濟倉官可委，即就
委兼管。一、平止倉合干人只用廣濟倉人兼充。
一、城內五廂、城外二廂，已造魚鱗圖，以銀朱、土
朱、墨字三色標題其委係下戶日糴之家，了然
在目。恐民居遷移增減不常，宜每歲春首編排

一次計口出給歷頭大人日壹升小兒半升既糶即於各戶歷頭內擬一某日糶訖印子一每遇糶米於廣濟倉諸廊置場廂官彈壓般腳之費可省出納之弊易防一五縣並已如式朔造魚鱗圖或遇諸縣糶價踴貴亦當發米賑糶所有船腳錢不可於元糶價上再加一措置招誘客米先從制司給公據付客人及牒沿江諸郡勿與遏糶仍徇沿江稅務不得輒收米船力勝錢及苛留等獘其米船將帶到稅物除將本府從來收稅則例舊例饒減三分外更與減饒一分客米官米兩相資助貴糶之患可以常免一如遇客米稀少市價踴貴許民戶赴府陳狀出糶願永行之誰忍廢此竊觀古今之事玩視而不爲暫作而輒廢艱難創始於前容易隳壞於後此無他人心不同所見或異不原其作事之初意不念其用心之良苦不以國事爲一體遂爾自分町畦姑摭一二事明之淛右圖田幾年議除中閒嘗遣使決去矣未幾復與反過其舊

屯田之議自中興後上下講明不知其幾淮西漕臣亦旣經營成緒卒撓廢於寓公其他庶事不可槩舉未嘗不撫事歎息自顧投老世味日濬登復有立事取名之心只緣今夏梅霖過多長江上流同時水災故江之下流騰漲尤甚秦淮之河又貫城中江潮大信適助其瀾外水旣高內水莫泄遂致公私軍民之居瀕於河者悉遭巨浸踰旬不退一時傾帑錢倒廩粟分遣官吏奔走家至以賑之而客販不通牙儈乘時邀利貧民下戶幾至餓殍遂又出常平米減價賑糶甫及旬餘倉吏以匱告亟議遣官吏就永豐圩糴米二萬餘斛又倉猝不能遽至是以苦心勞思刱立此倉然自領郡以來秋苗斛面盡行蠲除諸邑二稅以十年所催之數取其酌中年分爲準商稅之額重加裁減收稅則例至減三分在城回稅永與除放繳至稅務補虧等錢亦與除去今此糴本錢十五萬緡皆由克已自律撙節浮費所積幷有生財之術區區述此誠有

望於後來體　國愛民之君子監其此心有以維持增廣之實闔郡生靈之幸

轉般倉 淳熙六年置在上水門外淮水北岸置監官一員

大軍倉 在下水門內北接廣濟倉監官一員

平糴倉 隸轉運司嘉定八年眞公德秀創之民賴其惠雖歉歲市無貴糴不六七年糴本化爲烏有舊籍無復存者嘉定十四年岳珂復置未久亦廢淳祐十二年舒滋復置

嘉定省劄 承議郎權發遣江南東路轉運判官岳珂申照得本司所管九郡建康留

都民物繁庶絶在下流因船脚道路之遙平時米價最高於它郡次則徽州陝岷山多田少與廣德小壘俱在水次不通之地太平寧國山圩田相半高下既殊或旱或澇難得全熟池州南康雖通水次素少積貯惟饒信舊來產米緣溪港夏漲則販鬻貪價多輸泄於下流歲事或稍不登則秋冬水涸縱使有米接濟亦無道水可致之理故非於閒暇時爲之圖度則民食之慮必軫顧憂珂自祗服馳驅濫書下考適緣商總領到任趲辦軍儲頓段併發淮上綱運并掌朝廷指揮對撥米斛一年之間已及四十一萬八千餘石比之去年以前雖是軍興年分每歲不過五萬石比幾及十倍以此倍費雇發漕計頗費支吾第珂謹守公勤極力裁節浮冗見今庫管錢物比珂到任交承之外幸已有增無虧今珂願以本任內趲積到錢先於本路八州軍撥糴本樁米四萬石內建康係會府勢須一面樁稍多方可接濟既在珂置司去處容珂一面躬

親續行措置增數椿糴別具申聞外八郡各糴
五千石趁此秋熟委本司主管錢物官逐州通
判監糴於本處令敖收貯專一充平糴支用見
令責領官錢歸各州日下起糴仍委各官每一
員催促兩郡往來譏察米價催糴限在日近糴
足以後年分每歲九月趁米出起糴於一兩月
內糴足至次年二月以後農務東作舊米價長
二麥未收之際止照元本價直量搭官吏糜費
每石不許過二百文出糶委本司錢物官拘收
元本次歲收糴如初如此則龍斷之民每歲乘
時閉糴要利者必可警戢而青黃不接之際各
郡有五千石之米在市米價自不能長其上件
糴米本錢並係珂以本任所積自認抱糴候每
一郡糴足遂郡具所糴錢米實數供申　朝廷
將來替滿卽不敢侵動元交割前政漕計錢數
並行抱認登足亦不敢分毫侵動　朝廷椿管
本司錢米之數伏望鈞慈詳珂所陳事理特與
先次劄下本司從申施行仍乞併賜劄下從本

司徧牒逐州軍通判照應遵守椿管出納如州
郡輒緣它用支有侵移許本司將當職官具名
奏劾乞比擅用　朝廷椿管法坐罪公吏仍從
决配責得民間永久均被實惠又申照得珂自
中請以後即行分委寧國府南陵縣丞承奉郎
張琮徽州歙縣丞從政郎王槐饒州判官承直
郎丘乘寧國府監稅從事郎汪教中等官賫發
糴本前去逐州軍收糴各五千石節次承諸郡
申到別敖安頓已將及數又續次委本司幹辦
公事承直郎李知孝於建康府廣濟倉招糴到
米一萬石係一頓先行糴足已行開具供申但
照得上件米雖係珂任內趲積糴到一司財計
本皆　朝廷之物卻恐諸州於春夏之間為見
係已入　朝廷帳冊須欲申審不敢擅行支糶
及至冬間粒米狼戾又不敢再以元錢趁時收
糴上下牽掣橫生顧慮非惟發斂不時豪民壟
斷增價自若民不被惠有失平糴之意兼新陳
不易積儲久之必有耗折遂成無用深切可惜

乞免附　朝廷樁管文冊從本司令項拘榷不
拘糴糴月日責在逐州知通常要本錢存在於
春夏之間出糴接濟細民冬間仍舊收糴樁積
乇時緩急亦可備　朝廷科撥支遣不致有失
指準實九郡民生莫大之幸伏候指揮右劄付
江東轉運司從所申事理將今來所糴米五萬
石免行收附帳冊樁管仍徑自行下
所部州郡照應常切遵守施行準此
朝請郎試司農少卿提領江淮茶鹽
所兼江東路轉運判官兼尚書省提

辭兼省劄

領分司財用臣舒滋狀奏照對臣猥以非才誤
恩將漕嘗拜手莊誦冈史咸平二年詔諸路轉
運司申淳化惠民之制歲豐熟則增價以糴饑
歉則減直以糴懿範昭然以平糴惠民爲先而
奉行　朝廷仁政者實漕臣之責竊照參政眞
德秀將漕江東嘗於建康創平糴倉事久寖廢
自後尚書岳珂撥米一萬石樁留爲建康平糴
之備未幾亦廢近歲尚書陳塏寓治當塗就糴

平糴而建康司存之地則猶闕焉且建康爲留都會府兵民繁庶歲事小歉米價易翔卽有待哺嗸嗸之窘若非官司預爲儲蓄則何以爲水旱之備臣廉朴自將不敢妄費除交割錢數有增無虧外粗有遺剩幷屢政積下米斛因前歲水澇賑糶價錢今就建康府復置轉運司平糴倉撥糴到米一十萬石般運水脚倉敖等費約計五百餘萬貫十七界官會內七萬石椿頓建康府廣濟倉三萬石椿寄納倉候起置倉敖日令項拘椿所積米斛照本司見行體例每歲春冬兩次賑濟或遇歉歲糴價增長則減直賑糶卻將價錢於秋成措置收糴椿管接續惠民如所部州縣或以歉告則可以推廣賑卹庶幾江左一路之民俱被朝廷之實惠所有起蓋倉敖及合行事件從本司一面措置施行奏聞事照得平糴倉近年以來在在有之始意未嘗不欲惠民多因官吏非人弊倖百出或移易他用或妄稱折欠監平人補納反爲民害今舒運

使能以趲剩錢糴米置倉此意亦可嘉尚必須後人相與扶持毋致侵移作弊專責都吏掌管遇歉歲則發糴秋成則補還立爲經久規模可也仍月具數目置冊具申　朝廷凡遇新舊交承皆分明登載簿書同交割帳狀申上庶可拘確免墮前弊合議行下右劄付江東轉運司照所申及點對內事理疾速措置施行申尚書省準此　咸淳元年七月馬公光祖判云當使三來開閫昇人愛余余亦愛昇人公帑所儲毫分不敢妄費思欲爲此邦建一久遠利益事無如平糴呈撥米價錢差人糴足十萬石併令創倉敖盛貯續踏逐到舊稻子倉基址鼎新創造屋四十六間敖一十二座以玉

衡正泰階平陰陽和風雨時十二字爲記專一椿頓上件米十萬石今開具條畫如后

一照文思院斛造一石斛五斗斛各一十隻斗及連柄升各二十隻當官較制雕記併造三色籌共一千五百根發下遇收支畢拘收本倉不許移用

一於本府三通判中選委一員充提督官凡倉中管鑰一應事務任責提督所有合差議察倉官一員專任出納之責請提督官於本府職曹官中選差能事者充之以才不以序仍專差都吏充統轄拘確收支專一任責補糴每年須管數足

一每遇青黃不交市糴驟貴先喚上牙人供具時直實價卻於時價中減價二分出糶謂如時價每石二十貫則減作十六貫之類若時價頓貴又在臨時斟酌痛減

一出糶必減時價卻恐米數因此銷折今別撥十八界會一十萬貫置解庫一所名曰咸淳助糴庫則例並依本府解庫趁到息錢專充補糴管要糴足十萬石之數若歲久息羡則增數收糴

一天時不常豐歉難必設遇歲饑當行賑濟本府自有區處不許將本倉米及助糴庫錢作賑濟支移

一此米本以濟艱糴纔遇價貴便當出糶卻不可逆慮補糴之難從而指數今州縣常平米亦多是官司不肯擔負以致陳積腐壞反爲公私之累今既有庫息裨助則補糴不難但有一說若遇豐年發糶不盡未免有陳盦灰蛀之患合用以新易陳今著爲例如有陳糶不盡米從本府作軍粮支遣卻於輸納秋苗時撥數就倉交納盤量抵還庶幾此米常新又免般擔勞費

一糶在春夏糴在秋冬糶到本錢須是拘樁有

所今仰提督機察官將糴到錢卽日拘工寄收常平庫令置簿籍必糴米方支如有分文移易並依常平法

一出糴照本府甲牌戶口三日一次每大口五升小口三升憑由交錢給米其有經紀小民於當糴日分湊錢不上或出外他幹未曾收糴者許於後次一併補糴不許邀阻

一甲牌戶或有遷移或口數增減或貧富升降請提督官行下各廂每季從實鈔具結罪保明仍不時覈實如有欺弊廂官對移廂吏重斷仍許人陳訐

一出糴合分場分以防壅併城內分六場城外分四場各就寺觀廟宇寬閑去處東廊交錢西廊糴米庶免壅併之患

一出糴每場委監官一員吏人庫子斗子各一名十場分作兩日每日各支點心錢監官一貫轎番等人共二貫吏人庫子斗子各六百文十八界

一置場糴米撥斛拔手等人寧無糜費若官司不與區處則必漁取於客販之人所合照苗倉官掏錢例斟酌裁減除倉官免支外每石計支糜費六十文十八界但苗倉則取之於納戶本倉卻不當取之於糴戶今從助糴庫息錢內每年照所糴客米數稟支今此只是防其漁取糴戶耳若本府自於諸司回糴卻不當支專知一十文攢司貼司共六文一斗衹二十文脚夫等一十文門司二文門子一文請匙匣一文

一在倉之米以新易陳固無十分耗折但米之蛀腐多在經梅之際卻是四月以後糴不盡之米直待新穀登場方可換易此時則不能無些少耗折創立之始若不曲盡其慮卻恐向後日積月累耗折必多其流弊必至於入則取贏斛面出則減尅斛面以補不足豈不有失初意今立爲定式凡糴到之米自次年四月以後未曾支糴者每石與豁耗折一升

前項雜支並於解庫趁到息錢支給

平糴倉落成設醮詞 聚粟積倉懼民饑之由已獻花酌水冀天聽之鑒衷蠲潔落成屏營望賜伏念臣某久司漢鑰稔察昇眭末作成風於服田乎何有窮閻拊哺惟艱食之是憂力樽公餘挧儲平糴粒粒皆知於辛苦家家期遂於飽溫必求實惠之旁周更賴後人之增廣念吏有時而代去孰守成規惟心與帝以相通庶幾永保願鑒老臣之經始曲綏民命以圖終億秭既豐千燈相續祟墉粟粟將百載以常存多黍陳陳無一夫之不獲○○

門牌詩 人人飽喫昇州飯世世常存老守心○○

記云 我朝本仁立國置常平倉與義倉並蓄以取民者還以予民作法良矣歲久竈於支移隱譿吏持空鑰相授受部使者一詰治之株連不辜而銖粒弗可得易地通患幾以養人者害人矣天時不齊豐儉迭異趙清獻富文忠寂寂笑人地下民有遇荒而莫之

救以死問有爲平糴者視饑由己豐而入儉而出較元直無取贏或可助常平義倉之不及庚寅辛卯余令于越年饑勸分不遺餘力僅活瘐贏既又論大家貲助倣平糴備先具凡得我心之同然者桴應響畜爲斛四千計公家之積與大家所益略相半余嘗諗于西山眞公公喜爲記顛末會余去弗繼而直幸存後一二紀間遇水災邑人籍以摺運寶祐初余守當塗儲粟二萬亦盡吾心焉耳矣陪京生齒甲江左歲一告侵操瓢乞食恤恤莫之適饑商饕儈簸箕權以乘其急而糴價翔不能遏見大夫暨視噤莫敢下禁切之令幾若負牧芻之寄者余心憮焉載稽往牒名存實覈舊平糴所儲繈三萬昇數百萬家脫値緩急杯水救與薪之燎憂憂乎何以制其帛而抑其踴也廼縮汎節浮糴七萬斛通舊積合爲一十萬度地建屋以廩以峙扁曰咸淳平糴倉又輟芝楮二十萬立助糴庫歲取息以補其價之折閱官吏斗級簿書彝費給各有

式然余志不於是畫也增益相因至去乃止告成之日揭虞額天願俾勿壞於虖天地生物之德 祖宗立國之仁均是心耳余雖不敏獨於昇入有緣余愛其民民亦愛余今承乏三矣老至而耄及之行且乞身去所以爲此邦計者惟是心在天下事莫難於經始亦莫難於繼成其嗣今與我同志者庶維持於不壞不滅而後可昔後村劉公嘗創平糴于浦城西山記之曰必秉彝盡亡而後此倉可廢隱此心法也惻隱之心人皆有之心心相印得無望於後之人後村書倉門兩扉曰且與吾民留飯椀豈無來者續心燈余於是倉亦云咸淳二年正月十五日記觀文殿學士金紫光祿大夫沿江制置大使兼知建康軍府事兼管內勸農營田使兼江南東路安撫大使馬步軍都總管兼行宮留守節制和州無爲軍安慶府三郡屯田使金華郡開國公食邑四千一百戶食實封捌伯戶馬光祖撰并書朝奉大夫祕閣修撰江南東路計度

轉運副使兼本路勸農使借紫趙孟頫篆蓋○

王積翁賦稷思堂頌

皇帝即位之明年改元咸淳下詔藩侯以下爲　朕培植根本大使同知馬公治昇尤於根本注意築廩儲粟揭之日咸淳平糴倉揚休命也扁治事之廳曰稷思堂示不忘民也公三握麟符襄忱秉忠藏感思報自昧爽至中昃涖事無懈容公之思深矣夫思者天理之所存民胞物與之體驗也稷思天下之饑猶已饑之稷何爲汲汲哉解於其思天理流行有不容不然者公慨思陪都生齒益蕃忽歲侵即艱糴迺縮浮費慱米十萬石作室廩峙揀吉告成青紅濕新攀星納月公之思其少遂矣乎汝別駕治其凡汝郡功曹司其出納以才不以序約法斂散侵移有罰公之思其周悉矣乎古者春發秋斂有旅師焉恤民藉厄有遺人焉辦谷待用有廩人焉藏餘待頒有倉人焉周公之制度可謂詳矣孟子曰周公思兼三王其有不合者仰而思之其入周公之思人矣南軒謂

惟孟子此篇能發明周公之心然則后稷奏艱食稷之思也周公制委積周公之思也公之置平糴公之思也嗟夫稷以民饑而思民公以思民而思稷所思以名斯堂不亦宜乎門生王積翁採諸民風爲之頌曰

厥初生民維汝后稷思天下饑教民播穡其思伊何心起經綸阻饑由己痒痾切身農事開國周重斂散迄用康年魚麗嫈粲平糴蕃魏曰惟爾悝壽昌之規漢人便之我　米義倉徧于天下平準之法創于淳化熙豐柄　臣過思變更元祐反思蒼生以寧雀鼠遯肥塵沙積厲豈不爾思公私交累陪京故國翠華大都聚廬寔繁孰懷永圖北平鉅公三尹東土區脫既淸綢繆牖戶乃積乃倉立粟埋梁不負爾腹以永蓋藏堂曰稷思維公初意我思民饑心焉不置心心相續如佛傳燈刻弊益匱以莫不增后稷云遠萬年胥契今之視稷後猶今視嘉祐廣惠五夫社倉前思魏公後思紫陽公將告歸帝曰未老天

相者俊過中書考惟仁必壽惟德永年昇人歌之作此頌焉

後記云

余之三至金陵也欲爲邦人創平糴一倉積米十萬斛夏糴冬糴以濟乏食自咸淳乙丑秋七月至丙寅春正月共得七萬石事力僅僅弗克繼則以前帥王公埜所蓄三萬斛足成之且識之曰儻未即去不以是晝今自二月以迄八月再糴三萬合爲十萬而王公舊積不與焉蓋其初巳申　朝廷椿管不欲混此數也夫出糴之價微損罔足以見惠養之心收糴之價不常則不可無變通之法此助糴庫所由設也庫始爲本芝楮二十萬今陸續增至八十五萬雖然猶未也緡累充廣歲衍月益俾所入常有加於今日則此庫不爲無助毋巳則糴價但可畧減不可用今日之例減之太驟以致後日難補若夫輟有餘以助不足使十萬斛之數永永無墜不無望於後之人是歲重陽日馬光祖謹書

記云

平糴倉之設自咸淳乙丑七月至丙寅正月得米七

萬石又自二月至六月再得三萬石合爲十二萬石余嘗記其畀矣丁卯冬糴二萬衍而爲十二萬戊辰春再糴三萬總而爲十五萬如雞哺雛勺積龠累所以及此數者偶值歲稔司造實嘉相之然爲是倉深長之慮有二焉其一餘米不可久頓當以新易陳庶米色常新而民被實惠其二糴之價常貴糴之價常多恐異時措置糴本之艱有折閱台額之患於是先創助糴一庫爲本百萬收息補糴又懼其所入之微也則再創西庫以佐之合兩庫爲本二百萬然余志猶未愜也輟郡帑之有餘助兩庫之不足俾是倉是庫相爲無窮則余雖去猶不去也咸淳戊辰夏五上澣

光祖書

制置司倉附本府廣濟倉內又有小倉三所曰東倉曰西倉曰中倉並在南門裏沙窩一帶

古苑倉吳大帝赤烏三年使御史郗儉鑿城西南自

秦淮北抵倉城名運瀆按實錄宮城即吳苑城城內有倉名曰苑倉故開此瀆通運於倉所時人亦呼曰苑倉瀆咸和中修苑城惟倉不毀故名

太倉在西華門內道全宮城之西北

古太倉晉咸和中蘇峻反王師連敗績時太倉惟有燒餘米數石以供御膳太倉在苑城內亦曰苑倉乾道中趙公彥端廣濟新倉記云圖記獨稱吳苑倉在苑城內於晉爲太倉餘無聞焉此蓋未考也

古龍首倉按隋食貨志京都有龍首倉即石頭津倉也臺城內倉常平倉東宮倉所貯不過五十萬

古東倉唐六典云東晉有東倉石頭倉

古石頭倉在石頭城內吳置晉曰常平倉南朝因之唐武后徙縣倉以實石頭神龍二年移倉於冶城晉史庚翼傳云往年偷石頭倉米一百萬石皆是豪將輩而直打殺倉督監以塞責咸和二年蘇峻逼遷天子于石頭以倉屋爲宮梁侯景破臺城食石頭常平倉旣盡便掠居人爾後米一石七八萬錢人相食通典云晉曰常平倉自後無聞梁亦曰常平倉不糴糶陳因之古跡編云唐武后光宅中徐敬業舉兵使其徒崔洪渡江修石頭城以拒守敬業平置爲鎮仍徙縣倉以實之神龍二年廢鎮卽移倉於冶城何遜石頭城詩曰萬雉極衿帶億庾兼量出蓋謂此也

制使姚公希得任內**增創轉般倉**轉般置倉昉於淳熙爲屋不多歲久損敝景定壬戌制司及本府

共創修三十座敖屋

制司修一十五座止是因舊修整用工不多其敖眼以寒來暑往秋收冬藏閏餘成歲金生麗爲號應副盛貯　朝廷所撥米斛自景定三年六月十六日興工至當年八月二十八日畢工共費錢四萬五千三百三十五貫有奇

本府創修一十五座其鼎新創蓋一十一座敖眼以天地元黃宇宙洪日月盈昃爲號增修舊來四座敖眼以辰宿列張爲號自景定三年十

月十六日興工至次年五月十三日畢除
朝廷科降一十五萬貫米三百石外本府實增用三十九萬九千五百餘緡米九百一十石有奇

重修府倉景定四年鼎新修創八月初四日興工至五年正月初八日畢敖屋計二十四座以天地元黃宇宙洪荒日月盈昃劒號巨闕珠稱夜光果珍李柰爲號總費錢一十五萬七千四百七十餘緡米一百一十二石有奇

大使馬公光祖咸淳二年四月内重修建康府城下倉更名**廣儲**糜錢十八界四萬四千有奇米二百六十石有奇

創制司倉制司米舊附廣儲倉咸淳元年四月内創廣儲倉側隙地令蓋制司倉爲敖四前後屋共三十一間糜錢三萬九千九百餘貫十八界

諸庫

聖節從物庫在府治西廊

節儀庫在玉麟堂東廊

椿積庫凡四所一在府治一在府治之南劉公珙建一在府治東陳公俊卿建一在府治東南錢公良臣建

都錢庫在府僉廳之北常平庫軍資庫節制庫修造庫節用庫經總制庫公使庫皆附焉

禮尙庫在府治西廳馬公光祖立家之巽爲記開慶元年夏四月建康府創禮尙庫何以書始也初府號陪京地大物夥諸司錯立守臣以制置使掌留

鑰冠冕諸閫歲時慶勞賓餞講信修贊相望于道報施覗儀公出私入以故說者謂天下禮餽之盛首蜀次金陵筆之私史誇以爲異寶祐乙卯裕齋先生金華馬公以戶部尚書來鎮至之日首斥供帳器幣以賜戰士諸饋遺率遞易以報纖毫弗入私帑又四年復以資政殿學士自京湖再鎮規置視前有加一日歎曰互饋當禁人謂吾矯柰何廼卽治寺西偏闢屋數楹裒他司所致籍入而吏掌之若緡錢若幣帛百物悉輦以輸暨報也卽取於是摭載記禮尚往來之語扁曰禮尚庫成謂門人眉山家之巽曰爾其爲我識之之巽自惟生晚筆弱何足以知公盛德鉅美嘗恨世降道微廉恥不立蓋有流俗非義之事而士大夫習熟見聞以爲當然恬莫之惟往往依託事理覆蓋其迹迹是心則非名正實則悖區區之饋誘曰人情之常惡可以已弗思我施彼報曾不旋踵交手畀付如取諸寄其與攫而懷括而囊者幾何無他一自欺之心爲

之耳非公特立獨行一介不取孰能返之正而示之法哉蓋公少從西山眞公講道授大學惟意毋自欺之旨平生事君治民修身範物皆得諸此 上嘗大書忠實不欺之堂六字以賜見謂稱情是庫之設蓋亦不欺之餘事也先是清獻崔公交節楊公亦琵禮饋然規模未立美意弗嗣禮尚有庫斷自公始事雖小於人心世教有關遂拜手以書景定元年 朔旦門生承事郎特改差充沿江制置大使司幹辦公事家之巽謹記

公使酒庫在天津橋側馬公光祖重建唐爍爲記開慶改元四月丙子制置大使留守資政馬公復建江閫爍以支郡掾贊制幙公閫府政事前二三年修舉矣獨公使酒庫未暇及越六日辛巳廼命爍曰酒百禮之行也公家日用已飭吏任責汝其典司之越十日辛卯特枉牙纛親莅庫所度地下窄覘屋欹斜又命爍曰庫百物之藏也

因仍架陋如欺弊何汝其改作之繇是捐資以闢地聚材以興工若外若內一撤而新大門公廳皆北鄉廳之後則酒官便室也門之前則神宇吏舍也周遭于其左則麴米物之敖七醅三色棧之庫也而又附以稚米之屋綿亘于其右則列竈攤饙之場醅酒供筵棧之庫也而又加以滌器浸米之所若井亭若槽池規刱具備惟聯屬於後名醅庫者因舊而葺爾爲屋凡七十間限以窓戶甃以磚石飾以丹艧他如鐵冶鏤之鑄桀栢醡之造動用器具凡三百餘靡不堅固精緻經始於四月壬辰考成於七月乙卯工計傭二萬一千二百十楮計緡十萬二千六百米計石五百二十六匠以民買雇而不抑差物以市直收而不科擾方聽事之成也而公再涖所大書六必二字揭之楣間實取呂令命用六物之義及工役之畢也又至庫廳而申命曰庫新矣酒今其新乎有門戶以嚴出內有庫舍以謹蓋藏有器物以足用度繼是則酒官之責也

夫酒一事且古人兼用六物必無差貸其精且詳如此況有大於酒政者乎然則職斯庫惟斯義其必毋懈怠毋苟簡毋不屑經意事事勤謹物物精潔庶乎泉香酒冽可以共祭祀可以奉燕饗可以行賜須斯無負公造庫命名之意云歲中秋日門生從事郎太平州軍事判官兼沿江制置大使司僉廳唐爍謹記

醋庫 三所一在舊米市一在安樂廬側一在鞏子巷

雜物庫 在軍器庫側

鞍轡庫 在節儀庫側

淮士典庫 在大木頭街

封樁甲仗庫 在大軍庫東

古石頭庫 吳都賦云戎車盈於石頭注云石頭城中置府庫貯軍儲故曰盈於石頭今廢

右隷建康府

制司庫 在府治都錢庫內

都受給庫 在軍器庫側

軍器庫 在經武橋東寶祐五年馬公光祖修舊增新

申嚴約束 勘會軍器庫前此蠹弊百出漫不可考本司委官將在庫器甲衣裝等逐一分别好怯作三等排垜內天字號係創造新修地字號係堪中支遣人字號係器損當修重新置籍各關防出納申嚴火禁創置防虞約束監欑之類刊鏤版牓釘掛庫廳務令經久可守今開劄下項一出納軍器前此俱有情弊謂如以堪好者關出而以損弊者交入又有交受之時必要需

索堆積庭下乘旬累月得錢即交不得錢則百般作難軍人貧寒何所從出本司今既一新規模必要痛戢此弊已牓曉示門外許被擾人指實陳告定追究犯人重作施行諸軍交納軍器若非元物即是情弊其雖有損污去處而本是元物者合即交受添修不許邀阻一前此軍器走失皆因提點官不曾躬親下庫出納及蕩無門禁之故合於庫前新創提點官廨宇一所既便於監臨又置門司一員貼門一人專一檢視出入庶幾可以革弊已牓曉示庫門其有輒盜一物一件者並從軍法一遇出戍回戍教閱收支多者委制幕一員同共監視自餘委提點官一防虞器具十碩缸三十隻提水桶五十隻扛水桶一十隻麻搭二十箇料杓二十箇鉤刀一十把大長梯四連大索二條鐵猫兒二箇大斧四具大鋸二連以上並排列庫廳一防虞官兵三十人係就教場防虞人內差撥專一在庫逐夜分鋪知更提鈴循邏外又差合干人一名充

部轄一每夜於發更前請提點官將本庫職掌庫子防虞等人先次點名畢然後關下門鎖如有不到之人卽仰具申重作施行其本庫合千人雖隸提點官卻不許使供私役本司亦不測差人撞點一在庫一應合千等人並不許帶火入門遇夜亦不許點照燈燭責在守宿監官常切點檢如違一例坐罪一庫內烘焙弓弩並請提點官早晚監視入爐開列火力炭數如后春秋兩季火力七分四十爐每一爐日支炭一斤四兩炭墼六箇夏季火力十分四十爐每一爐日支炭二斤炭墼八箇冬季火力五分四十爐每一爐日支炭一斤炭墼四箇一弓弩庫眼既有火焙與他庫眼不同每夜須責庫子入庫守宿照管所有鑰匙令作一匣盛貯責付當宿監官取掌以防緩急次早仍納提點廳一庫子舊例每名月支錢三貫文飯食係各人自造本司既嚴火禁遂自四月初一日爲始行下火隊照作院工匠例每名日支鹽菜錢一百三十文米

二升做造飯食支散一各庫置庫戶簿一扇將已排點衣甲軍裝等逐一鈔上遇有收支每五日一次結轉請提督官僉押一月一次轉上總簿赴使廳呈押一增創暑往字號庫屋共六間計用工物錢三萬三千三百五十二貫文一新創提點官廨宇一座新造門樓廳堂屋宇共一十七間并在下裝修床杏等及週廻墻圍木植塼瓦計用工物錢一萬六百四十貫九百一十五文

回易庫在斗門橋西

抵當兩庫一在御街錦繡坊之南一在寬征坊

惠軍典庫在十三丈街

右隷沿江制置司

軍須庫係安撫司庫在軍資庫之側防江靖安兩酒庫元隷安撫司

錢入軍須庫乾道八年將建康府酒酒庫並撥歸提領戶部酒庫所抱認本司兩庫酒息錢每月以乾道七年息錢數爲額成年計五萬七千三百七十一貫五百九十五文分十二箇月取撥入本司軍須庫收附支遣續承提領所牒報趁辦不敷於本司息錢元額權減四分之一每月撥到三千八百八十九貫一百八十四文○本司元有抵當庫將錢本舉借應副猪羊牙戶從便打發猪羊客人收息解發續於乾道八年六月內建康府置庫用本並從本府猪羊打發務依舊拘收息錢每日分隸解納本司軍須庫交納每月共收三千一百餘貫文昨自前政吳大資任內於淳祐十年正月一日省廢所有上項課利錢本府卻以收到外三縣酒稅錢內照淳祐九年收趁錢數撥解本司成年共收八千三百一十三貫五百文十八界會分作四季撥入本司軍須庫收附支遣○本司親兵雪窖二所坐落城北門外遇冬月差撥官兵收藏冰雪至

夏月變賣收錢入軍須庫若兩窨十分平滿除
公用支遣外自餘約賣錢三千貫文十八界添
貼支遣○本司近於寶祐六年十月内蒙前政
趙觀文以本司財賦匱乏支遣不敷遂於沿江
大制司常平酒坊内分隸奉橋新昌徐莊錢村
四坊撥付本司每月共得息錢七百二十貫文
十八界續於開慶元年五月内蒙安撫馬大資
冉撥新城吳村兩坊息錢二百二十四貫文十
八界通前共六坊一月計錢九百四十四貫文
十八界其錢制司徑自催理只將乾息錢撥入
本司軍須庫支遣官屬月給
此安撫司財計之大略也

右隸江東安撫司

大軍庫在總領所

都錢庫在大軍庫西廊

徼犒庫在大軍庫東廊

椿備庫在都錢庫之側

抵當兩庫一在舊米市一在雞行街

公使庫在總領所西廳之西

見錢庫在飲虹橋下保寧坊之西

右隷淮西總領所

錢物庫在轉運司東與花園相對

雜物庫在大廳西廊

公使庫在雜物庫側

典庫在轉運司衙之東

右隸江東轉運司

鳳臺酒庫在天津橋之南

鎮淮酒庫在　御街建業坊相對

嘉會酒庫在大木頭街

豐裕酒庫在南門外西街

龍灣酒庫在龍灣市

防江酒庫在北門外

東酒庫在上元縣之西

北酒庫在太平橋之南

右隸戸部提領酒庫所

務場

榷貨務 舊在總領衙西今改爲總所屬官廨宇

雜買務 舊在總領衙東南今廢

市易務 舊在新橋南今廢

平準務 舊在　御街東今廢

秤斗務 舊在壽寧寺西今改爲屬官廨宇

都税務 在寬征坊薑河下

夏税物帛場 在府治設廳側

受給修造場 在須春亭側

雜賣場二所一在東南佳麗樓東隸制置司一在東南佳麗樓西隸總領所馬公光祖立

都船場在龍灣

柴場三所一在城隍廟側一在龍光門外一在朝宗坊之西

茭草場在東門外轉般倉側

竹木場在府社壇東

王沙稅務在靖安鎮

抽分場在靖安鎮

藥局

安撫司惠民局 在府治西淳祐十一年十月馬公光祖創撥藥本收藥材委官提督監視修製置四鋪發藥應濟軍民收本錢不取息（一在天津橋南一在銀行街一在鎮淮橋側一在靖安鎮）

總領所惠民局 在正廳東廊置五鋪發賣（一在本所衙門東南一在太平橋南一在銀行街一在鳳臺坊口一在御街長樂坊左）

都統司惠民局 在都統衙內橋亭東置二鋪發賣（一在天津橋南一在太平橋南）

雪窨

行宫雪窨在城東門外

安撫司雪窨在城北門外

防江軍雪窨在雞籠山之側

都統司雪窨在城北門外

獄犴

左司理院在府治大門裏之右通判西廳之後

右司理院在府治大門裏之右知録廳之後

直司在府治都僉廳門裏

總領在府門外西南

兵馬司在効一營內

土牢在馬軍營內

上元縣獄在縣治西偏

江寧縣獄在縣治西偏

營寨

侍衛馬軍凡六軍四軍屯城南一軍屯城東一軍屯府治西北與都統司諸軍參錯如古南北軍之制乾道七年移屯每軍有統制統領出三衙馬帥以領之號行司

選鋒軍在城西門崇道橋

前軍在城南門外虎頭山

右軍在城南門外黄家塘北

中軍在城南門外黄家塘南

左軍在城南門外陰山之東

後軍在城東門外蔣山南

駐劄御前諸軍凡六軍列於城之內外紹興十二年移屯每軍有統制統領官置都統制副都統制以領之

遊奕軍在北新街清化坊

前軍在桐樹灣以北

右軍在高陽樓及城東門外

中軍在保寧寺街

左軍在北門裏大街東

後軍在上元縣西景陽臺南

廂禁軍營舊皆茅廬紹熙中章公森盡易爲瓦屋數千間號曰新營其隸尺籍者始不與居民雜比有詔獎諭見第三卷

禁軍

武雄第一指揮在廣濟新倉東

威果第十三指揮在 行宮北證聖院西

威果第十四指揮在證聖院東

威果第十五指揮附威果第十四營

全捷第六指揮附威果第十四營

忠節第十一指揮附威果第十三營

威果第四十四指揮在轉運衙西

全捷第十一指揮在太平橋北

有馬雄略第十一指揮在淸化市南下街西

橫江水軍三指揮一軍附威果四十四營一軍

附有馬雄略營一軍附全捷十一營

忠義指揮在總領衙後

廂軍

効勇第一指揮

効勇第二指揮

牢城第一指揮

牢城第二指揮

剩員指揮一營已上並坐落在城內西北隅

沿江制置司諸軍寨

遊擊軍寨五所寶祐四年馬大使光祖建

前軍在武定橋南

右軍 在北門內

中軍 在桃源洞

左軍 在武定橋西北

後軍 在桃源洞

寨記 寶祐柔兆執徐正歲之三日制置使尚書馬公受命募兵賞明令修遠邇悅來越三月得票姚之士三千三百人辟諸營以舍之薪楚盬酪凡榻釜餽不匄而有亦旣協厥居矣公猶以人不根着怛然未有嗛志廼周爰相攸得故營地於武定橋之東而背宇焉謂通川崔君泰亨績密而莊謂新安汪君洵之明達以敏皆機也使耦往涖其事實墉實屋百工皆作木章竹个葦把釘枚當其直而取秋毫不以符移賦諸下酒肉淋漉旬犒月飫士夫豫附竟役不馳

一筆虹見而作駟見而畢凡斥幣百四十萬緡規地六百三十丈結屋三千二百楹而皆有畸南北其檐巷以集于中道衢從其道門以達于四達鞠旅有亭習射有圃祠兵有宮將軍偏裨各以衷序授室井乎如田之漁屹乎如山之阿江以南營壘將無與鳳行者嗟夫仁者之遊息固有佚四體於高明風雨其人而莫之隱者仁隱之之勇不能赴之則或鬩于籍勇赴之智不能周之則或愆于素君子謂是役也居約而施溥時諏而畢贏工堅而事速建一營三物成矣九月既望公載酒肴召僚佐相與落之或執簡請記成事公曰吾惡夫諛者末之記也有謏而對曰公經營是以整庇子士非以爲諛也其亦使士於此焉居則肆戎昭出則敵王愾入則効首虜豈其即安而弛勞委公睨於草莽耶庸勸之以斯文俾勿惰而非以爲諛也乃記門生朝奉郎特差充沿江制置使司參議官胡居仁撰門生從政郎差充沿江制置使司幹辦公事仁梁椅

書門生通直郎添差沿江制置使司主管機宜文字汪洵之篆蓋

遊擊軍新寨在馬帥衙之東開慶元年馬大使光祖招塡增刺新軍日多遂復建此寨以處之倍直買民地拓基周廣五百二十畝有奇選委本司主管機宜文字徐道隆幹辦公事林子譱董其事制帳總統王雄提舉官張勝佐之是年五月經始明年三月告成宏曠高爽甲于諸營下至床榻釜甑莫不畢備寨屋三千間制領將佐衙共一十一座計一百三十二間點亭廟宇寨

門共四十一間甃井二十五所并造井亭一十二間

防江軍寨在城北門外耆闍山下

効用軍寨三所一在府直街能仁寺後一在武定橋南又小寨在羅帛市

破敵軍寨在大西門裏

精鋭軍寨在都統衙後

親兵左右部在鹿苑寺側

策勝軍寨中軍在城裏東北角右軍在北門城內

制効軍寨二所一在城南門外虎頭山一在城裏

杏花村

龍灣遊擊水軍寨在靖安鎮

靖安唐灣水軍寨在古龍灣茆草岡

義士軍在遊擊中左後三軍屯泊

雄武軍在北門遊擊軍屯泊景定二年分屯宜城

江東安撫司親兵寨

乾道五年史公正志建在府治東後廢淳熙初劉

公珙復建爲兩寨一在宮城東一在宮城北慶元

初張公枃重修寨記

江東安撫使司置親兵千人本乾道五年侍郎史公奏建康留鑰之地控制淮甸雖宿重師而帥閫弗容弛備乞通選本路禁兵至建康幷一更戍遂建寨北門外九年有旨發還獨選建康兵足之淳熙二年樞密劉公復奏即城中爲二寨用便閱習雖千夫之聚其招與輯皆先以聞國朝軍旅其重如此慶元乙卯春寶文閣學士尚書廣漢張公自襄陽移鎮下車布宣教令盜賊衰息錮逋賑荒田里舒泰民事既舉乃修軍政初劉公徙北門之營因舊綴補歲久腐壞一風雨之夜棟橑伊軋卧者皆懼夏大雨屋十楹一日仆地尚書命九言督視撤舊圖新統領崔彥使臣李榮率將校李保劉喜蔡俊分掌役事使臣徐升率軍典王永吏魏輔掌受給材植百物軍典李瓊尉辛管金穀吏羅演宋繼先司案籍爲軍房甲仗庫合千二百八十

七楹又建亭爲主將號令點集之所夫軍旅非徒習爲分合刺射而已將教之出相須入相遜同隊相親同營相和然後可以事其上昔晉侯觀師于有莘曰少長有禮可用也因名東亭曰觀禮西曰教忠俾士卒識所趨嚮亦以告馭軍者知訓齊本末之敘云十月承直郎幹辦公事游九言記

淮西江東總領所總効軍寨四所

一在江寧縣北真聖廟南

一在興嚴寺北

一在馬司選鋒寨東

一在報恩觀東北

盧院

齊六疾館 齊文惠太子與竟陵王子良立六疾館以收養窮民

梁孤獨園 梁武帝普通二年於建康置孤獨園以養窮民

養濟院 在宋興寺嘉定五年黃公度創今爲居養院

省劄

知建康府兼江淮制置使黃度奏臣伏見中興會要紹興七年　高宗皇帝駐蹕金陵閏十月詔以天氣寒凜貧民乞丐令建康府疾速踏逐舍屋於戸部支撥錢米依臨安府例支散候就緒日申取　朝廷指揮收養竊惟不廢困窮　列聖家法嘉祐熙寧次第增廣上自

京師外及州縣或給戶絕官田或出常平錢粟載在史官前後可攷而 高宗皇帝於多事倥偬日不暇給之時閔民之窮亦捐大農錢米以贍之其所以續天地生生之德者與 祖宗同一心也臣猥以非才濫司留鑰適當旱蝗饑饉之後流離餓莩充徧城邑幾不忍覩賴 朝廷德澤賜緡轉粟拯其饑戹閭境生靈免塡溝壑莫不銜戴 上恩歌詠鼓舞唯是流移貧民養于僧盧者凡三千四百餘人去歲麥稔擇其稍壯者與之裏糧散遣歸業而孤寡老疾之人存者尚衆臣之遵奉 高宗貽孫之長謀推廣
陛下發施之德政府城舊有養濟院前守臣錢良臣始爲規撫未廣收養不多臣遂於城南北搠兩養濟院爲屋舍百間每院各度一僧掌之所養貧民以五百人爲額春夏則稍汰去每歲用米一千五百斛其千斛取辦於常平五百斛從府倉耗米那撥費錢二千緡則取諸安撫司惠民藥局息錢出納稽核遴僚吏以董之又得

廢寺曰崇與擇僧住持總督其事取民產之沒於官者爲田五百九十畝山地等五百十有九畝以供億僧徒又捐千緡就寺置質庫計其所贏每三歲買祠牒度管幹有勞行者一人爲僧嗣掌兩院事務凡窮民寒則爲之衣病則予之藥歿則爲之葬埋條畫區處纖爲周悉　留都之繁會之地四方失所流徙之民往往多聚于此皆無作業每遇隆冬凜洌之時米價稍貴則號寒啼饑單露枯瘁所在成羣非都邑氣象自今以往皆得安居飽食不復宛轉于市井捐瘠于道涂懼其時改歲遷來者不繼則所撥錢米或遂中輟所置屋廬漸至頹毀是用不避屑漬冒昧以聞敢望　聖慈特降　睿旨行下建康府及江東安撫常平司常切遵守所給錢米每歲照數取撥毋得輒廢庶幾德澤深長與國同久干冒　宸旒臣無任恐懼之至伏候　　勅旨

貼黃常平米係每歲給養孤老米內分撥藥息錢係藥局收到即非解發官司等處錢柴蘆於

建康府公使庫歲計柴内支取並無侵公私去處伏乞　睿照三月六日奉　聖旨依右劄付建康府準此○黄度敘云度守留都之二年歲比有秋瘡痍浸復思廣上施爰及今人共惟祖宗有至仁同符三代在郡國實有養濟之政高宗駐蹕詔旨如丹乘斥幣餘營室廬而養食之董以緇流區畫纖悉拜疏上聞蒙恩報可　聖主覩民如傷光昭　祖武嗚呼休哉事適權興條理未密豐凶歲異所養不齊則緝熙　上恩數錫無告異時牧守必同此心敬以德音載之於石嘉定五年歲在壬申七月既望寶謨閣直學士朝議大夫知建康軍府事充江南東路安撫使兼行宮留守司公事兼江淮制置使黄度謹題管轄僧智壽立石　寶祐五年馬公光祖增葺居養院備其器用優其衣食廣其收養　榜云照對居養院創置有年些小租入旱澇相繼雖有疲癃殘疾之

人無以爲養廂分不與申收大失初意今接續支撥錢米下院給造衣食行下各廂根刷申解

一項院內見養貧民冬寒添置布襖袴綿被薦薦內襖袴添支新綿作純綿台做造襖袴給散

一項諸廂孤貧老弱殘疾行丐之人自入冬以來行下各廂節次根刷到三百餘人並送院贍養仍接續根刷申解

安樂廬二所皆馬公光祖所立一在北門高陽樓側寶祐四年所創也一在 御街西醋庫後開慶元年所遷也

創廬規式 照對本府係軍民雜處商旅往來之衝間有病于道途者既無家可歸客店又不停着無醫無藥隕於非命極爲可念當使昨守當塗日嘗遵參政眞文忠公帥潭日規式創安樂廬收養病人凡行旅在途及傳遞過軍罪囚等應有疾病並許經提

督官自陳畫時收入差醫命藥全活甚衆本府今倣上項規式於城北門裏創置到安樂廬一所擇僧看守命醫診視錢糧成料給之倉庫湯藥隨證取之官局床榻器具一一齊備庖湢沐浴各有其所高明整潔務使至者如歸今開具規式如後一軍民在路遇疾往往客店戶惡其擾人又慮傳染多是不肯安着本府已告示城內外客店戶并軍巡地分遇有經過人病患仰卽時具狀經提督官隨卽押下差醫人診視給藥醫治一諸司及鄰郡傳送到過軍等應有不測病患仰防押人卽時具狀經提督廳押下醫治仍仰元押人同共看視監管一兩獄或有罪囚不測病患亦仰推獄具申本府取判押下醫治仍責本牢獄子同共看視監管一病人入廬卽時差當月醫官診視脉息證候其合用藥餌經提督廳點對批歷赴安撫司藥局支請責付醫人并看守僧如法煎煮服餌一病人入廬合用粥米已置歷成料關請每病人一名日支白

米一升柴炭錢三百按日支給若病重不食者
仰分明聞鑒其病愈能食之人請提督官契勘
量添半升勿令失飽傷飽反致成疾其專典等
人減尅作弊全在提督官覺察錢米料盡接續
申關病愈之人無力可歸者計其遠近量給錢
米津送出廬一人病人入廬應有隨身行李什物
仰專典即時對衆上簿收寄令病人押字候痊
可出廬日照數給還取領一病民有疾勢危篤
及病證奇異非見成圓散可以治療者仰醫人
審細處方別收買藥材修合其當月醫人不能
辦者提督官申來或喚上全行或請名醫同共
診視一病人在廬仰看守僧加意監督火頭煎
藥煮粥鬻杯詳蛉本府不測差人點撞如不留
意並加責罰一病人或有癱癩瘡瘍惡疾臭穢
不堪親近之人卻不許入東西兩廂合移入別
房醫治一安樂廬在城北門內高陽樓街坐落
東南路自五龍真聖廟街入西北路自笪橋一
直取高陽樓街入一安樂廬屋共用過錢六萬

一千一百三十一貫一百九十五文米三十一石七斗二升五合〇**增立新盧**安樂盧所以休養病于道路無所於歸者也始創於寶祐丙辰地在北門高陽樓側督以官守以僧診視以職醫湯藥取之公局錢米給之帑廩床榻器具無不畢備庖湢沐浴各有其所事目已見前志第僻處一隅非惟官府耳目不及而病者至盧亦己困殆開慶己未十二月遂改建于　御路北醋庫後其屋視舊盧增三之二又創置器物一千餘件督守醫給之制皆如故若夫更革之顛末終成之歲月於記見之官廳三間僧行職醫煎煮房六間佛堂神祠二間盧房七十二間門樓一間盧司門子房二間廚屋浴堂六間前後過廊幷後門五間工物支費數目見于記其舊盧亦自兩存蓋欲各隨其便也〇**盧記**景定元年春二月甲子建康府新作安樂盧成太守資政殿大學士制置大使馬公命元演記其事元演謝不能公色諭之曰盧之基子所訪盧之役

子所相將焉辭乃弗敢替命初寶祐丁巳秋元演以富陽尉滿來長干謁公于玉麟公賓之幙習聞閫府事求所曰興民利修軍容者次第觀焉尊所聞也安樂廬在北門高陽樓側剏於丙辰之冬見其規畫詳品式備守者備者與鄰而居者手頟相告謂玆廬纔兩年行道疾病之八全活者不勝計繇是作而歎曰仁矣哉公之政歟公聞之曰未也城北去闤市遠甚廬以休病而趍者顧以遠病之我將改諸尋易鎮荆未果明年夏四月公再領昇印元演復從公游一日謂元演曰子不記比廬改作之言乎以時攷之可矣子儀圖之會得廢寨址于城闉廣袤二十丈距郡治百步而近公曰宜哉廼以十二月丙寅庀役爲屋凡百楹僧室醫房神棲佛宇煎飪之所圊沐之地衾簀器用眂北廬加詳備焉公又書安樂坊三大字表之通逵至是竣事靡金錢百二十萬米千斛有奇昇有郡以來廬之創自公始而周思曲慮弗便弗止可不謂仁乎蓋

自周官遺人之職廢所謂設廬宿候館以待覊旅以恤羇阸者影響不存士一命以上媮與惰錮其心腐其力有民人而餓死於我土地者往往而是尚能爲四方疲癃殘疾者計邪惟我朝眞文忠公始作安樂廬于壽沙志士仁人必來取法公文忠門人也學其學而政其政固宜雖然公將佐 天子相天下熙寒濯痍甦醒彫瘵使大寓之內無一民一物不安且樂者此公全體大用之仁也廬豈得以顓斯名哉夏五中澣門生文林郎 特差充江南東路安撫使司準備差遣馬元演記幷書

慈幼莊 在皁橋隸江東轉運司眞文忠公德秀創置馬公光祖增添月給 嘉定十年二月省劄江東眞運使申切見建康府自去年饑歉之後民食日艱生子之家多是無力養育因以遺弃道路或致轉死溝壑殊可矜憫

照得在法諸災傷遺棄小兒官司給錢雇人乳養以賣戶絕田宅錢充而措置一事合隸常平今江東提舉司與建康隔遠奉行難於徧及申請待報必是稽遲恐失朝廷幼幼之意德秀今量度事宜將本司拘到諸州縣沒官田產措置召人租佃立爲一莊專以慈幼爲名計其歲入委官掌管月支錢米顧人乳養凡有遺棄小兒即時責鄰保勘會兒得遺棄分明再行委官審實附籍給歷頭與收養之家每月支錢壹貫文米陸斗至伍歲止其無人收養者所屬官司召募有乳婦人寄養月給一同至柒歲止其欲以爲己子或有人轉覓者聽從其便仍從官司給據其抱養之初襁褓未備則以錢兩貫文給之其病患者聽自陳給與藥費死亡者支錢壹貫文即時除籍或豐年遺弃稀少支用有餘則儲蓄以備荒歲賑給今已差委官吏措置租佃開立條約關防僞冒頗爲詳密深恐日後官吏或移爲他用有失今來刱立慈幼莊本意實爲

可惜今將本司見管沒官田產開具下項上元縣管下僧智彬田地計陸百玖拾陸畝叁角貳拾陸步王用賢朱伍四田地叁拾陸畝叁拾伍步半溧陽縣管下僧德懃田地貳百伍拾伍畝壹角貳拾柒步郎學諭田地貳百伍拾畝貳拾步伏乞劄下本司照會容勒碑紀載永永遵守其於推廣朝廷幼幼之仁不爲無補伏候指揮

右劄付江東轉運司從所申事理施行準此〇

一在城及上元江寧兩縣管下應有遺弃小兒如有人欲收養者卽仰赴廂官尉司陳詞行下勘會是實將所收小兒發赴提督官廳驗實給歷照例月支錢米其地里遠者許令每季一頓支請仍量給纏費一遺弃小兒每人月支錢伍百省米叁斗如願爲己子者及轉覓者皆聽其便於提督官廳置簿壹扇就立小名以千字文爲號每名給歷請至伍歲止如無人收養者仰所屬官司召募有乳婦人寄養支請錢米至柒歲止其支散日係提督官廳告報各人賫本司

歷同抱小兒赴廳審驗批歷支散一若有遺弃
下兒所屬官司憚於往復申聞及鄰保隱蔽不
肯以實告者當坐以罪一所養小兒如有病患
仰經提督官廳自陳量給藥費如不幸死亡支
埋殯錢壹貫文即時除籍一所支錢米係於本
司慈幼莊歷內每料關錢五十貫米叁拾石候
月終提督官具收支之數赴本司呈覈一提督
官月支茶湯錢五貫文一慈幼莊手分月支紙
扎錢二貫文一慈幼莊管一莊人係蔣山保寧清
凉天禧四寺每歲輪差僧一人行者二人專一
管幹莊務收支并給散糧種每月共支米伍石
香油錢十貫文一本莊屋宇及耕具遇有損壞
聽申提督官廳備申差人審實支錢修葺一置
簿一扇凡本莊有什物農具耕牛等並籍于簿
以時稽考一置簿一扇在莊每旬收支錢米等
赴本司呈押一置砧基簿二扇將本司撥到本
莊田產並開具坐落鄉村土名四至畝步內一
扇寄收本司錢物庫一扇本莊收管一本莊合

納夏秋二稅但于官物並下管屬縣分勒鄉攢細具合納數目赴本司具呈發下一慈幼莊坐落係在上元縣長樂鄉地名皐橋於嘉定七年拘沒到僧智彬詭名置到莊地一十畝莊屋壹所共計八間各計伍架又四厦內有倉三眼板全前後板門玖扇板壁二扇內有房三眼木窗伍扇床貳張厨屋一間一厦接連屋三間二厦及門樓壹溜板門全牛屋一所計三間各計小伍架又土瓦屋三間各計五架在下安羅磨壹副并羅厨一副客屋三項瓦屋三間貳厦內草屋半間各計五架并黑犢牛一頭見係丁亮居住瓦屋貳間半計五架并黃犍牛一頭并小牛見壹頭黃牸牛一頭見係陳念乙居住瓦屋貳間計伍架并黃犍牛壹頭見係王千乙居住黃牸牛壹頭黃牯牛一頭黃牯犢牛一頭并看莊黃狗兒壹隻見係黃王二看養一本莊田地立為上中下三等收租田上等每畝夏收小麥五斗四升軍斗秋納米七斗二升軍斗地上等夏

納小麥伍斗肆升軍斗秋納豆五斗四升軍斗
田中中等每畝夏納小麥三斗七合軍斗秋納米
伍斗四升軍斗地中中等每畝夏納小麥貳斗柒
升軍斗秋納豆貳斗七升軍斗田下等每畝夏
納小麥貳斗叁升肆合軍斗秋納米貳斗柒升
軍斗地下等每畝夏納小麥貳斗陸升陸合軍
斗秋納豆貳斗壹升陸合軍斗已上各係租戶
自出耕具種糧淨納租數立爲定額每年責令
管莊僧行照夏秋兩料拘催趁納如有頑戶拖
欠仰申提督官廳立限催促或遇災傷本莊具
申本司委官
覈實檢放

實濟院隸轉運司寶祐六年二月創　省劄太中大夫
新除戸部侍郎
總領淮西江東軍馬錢糧專一報發御前軍
馬文字兼提領措置屯田兼江南東路計度轉
運副使余晦狀照對本司恭準　省劄給降
黄牓備奉　御筆俾監司守臣軫念軍民刱置

養濟慈幼藥局等事晦謨將漕 指務廣
聖恩遠在部内既因牒訴以達民 情近在目前
可無惠利以蘇民瘼竊念建康爲今日陪都生
齒繁阜前參知政事臣眞德秀將漕日曾置慈
幼壹局凡嬰孩之遺棄于道有能收養者月給
錢米至七歲乃止踰四十年相仍不廢然鰥寡
廢疾之無所養者未暇慮及 正圖所以爲賑贍
之策 明命一攽敢不祗奉 德意遂於本府
右北廂欽化橋下踏逐到總所舊酒庫後閑
地壹段鼎新建造門廊房室通 陸拾餘間總牖
庖湢床榻衾帳色色具備採取黄牓中語名
曰實濟院收養無告之民以壹百名爲額每名
月支米陸斗鹽菜錢一十五貫文柴錢五貫文
按旬給散且委通直郎本司主管文字洪穮專
提其綱受給抱關皆分兵吏職之壹歲通計米
柒百五拾碩錢貳萬伍千貫文拾柒界竊照本
司自端平年間置賑恵解庫壹所以壹拾萬貫
文拾柒界爲本椿收利錢以備預糴濟民因楮

價折閱本錢失陷攢息無幾自晦到任借撥官錢肆拾萬貫文量收解息數月之間得利倍之若滿壹歲綽有餘用晦今將久例當得之錢撥塡元借窠名行下賑惠庫正作伍拾萬貫文附簿永充典本截自晦離任日尚有利錢貳萬玖千餘貫儘可了今年實濟院月支之費本司蕪湖縣奇納倉歲有耗剩米稗助經常今於本任內將收到米令椿壹千碩留供本院歲給自此每歲椿撥爲例且於漕計初無虧損見今伐石登載規式以示傳遠儻繼者更能推廣

上恩緝續善意使天民之窮免至夭閼與德秀之慈幼局經久並行其於 九重懷保惠鮮之政不爲無助除已具錄奏聞外欲望

朝廷更賜敷奏劄下本司照應施行貳月貳拾叁日奉 御寶批知外右劄付江東轉運司從所申事理將上項庫本錢令項具入交承帳內其收到息錢專充養濟院支散不許妄行移用具遵稟申 尚書省準此○**院記**聖天子新

美百度　純亦不已迺寶祐五年冬十有一月壬
戌肆放　御筆風厲臺郡修明舉幼贍窮藥疾
建院設局之實政憂民恤下堯舜之用心也丁
丑制書馳傳下于江東爰飭漕臣總覈一道九
郡孚浹羣聽職也建鄴維今　陪都生齒蕃夥
先是參預文忠眞公深惟治所　思有以廣
上德意不使嬰孩弃而不舉爲支泉粟以鞠撫
之滿七歲乃止人樂收養免於夭閼于兹四十
載四明余公晦來將使指喟然曰幼而生生有
倣賴矣鰥寡孤獨天民之窮者而未有常䘏非
缺歟將營圖之會奉　明詔迺度地欽化橋下
明年春正月辛酉工徒竝作而屋廬之房室有
列翼以門廡凡六十間而扁摭黄牓語號曰
實濟院額以百人人予之米有常予之薪若蔬
準以泉有常典之以官若吏有常歲會之粟以
斛計七百有五十泉以楮計二萬有五千取粟
於蕪湖之庾餘而正其名取泉於賑䘏之藏息
而益其本可以均而無浮可以久而無匱今而

居斯宇廩斯養晝處而夜息支羸而起疲咸得其所以遂續天地生生之大德所謂無告者不待告而知免矣刻可存劑藥剗僞售贋始至既一新之　朝家遴布福星任之漕槖於此可以觀矣或曰一人惠育元元必先其大者此特其細縷謂不然撥諸周官以慈幼養老振窮恤孤寬疾之政佐天子保安萬民大司徒職焉而可細視之歟　上指仁厚孋美有周將順惟其人是可書已戊午寶祐六年春二月既望朝奉郎廬山南馮去非記

制使姚公希得任內重修**養濟院**院創於嘉定其來已久事關賙卹當加之意景定五年二月十三日興工重新整葺總費壹萬壹千貳百余緡米捌拾貳石叁斗有奇

慈幼局咸淳元年正月馬公光祖鈞判參政眞公創慈幼局當使將漕時嘗增月給而本府前此乃欠舉行街市間有遺棄小兒合立規模收養仍委官提督今具條式如後

一本府城内外諸廂貧民遺棄小兒或願收養者具四鄰保明狀申提督官廳差人審實出給歷頭照寶祐五年　大使已行例先支抱養錢十八界四貫米五斗月支十八界二貫米三斗至七歲住支

一遺棄之時恐未便有人收養遂先雇乳婦四名每名月支十八界六貫米五斗

一嬰孩寄養在乳婦家萬一無人收抱亦合區處今自一歲後照抱養人例月支十八界兩貫米三斗就令婦家權行撫育如有願就乳

孀之家接續抱養者聽月給照支

一每月一申民間抱養數併寄養乳孀家數申提督官廳支請錢米仍仰各攜抱赴官點名以防僞冒其有病患者仰不移時經提督廳給藥或有事故即時具申銷籍所有本府錢米作四季成料撥付所委官廳收管月申總數銷豁錢一料以十八界五百貫米以百石酒三百瓶爲準

一行下諸廂及兩縣尉司嚴督地分巡邏諸處如有抛棄小兒仰即時申解提督廳每收一人與支犒酒一瓶如鹵莽失收覺察到官廂官閣俸地分等人等第究斷仍關緝捕房專一覺察

一收到小兒恐無衣着本府逐時支撥絹布并支無用衣服發下改造責令孀子付小兒裝着

景定建康志卷之二十三

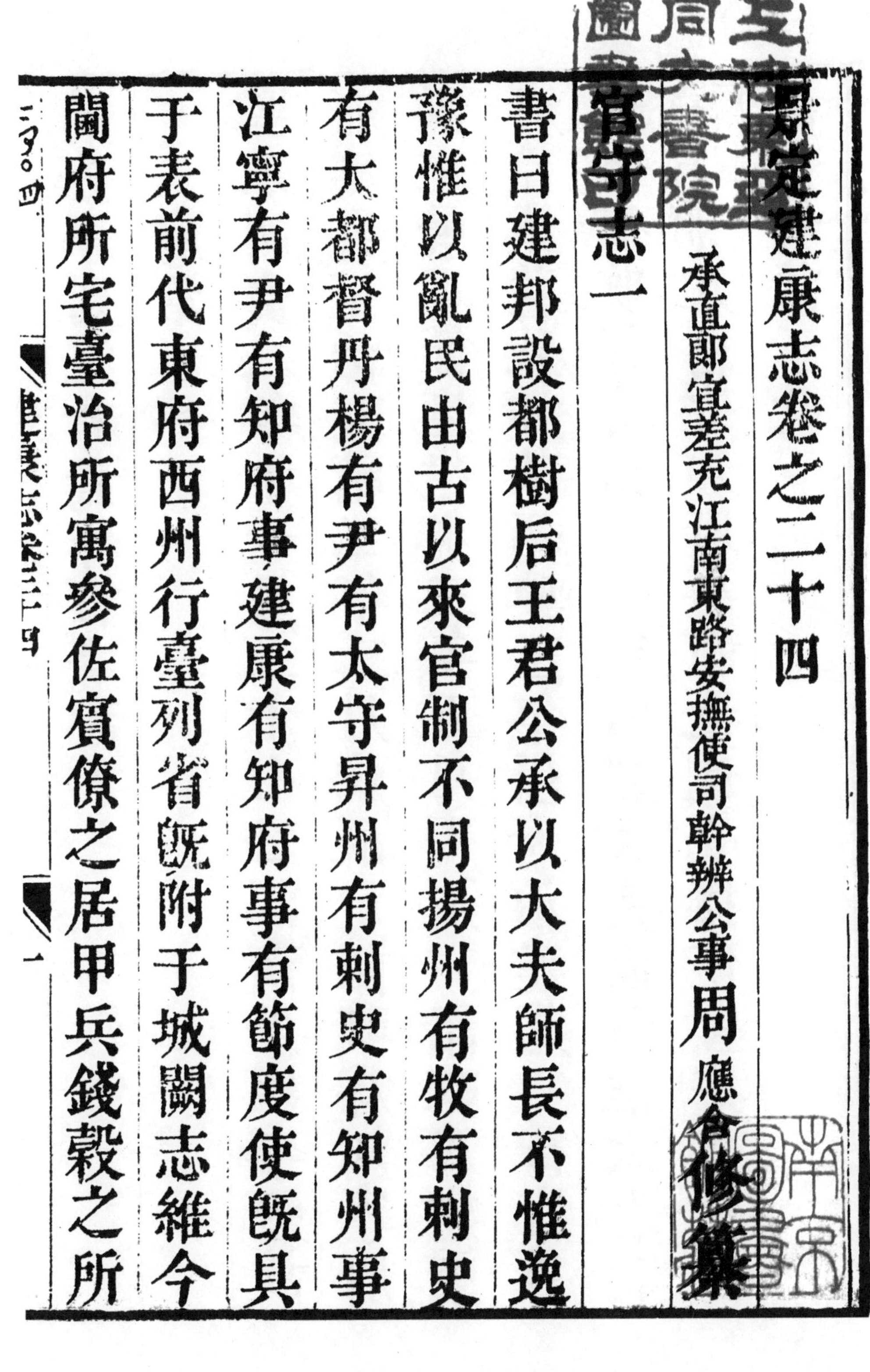

江南圖書館

景定建康志卷之二十四

承直郎宜差充江南東路安撫使司幹辦公事周應合修纂

官守志一

書曰建邦設都樹后王君公承以大夫師長不惟逸豫惟以亂民由古以來官制不同揚州有牧有刺史有大都督丹楊有尹有太守昇州有刺史有知州事江寧有尹有知府事建康有知府事有節度使既具于表前代東府西州行臺列省既附于城闕志維今閫府所宅臺治所寓參佐賓僚之居甲兵錢穀之所

彙分序列宜考焉作官守志

府治

聖宋開寶八年十一月二十七日江南平以李煜故府爲昇州治天禧二年二月戊辰　詔改爲江寧府置建康軍節度建炎三年五月丙辰　詔改爲建康府節鎮舊號如故紹興三年以府治建爲　行宮以轉運衙改爲府治在　行宮之東南隅秦淮水之北詳見府廨圖　凡留守知府事制置使安撫使宣撫使兵馬都督皆治于此

設廳居中左右修廊
戒石亭在設廳之前
儀門在戒石亭之南
府門在儀門之南
鼓角樓在府門之旁
清心堂在設廳之後
忠實不欺之堂在清心堂之後堂名乃
宸翰所賜前有二齋左曰雲瑞右曰日思
右史陸公壡記云堂制使尚書馬公要

皇帝御扁作也初乙卯冬壑解節濡須道金陵
謁入公肅于玉麟揭忠實不欺之堂六大字壑
拜而請曰伊
上之賜昭公之心將易而名諸公曰否余起疏
逖際熙明猗無他技蚤莫檢省惟忠惟實惟不
欺慊未能也頊竢皐神皐登侍　清燕自天有
賁是訓是彝實朝夕企瞻罔敢替明日讌正堂
六大字復臨乎上公之意可識矣稍環顧厥屋
傳聽事後面偪腋侵袤不能十丈老而將墜壑

輒啓公曷若斥大其制以奉璧奎之躔使邦之人近光而自勸沿名而胥儆哉公未許也越三載夏孟辛卯倂圖及書來謚政豐理裕百廢具飭堂徹而新矣扁揭而奠矣以予知顛末尚爲我記之壓竦而作曰非忠實不欺然邪昔之君子聽政修令辯儀定志亦既疏戶廷截阼戺至其醻酢餘隙以涵以滋又必有爲之地參之舍延壽之閣韋郎之宴寢是也矧陪都地鉅物夥表拓襄鎮有臨護之大有湊犇之衆胥湫則煩

祁壅則涸所以賡續其無倦權度其汎應不在斯乎而百二十年來非乏名卿相寔廳宿圖更牘迭壁獨斯未暇者堂所安也纖繳於所安嫌也烏虖盡心之謂忠心所不便不容矯循事之謂實事所當革不容緩公寧弱攺作之犀而必遺後人以安身崇德之柢寧舍撝避之謙而必畀斯人以存我厚生之福非其中有不能頃刻居者必不忍自欺邪不自欺則不欺君矣退食之暇補旦晝而棲太虛質天日而葆方寸愈委

蛇愈儼恪愈渟深愈通溥堂也者其德之奧歟
雖然公人中龍也可以雷域中可以雨天下北
門鎖鑰非準不付一衣帶水果限南北邪或曰
一堂之營無述焉可也其不敢不述者公所命
也堂爲間七後是者五焉各翼以步廡臨以軒
軒中爲航齋公成畫也添差通判汪洵之治其
凡添差總管鄭良臣課其悉叶劭廼可五朏竣
事公遴委也公名光祖字華父金華人師事毋
自欺齋西山眞公有本固如是今以寶章閣學

士制置沿江兼留守　行宫云寶祐五年閏月旣望朝奉大夫行尚書禮部員外郎兼　國史院編修官實錄院檢討官時暫兼權　侍立修注官兼　崇政殿說書陸壓謹記朝奉大夫集英殿修撰知太平州軍州事兼管內勸農營田使節制本州屯戍軍馬胡大昌書幷篆蓋

靜得堂在忠實不欺之堂之後

玉麟堂在忠實不欺之堂之左後瞰青溪前臨芙蓉池**喜雨軒**在前**恕齋**在後**有竹軒**在旁**靜齋**在右**學**

齋在左杜父某記學齋云人不可以不知學也五常之性未嘗不均涵養日加然後光大人不知學愚者日以昏不肖者日以悖天之予我者亡矣是猶責履於跛責視於眇不足以有行不足以有明也百工伎藝罔不由學士大夫求善於吾身有用於斯世反不知學而甘心於昏且悖豈不謬哉余以非才荐更任使踰七望八分閫金陵軍民事夥坐廢讀書間得少休凝神默坐溫故知新不敢以老而怠府治便坐率高堂儆楹

以侈燕飲以合優樂非藏修肄習之處東偏有室三楹介於内外頗爲安便止留北窻餘悉窒塞殊失艮背之義甓久地潤非昏曉重着之所宜於是辟南以得明棧地以離濕其南正面堵墻一物無所見寸步不可行子曰人而不爲周南召南其猶正墻面而立周官曰不學墻面遂名曰學齋讀書於此延客於此間亦治事於此仰而思之夜以繼日求其所當學者庶幾於理明達視有所見行無所礙則是墻也爲吾之銘

盤爲吾之丹書不然閉而不覩其何以行之哉

錦繡堂在玉麟堂之左上爲忠勤樓堂名樓名皆

宸翰所賜庭中左右植金華二石屋之其前爲木犀

臺又其前爲碑亭有堂在左曰水鄉

退庵吳公淵記臣至愚極陋老又及之

陛下未忍棄捐使待罪江閫臣雖職思其憂不

敢食焉怠事然課功會績自視闕然廼五月丙

寅　御筆涣頒以臣粗著忠勤除臣資政殿

學士職任如故臣得寵驚惶拜恩感泣大懼無

以對揚　聖天子顯休命會郡樓新成乃拜手稽首有請乞　宸翰揭其上庶幾舉頭仰詹鞠躬佩服威顔咫尺罔敢有越厥志　天穹聽卑朝奏夕賁蚪騰龍翔之勢銀鈎鐵畫之體自炎尭以來擅書聖者弗能及石頭鍾阜秦淮青溪水涯山巔若草木若泉石莫不衣被　天光膏沐　聖澤榮耀無比而況於邦之人況於邦之守乎臣既已肅冠裳訊龜筮昭扁榜勒金石用詔無極又拜手稽首言曰昔我　高皇嘗以風

雲慶會賜臣沂中逮我　孝廟亦以明良亭會
賜臣浩然皆私第非公宇　太宗雖爲臣易簡
書玉堂之廬然在禁密之地非外藩服今臣蒙
恩賚實出創見天下郡國蓋鮮有此豈非希闊
之遇千載之一逢與夫霍去病之志滅匈奴祖
逖之誓清中原此疆埸之臣之所謂忠諸葛亮
之經事綜物陶侃之運甓惜陰此疆埸之臣之
所謂勤臣不敢不策朽磨鈍圖報　陛下萬分
一臣淵惶懼惶懼頓首頓首淳祐十年十二月

下澣資政殿學士太中大夫沿江制置使充江南東路安撫使馬步軍都總管兼營田使兼知建康軍府事兼管內勸農使兼　行宮留守節制和州無爲軍安慶府兼三郡屯田使金陵郡開國侯食邑一千三百戶食實封壹百戶臣吳淵拜手稽首謹言

西廳在忠實不欺之堂之右

安撫司僉廳在西廳之西詳見安撫司

制置司僉廳在儀門之東詳見制置司

府都僉廳在儀門之西

鎮青堂在府廨之東北其上爲鍾山樓其後爲青溪道院木犀亭曰小山菊亭曰晚香牡丹亭曰錦堆芍藥亭曰駐春皆在堂之左疊石城山上爲亭曰一丘一壑下爲金魚池亭曰眞愛其南爲曲水池亭曰觴詠又其西爲杏花村桃李蹊亭曰種春竹亭曰深凈梅亭曰雪香海棠亭曰嫁梅皆在堂之右青溪一曲環其前左有橋通水鄉名小垂虹右有橋通錦繡堂榜曰藕花多處皆郡圃也其堂之奥榜曰紬書景定

修志其中故名堂之東便門通青溪道中

西花園在安撫司僉廳右馬公光祖改爲**惠民藥局**

看窩二所其一在西花園之東南臨御街榜曰**近民**

馬公光祖改爲**軍裝局**其一在嫁梅亭後臨東虹橋

通判廳

國朝會要置諸州通判各一員西京南京天雄成德等州各二員江寧府初置一員嘉祐中審官院言西京北京荆南江寧府等並是京府及安撫使都鈐轄分領州鎮其通判今後並以知州資序人差充其後

視西京等例增置一員分東西二廳其後又添差一員以朝士充是爲南廳今東廳在府子城內之左西廳在子城內之右南廳在子城外之西南各有題名

東廳壁記 官有丞輔尚矣於事大從其長小則專達所以別長貳正名體也秦初置郡則有丞漢以來治中別駕隋唐司馬長史郡贊治名官殊所以佐守一也粤我

藝祖懲藩鎮弊置通判以分州權事無所不預至得按察所部意若使之權任與鈞器能相用設施同慮

休戚一體非復餘長貳比事久而殊意寖非初因鈞齊之力立嫌偪之勢佐其長而不能使其跡不疑於長於是有不敢任事者則以丞負余爲解惟金陵不然居守率重臣鉅人無偪與嫌疑競不生上佐帥郡從事日至簽事廳鉅細歸程督視他州第以香礬茶鹽經總制爲事所於兵民賦役聽斷占位書惟謹而不預知其故者絕不同初葢獨員繼乃增置故東西對峙爲倅兩廳其曰東廳者初置員也建炎紹興初師興應百須此官號繁劇後雖屯重戌而王人振糧

道東倅職兼審計軍稍而已無作調度事嘗少省矣自北鄙繹騷兵既休而歲洊飢淮民流至府下以萬計課稟給條賑捄策弭盜是不一端開封鄭公鎮以祕閣來適丁斯時鷄初鳴明燭坐公所筆不及停慮不敢暇佐治之勞幾與闕决天邑比而公以四姓之英天分高薰蒸不凡動有典刑處之常裕如暇日閱聽壁舊記慮鋟梓易漫刻著于石不以志行位下且不在能言之流俾書其端夫人惟力閒暇而後心和平心和平而後設飾有緒念公於倥偬不暇之際而

能去苟且爲悠久非材有餘能爾耶昔志行大父南
渡初倅是邦幾四寒暑供軍嘗殫勞舊記顧軼其名
豈歲月在追紀以前故耶兹不敢求附於書獨叙陪
都貳車體異於佗郡而事夥於今日者如此且見公
能以易處之使來者有攷焉嘉定二禩長至從政郎
總領淮西江東軍馬錢糧所準備差遣蔣志行記

秦規右朝散郎紹興八年二月到任十年三月内任滿

鄧邦寧左朝散郎紹興十年三月到任十二年[illegible]月任滿

蔡佑右宣教郎紹興十二年四月五日到任十四年四月初五日任滿

張敏功　右朝奉大夫紹興十四年四月初六日到任十六年四月初六日任滿

張頡　左朝奉大夫紹興十六年四月初十日到任十八年四月初十日任滿

葛與時　右朝散郎紹興十八年四月十二日到任十九年五月內

黃兌　右朝奉大夫紹興十九年七月到任二十一年八月二十五日任滿

徐璞　右奉議郎紹興二十一年八月二十六日到任二十二年十月十四日任滿

王賓　左奉議郎紹興二十三年十月十五日到任

楊雲　左承議郎紹興二十五年五月十四日到任二十七年六月初七日任滿

周淙　右奉議郎紹興二十七年六月六日到任二十九年八月二十三日任滿

蘇師德　右朝奉大夫紹興二十九年八月二十二日到任三十一年改除

平茶塩
公事

葛祺　右通直郎紹興三十一年七月二十三日到任隆興二年正月一日任滿

吕正已　右朝奉郎隆興二年正月一日到任當年六月二十五日改差知無爲軍

張維　左朝奉郎元係添差隆興二年六月二十五日填吕正已闕乾道元年三月十五滿

李大亨　右朝奉郎乾道元年三月十五日到任三年四月十三日任滿

嚴煥　左承議郎乾道三年六月十八日到任五年六月二十五日任滿

任元愷　右承議郎乾道五年七月初十日到任六年四月初十日改差主管台州崇道觀

秦淵　左朝散郎乾道六年四月三十日到任八年四月三十日任滿

李壁　右朝請郎乾道八年六月十二日到任淳熙二年二月初三日任滿

錢穢之 朝請大夫淳熙二年二月初三日到任淳熙四年三月初八日任滿

王復 朝散郎淳熙四年三月初八日到任淳熙五年八月初八日致仕

陸靜之 朝散大夫淳熙五年十二月十四到任淳熙八年閏三月初一日任滿

范棟 承議郎淳熙八年閏三月初一日到任淳熙十年四月初五日任滿

洪邃 承議郎淳熙十年四月初六到淳熙十一年十一月轉朝奉郎十二年八月二十五滿

詹承宗 朝奉郎淳熙十二年八月二十五日到任淳熙十四年八月初十日轉朝散郎

李誼 承議郎淳熙十四年十二月十五日到任

高特 朝散郎淳熙十六年十月十四日到任紹熙二年十月　日任滿

畢希文 朝散郎紹熙二年十一月二十一到任三年二月十一日轉朝請郎紹熙四年十二月二十七滿

范成績　朝奉大夫紹熙四年十二月二十八日到任

朱贇　奉直大夫慶元元年八月二十七日到任

連逢辰　朝奉大夫慶元二年十二月二十二日到任慶元五年正月二十二日任滿知英德府

鄭師尹　朝奉郎慶元五年正月二十三日到任嘉泰元年正月三十日任滿知信州

鄒補之　朝奉郎嘉泰元年二月初一日到任當年九月二十五日致仕

傅公邵　朝奉郎嘉泰二年二月十四日到任嘉泰四年三月初三日任滿

高得全　朝散郎嘉泰四年三月初三日到五月轉朝請郎開禧二年四月任滿知黃州

趙善瓌　朝請大夫開禧二年四月二十日到任次年正月十六日致仕

尤棐　朝奉郎開禧三年五月十八日到任嘉定二年五月十八日任滿知衡州

鄭鎮　承議郎直祕閣嘉定二年五月二十一日到任至四年五月二十一日任滿

施誠一　嘉定四年六月十七日到任嘉定五年十二月二十一日終

張宗泌　朝散郎嘉定六年四月十一日到任至嘉定八年十二月十七日任滿

吳鋼　承議郎直寶謨閣嘉定八年十二月到任嘉定九年五月初九日改除太社令

潘標　奉議郎嘉定九年十二月到任至嘉定十一年八月特改差通判臨安府

林叔誠　奉議郎嘉定十一年十一月十四日到任十三年十二月十八日任滿

沈杲　宣教郎嘉定十三年十二月二十八日到任十四年四月十四日致仕

尤爚　通直郎嘉定十四年十一月十四日到任至嘉定十六年十二月初六日任滿

王瀹　朝散大夫嘉定十六年十二月初七日到任至寶慶二年二月初九日任滿

趙崇慤 朝請郎寶慶二年二月初十日到任至紹定元年四月十三日任滿

錢顯祖 朝奉大夫紹定元年四月十四日到任至當年十二月二十四日致仕

吳焯 朝奉大夫紹定二年四月到任三年二月特差兼沿江制機四年四月就任差知高郵軍

樓樾 朝請郎紹定四年七月到任五年閏九月轉朝奉大夫六年九月初十日任滿

衛湜 朝奉郎於紹定六年九月初十到端平元年五月二十四日改差知全州

趙希珦 朝散郎端平元年十月到任二年七月轉朝請郎八月差監行在左藏東庫

呂好問 奉議郎端平貳年十月到任三年二月因賞轉承議郎四月轉朝奉郎嘉熙元年十月除耤田令兼沿江制置使司參議官嘉熙元年十一月初六日替

周宷 朝散郎嘉熙元年十一月初六日到任嘉熙二年閏四月二十二日致仕

薛坦朝散郎行太社令嘉熙二年五月到十月除軍器監簿仍舊通判三年八月轉朝請郎三年六月除軍器監丞兼都督軍馬行府主管機宜文字

趙希倉朝散郎嘉熙四年正月到任淳祐元年八月二十一日罷任

費伯英宣教郎淳祐元年十一月到任二年六月内坐奏贓吏論祠

婁體仁奉議郎淳祐二年八月到任三年三月轉承議郎四年

秦九韶通直郎淳祐四年八月到任十一月丁母憂解官離任

趙希溎朝奉郎淳祐五年三月到任因賞轉朝散郎七年四月滿

陳夢龍淳祐七年四月到任九年四月得官交替

江㷆淳祐九年四月到任十年六月差充江東帥參

沈璧　淳祐十年十一月到任十一年十月轉朝散郎十二年二月▮日隨司解任

范慶家　朝奉郎淳祐十二年三月到任十一月▮日差知循州

韓爽　通直郎淳祐十二年十二月到任寶祐改元三月兼分差審計司二年九月轉奉議郎十二月任滿辟充江東添差帥參

陳訔　朝請郎寶祐三年三月到任五年二月轉朝奉大夫四月十五日滿

揚瑶　朝散郎寶祐五年四月到任開慶元年四月制劄差權安慶府六月初三日滿

李逢魁　朝散郎開慶元年六月初三日到任

張士遜

西廳壁記廳壁有記古也建康爲今　留都地重事夥倅貳治所在戟門之外西東對峙余承乏于兹首問舊政而西獨未之聞維昔建一官而分是職前英後傑固不乏人紹興戊午李公宏被薦入臺代之者宗子趙公畧見於東廳之記自時厥後無從稽考豈舊有碑而偶不存耶抑因循而未克建立也於是詢訪耆老得前政姓名自戊辰沈公大有而下凡二十有九人其到滿歲月屢加搜求無能知者因念史之闕文自古而有春秋夏五郭公之書是矣敢以史筆

之法書其可知者見于左方庶幾後來者有所攷云

慶元戊午孟夏望日江陰何武仲記

沈大有　承議郎紹興十九年在任

史俁　朝奉郎

梁審禮　中奉大夫

史琮　中奉大夫

李衡老　朝奉郎

邢孝肅　承議郎直祕閣

張郯　宣教郎

劉子昂朝請大夫

方璹承議郎

路由中承議郎

梁季珩宣教郎

何幾先奉議郎

周樞朝請大夫

潘恕朝散郎乾道六年在任

鄭復朝請大夫

馮田承議郎

程行儆朝奉郎

張埏承議郎

姜凱承議郎

陳驥朝奉郎

高曇宣教郎淳熙八年十月到任

薛琛朝奉郎淳熙十年十月二十一日到任

汪憺朝奉郎淳熙十一年八月二十六日到任

蔡瑆朝請大夫淳熙十三年十月初三日到任

朱致民承議郎淳熙十五年十一月初三日到任

廖俣 朝請郎紹熙元年十一月十五日到任

林光祖 朝奉郎紹熙三年十二月二十四日到任

王萬樞 朝散大夫紹熙四年七月二十八日到任

林致 承議郎慶元元年八月初七日到任

何武仲 朝奉大夫慶元二年十二月二十二日到任

陸相 朝奉郎慶元四年十二月二十七日到任

汪檝 朝請郎嘉泰元年三月初四日到任

何洪 承議郎嘉泰三年三月二十一日到任

翟昀 承議郎嘉泰三年六月二十八日到任開禧元年七月十七日任滿得替

李椆 朝奉大夫開禧元年七月到任三年八月因賞轉朝散大夫三年九月初一日任滿

張綎 承議郎開禧三年九月到任嘉定二年十月[illegible]滿替

莫祕 朝請大夫嘉定二年十月初八日到任嘉定四年十一月初六日滿

陳章 承議郎嘉定四年十一月初六日到六年閏九月勑差提轄 行在榷貨務都茶場建康府置司

李渙 朝奉郎嘉定六年十二月到任八年十二月轉朝散郎二十一日滿

曾耆年 嘉定八年十二月到任九年六月轉朝散郎十年十二月任滿

孫仁榮 嘉定十年十二月到任十二年十二月任滿

趙汝璽 嘉定十二年十二月到任

彭耕 嘉定十四年二月二十八日到任

趙汝靚嘉定十六年三月二十四日到任

汪繹寶慶元年四月到九月轉朝請郎三年四月任滿續差知興國軍

沈柔孫寶慶三年四月二十七日到任紹定二年四月三十日任滿

汪鬪中紹定二年四月三十日到任

汪文舉奉直大夫紹定四年六月到任十二月劄差權和州紹定五年九月初七日回任

衛价朝散郎紹定六年六月十一日到任端平二年二月初二日滿任

唐璘朝奉郎端平二年二月到任至端平三年十月初一日除監察御史

樓扶宣教郎端平三年十一月到任十二月轉通直郎兼沿江制機嘉熙元年九月丙祠離任

林宜孫承議郎嘉熙二年四月十七日到任十月十二日丁父憂離任

豐雲昭通直郎嘉熙二年十二月到任嘉熙三年三月改添差通判臨安府

朱嶸承議郎嘉熙三年四月初七日到任至淳祐元年□月□日滿替

盛文昭通直郎淳祐元年六月到任七月初三日離任

史彌厚朝請郎淳祐元年十一月到任淳祐二年七月初十一離任

陳允堅奉議郎淳祐三年十一月與祠

趙時鎹承奉郎淳祐五年三月到任四月差監鎮江府分司糧料院

高衡孫承議郎淳祐七年四月到任八年七月差幹辦行在諸司審計司

虞珏通直郎淳祐八年八月到任十月轉奉議郎□年四月權真州分司檢閱官

王同祖奉議郎淳祐□年十一月到任次改添差沿江制司機宜文字

葉隆禮承奉郎淳祐十年十月到任至十二年二月改除國子監簿離任

宋宗宣教郎淳祐十二年八月到任至寶祐二年十月滿

何處任承議郎寶祐二年三月到任五年閏四月初八日滿替

幸應中朝散郎寶祐五年閏四月到任避親離任

葉溥承議郎寶祐六年二月到任開慶元年四月日轉朝奉郎

王起晦通直郎景定元年正月十一日到任二年正月改差沿江制置大使司參議官

行在諸司

審計司

薛季弼朝奉郎景定二年五月二十八日到任

南廳壁記　國家駐蹕錢塘而金陵爲留都地望雄重東南會府莫先焉以旄鉞出鎮者率宰執大臣故別駕之選特重蓋古河南少尹職也他郡別駕一人或二人此獨視　行在所又有員外置爲三例以處廷紳補外者職清事簡府公不盡吏之號方外司馬人以爲榮顧其創置歲月且深前人氏名漫不可攷非闕歟寶祐戊午梁侯椅由太史氏爲之鋭欲攷訂蠹石以俟會　召還不果代者廖侯邦傑方捃摭故實俄遷它官去迨潘侯夢奇來乃踵成之求諸故府自

嘉熙戊戌後得其氏名者僅十有四人悉疏歲月下方刻之堅珉闕典始備潘侯諗余俾識顛末余復之曰題名不可闕也抑名之不朽豈顧在是江州司馬之職非廳壁一記則不傳然其傳也以樂天不以記否則唐之爲司馬者何獨樂天千載而下磨滅誰紀士大夫自爲不朽計可也潘侯曰善因併識之以告來者侯京口人大資政馬公光祖鎮金陵以其嘗爲尙書省檢閱文字還辟云景定改元歲在庚申孟秋朔日文林郎宜差充沿江制置大使司幹辦公事吳

季子託迪功郎建康府司戶參軍兼僉廳袁充書朝散郎沿江制置大使司參議官孫吳會篆蓋奉議郎宜特改差通判建康軍府兼管內勸農營田事仍借緋兼沿江制置大使司主管機宜文字潘夢奇立

戴宗昭奉議郎嘉熙三年十二月十九日到任

陳有成奉議郎淳祐元年正月二十四日到任

黃約夫朝奉郎淳祐二年九月初一日到任淳祐四年九月初一日再任

費伯隆通直郎淳祐八年三月十八日到任

高斯復奉議郎淳祐十年八月二十日到任至淳祐十二年二月改差池州通判

章墀 朝請郎淳祐十二年八月二十日到任

潘驤 朝散郎寶祐二年九月二十七日到任至寶祐四年□月□日改辟添差江東帥參

何宗姚 承議郎寶祐四年八月初六日到任十二月準省劄與沿江制機汪洵之兩易其任

汪洵之 通直郎寶祐五年八月二十一日到任至當年十月内除官告院

汪立信 宣教郎寶祐五年十月十九日到任

梁椅 宣教郎寶祐六年六月到任開慶元年三月除宗正寺簿

廖邦傑 承議郎開慶元年二月改差仍兼淮西餉管三月除告院仍舊十二月改辟江東帥參

潘夢奇 奉議郎景定元年正月二十七日到任十月轉承議郎二年五月轉朝奉郎

職官廳

職官三員一曰簽書建康軍節度判官廳公事廨舍在府門内之左通判東廳之南二曰節度推官廨舍在府門内之右通判西廳之南三曰觀察推官廨舍在府門内之左簽判廨舍之南各有題名

簽判題名 簽幕號郡寮之長 陪京大府叉匪它郡比其選任亦不輕矣若昔譽髦秀雋接踵而居是職不知凡幾顧瞻四壁莫有紀其名氏使後來者漫然亡所考究兹非甚闕典歟余以嘉定甲申之秋充員

于茲旁搜故牘推迹累政思欲輯爲廳記力猶未給一日上元趙令尹時僑語余曰吾縣有題名之碣鐫勒遍矣將伐石以續丙君爲之文當併釆其石以爲君贈可乎余曰諾厥既得兹石於是命工以刻之然縣禩之邈者不可得而詳近自三十年來有替上始末之可考者僅得大魁傅公而下凡十人遂列于右雖不能盡述乎既往抑將有開於方來云寶慶初元歲在乙酉立秋日朝奉郎簽書建康軍節度判官廳公事賜緋魚袋劍津鄧文舉仲文謹識

傅行簡　承事郎嘉泰三年十二月內到任至開禧元年五月二十一日召赴行在

樓栩　通直郎開禧元年七月十一日到任至開禧三年九月二十三日滿替

蔡震　承議郎開禧三年九月二十四日到任至嘉定三年二月十一日滿替

朱元龜　承議郎嘉定三年二月十二日到任至當年五月初七日致仕

趙與懃　承務郎嘉定四年閏二月十七日到任至五年十月內丁父憂

王師閔　承事郎嘉定七年二月初十日到任至九年正月初四日致仕

袁甫　承事郎嘉定九年三月十三日到任至十年五月二十六日召赴行在

何叔智　承議郎嘉定十年十二月二十六日到任至十三年二月二十一日滿替

葉時　朝散郎嘉定十三年二月二十二日到任至十五年六月初三日滿替

石孝睦承議郎嘉定十五年六月初四日到任至十七年七月二十五日滿替

鄧文舉承議郎嘉定十七年七月二十六日到任

王脩通直郎寶慶二年八月十二日到任至紹定元年九月初五日滿替當月初七日準省劄差充六部提領酒庫所主管文字

余元廙承議郎紹定元年九月初五日到任

毛汝大奉議郎紹定三年十月十二日到任至紹定五年十二月二十日滿替

吳當可朝請郎紹定五年十二月二十二日到任六年九月二十七日準省劄差充沿江制置使司主管機宜文字

潘晉孫

葉之瑞通直郎端平元年十二月初二日到任至嘉熙元年■月■日滿替

李尚朝奉郎嘉熙元年四月二十六日到任次年九月二十五日致仕

賀駿嘉熙二年十二月十四日到任淳祐元年四月初六日離任赴班

沈時中淳祐元年四月初七日到任至淳祐三年四月二十八日滿替

趙汝玖朝散郎淳祐三年四月二十八日到任

陸杞承議郎淳祐五年八月二十二日到任

黎九德宣教郎淳祐八年四月初五日到任

施沂承直郎淳祐九年四月十五日到任

曹之格承事郎淳祐十年九月初六日到任至十二年十月十三日改知上元縣事

趙與濂奉議郎淳祐十二年十月初八日到任至寶祐二年十月二十六日準　省劄差通判建康軍府事賜緋魚袋

高純嘏承務郎寶祐二年十二月初八日到任至寶祐四年七月十二日致任

于庭蘭承事郎寶祐四年十一月十三日到任

王文子宣義郎開慶元年二月二十一日到任

劉曾奉議郎景定元年十二月二十六日到任

節推題名

官無崇庳職有更代所以識名氏紀歲月使後之視今猶今之視昔示不忘也金陵帝王州節鎮繫焉 南渡以來佩麟符而宅司牧者非宰輔則法從勢隆位尊非它守比地廣民夥非它郡比昌黎所謂元戎總齊三軍之事統理所部之政蓋節度推官實得以贊禪焉信乎非閎辯通敏兼人之材莫宜居淳熙間趙公彥橚嘗繇是官階通顯自時厥後類不乏賢而紀載之文獨闕不著流以庸虛承乏於茲藐焉暇日因訪耆吏得趙公而下凡十有一人會前

官程君德臣復來司酒政以乙酉班通籍而行盛事也故樂與之綜輯次第而鑱諸石若夫廨宇之將圮工役之未至則實以無它事力故不得以究一日必葺之意後之來者能以沆前之所叙者爲功名勉以沆後之所歎者爲交締好則是記也不特爲識名氏紀歲月而已也嘉定甲申中秋日儒林郎建康軍節度推官程沆謹識

趙彦𣚴

宋覽

趙善[illegible]

趙善象

趙善璉

李尉

蔣肅 開禧元年七月二日到任

趙希闓 嘉定元年八月十六日到任

錢莘 嘉定四年十月五日到任

程德臣 嘉定八年十一月二十日到任

王遵度 嘉定十二年正月十八日到任

程沇　嘉定十六年二月二十四日到任

虞允榮　寶慶二年三月十一日到任

趙溁夫　紹定元年三月十七日到任

强琪　紹定四年四月十四日到任

趙汝静　紹定六年四月十四日到任

羅叔韶　端平二年六月二十九日到任

趙希㽚　端平三年三月二十三日到任

趙希堈　嘉熙三年七月初五日到任

湯通　淳祐三年四月初三日到任

袁徽 淳祐六年七月十九日到任

趙汝槀 淳祐八年八月十二日到任

楊繼祖 淳祐十年十月初八日到任

趙汝訓 寶祐元年十月十九日到任

魏瑢 寶祐四年十一月初十日到任

陳開先 寶祐六年十二月初一日到任 景定元年十二月初一日赴班

葉起翁 承直郎景定二年四月[illegible]到任

建康志卷三十四

察推題名　建康古爲王者之宅六朝南唐遺蹟具存高宗南巡　駐蹕錢塘以是爲陪都嘗因視師臨幸麟符留鑰謀帥重於它鎮非當代名位俱隆者不在茲選寮寀亦不以輕授故每號爲得士焉余鄉人劉宗直叔向由慶元五年乙科爲觀察推官善於其職貽書求爲壁記余聞是邦衣冠走集之地商賈輻湊軍民雜糅宜乎官府日不暇給而飭訟最稀庭無留事莫府省文書幾若道院然雖流風餘俗其來有自非賓主多賢積而致此邪自紹興七年趙君不藺而

下得二十餘人閲其名氏如丞相蔣公以文章著侍御蕭公以風節顯貳卿巨公入則爲朝廷羽儀出則爲郡國標表進用固未艾也去此而登膴仕者又不一此官之不輕如此宗直勉脩其益攄婉畫以佐而長以昌賢業以繼諸名公之軌躅豈惟所居之官大抑鄉黨與有榮焉嘉泰三年冬至日顯謨閣直學士通議大夫提舉江州太平興國宫奉化縣開國子食邑五百戸四明樓鑰記

趙不蘭 紹興七年到任紹興十一年任滿

馬昇之 紹興十一年到任紹興十四年任滿

張滋 紹興十四年到任紹興十七年改官

陳興善 紹興十七年到任紹興十九年十月致仕

趙公衡 紹興十九年到任紹興二十三年任滿

張舜由 紹興二十三年到任紹興二十五年任滿

蔣芾 紹興二十五年二月到任紹興二十七年六月丁憂

蕭之敏 紹興二十七年九月到任紹興三十年任滿

曾宗鎮 紹興三十年五月到任隆興元年任滿

趙伯衍 隆興元年三月到任乾道二年四月任滿

丘崈 乾道二年四月到任 乾道五年四月任滿

褚意 乾道五年四月到 任乾道八年任滿

王以寧 乾道八年十一月到 任淳熙三年任滿

郭繼道 淳熙三年三月到 任淳熙六年任滿

劉慤士 淳熙六年四月到 任淳熙九年任滿

白仲舉 淳熙九年五月到任 淳熙十二年任滿

趙善紀 淳熙十二年六月到 任紹熙元年任滿

趙崇禮 紹熙元年閏五月到 任紹熙二年致仕

李埴 紹熙二年九月到 任紹熙四年致仕

趙善惪 紹熙四年十二月到任慶元元年九月丁憂

趙彥泉 慶元二年三月到任慶元五年七月任滿

陳公慶 慶元五年七月到任嘉泰元年十二月丁憂

劉叔向 嘉泰二年三月到任開禧元年四月三日任滿

趙黔夫 開禧元年四月三日到任

俞道一 嘉定二年四月初六日到任

袁肅 嘉定二年五月二十八日到任嘉定五年七月初三日任滿

馬壬仲 嘉定五年七月初三日到任嘉定八年五月[illegible]日任滿

趙師淨 嘉定八年九月到任

趙彥楠　嘉定十年四月二十三日到任
嘉定十三年五月四日任滿

鮑克正　嘉定十三年五月四日到任

趙汝然　嘉定十六年三月十一日到任

呂樗年　寶慶二年九月十一日到任

江思祖　寶慶三年十二月十九日到任
紹定四年五月二十二日任滿

趙汝俊　紹定四年五月二十二日到任
端平元年七月日任滿

張榘　端平元年七月二十八日到任
嘉熙元年七月二十八日任滿

趙善仏　嘉熙元年八月十七日到任

張應星　迪功郎嘉熙四年四月二十四日到任

林溥從事郎淳祐三年十二月二十一日到任淳祐五年正月十三日陳乞避親離任
王肖翁承直郎淳祐五年六月初六日到任
葉春從政郎淳祐五年十二月十五日到任至淳祐八年二月初五日任滿
趙與進從事郎淳祐八年三月初六日到任至淳祐十一年五月初二日任滿

制使姚公希得任內創置府幕官廨宇一所本府職官闕廨舍景定四年五月二十五日買內西夾道民廬一區爲屋一十四間永充官宇厥直一萬三千五百貫今添差節推居焉

景定建康志卷之二十四

景定建康志卷之二十五

承直郎宜差充江南東路安撫使司幹辦公事周應合修纂

官守志二

諸司寓治

古今牧守更代已具年表

皇朝諸司置使或兼守或以守兼領或不兼守而寓治于府或非寓治而府遙隸之以某年置以某年省以某年復官制沿革皆宜有考圖之左方如指諸掌各司大要志于圖後

都督軍馬

都督江淮等路諸軍事

紹興二年四月置寓司建康府吕頤浩張浚繼爲之三年四月詔移司鎮江府

隆興元年六月改爲宣撫司尋復二年省

同都督江淮諸軍事建康府措置

紹興二年九月置劉光世爲之尋省

都督江淮東西路建康鎮江府江陰軍江池州軍馬

隆興元年九月置湯思退楊存中繼爲之

同都督江淮東西路建康鎮江府江陰軍江池州軍馬

隆興元年九月置楊存中爲之十一月落同字

督視江淮京湖軍馬

淳祐七年四月置以趙葵爲之兼知建康府江東安撫使九年省

江淮宣撫

江東淮西路宣撫使

建炎　年置劉光世爲之置司池州建康隸焉光世後省

江淮東西路宣撫使

隆興元年六月以都督張浚降授置司建康兼節制

本府屯駐軍馬尋復都督

鎭江建康淮東路宣撫使

紹興四年三月置韓世忠爲之尋改江淮宣撫使

壽春府滁濠廬和州無爲軍宣撫使

紹興元年七月置寓司建康以江東安撫大使知府

兼領葉夢得李光繼爲之光後省

江東宣撫

江東宣撫處置使

紹興三年置張浚先爲副尋陞使浚後省

江南東路宣撫使

紹興五年置張浚爲之浚後省

開慶元年十月復置加大使除趙葵未至改除東西路宣撫置司它郡

江南東西路宣撫使

紹興元年置韓世忠爲之　詔留建康世忠後省

開慶元年十一月復置加大使趙葵爲之寓治它郡

景定元年五月省

江淮制置

江淮兩浙路制置使治建康

建炎三年置兼知府尋省

江淮安撫制置大使治建康

紹定四年十二月置兼知府六年二月省

江淮制置使治建康

開禧三年二月置兼知府江東安撫使嘉定十年正月省

紹定三年十二月復置加大使十二月安撫制置合爲一

淮西制置使寓司建康

嘉熙元年三月置以沿江制置使兼領淳祐二年免兼

江東制置

江南東路安撫制置使治建康

建炎三年三月置以知府兼四月省

紹興八年六月復置加大使十五年四月省制置惟

安撫使仍舊

沿江制置使治建康

建炎三年八月始置紹興元年六月省

乾道三年九月復置六年二月省

開禧二年六月復置

嘉定二年九月復置紹定三年十一月改江淮制置

紹定六年復舊

右或以江東安撫使知府事兼領或兼知府事及

撫使或爲使或爲大使氏名並載年表

江東安撫

江南東路安撫使治建康兼馬步軍都總管

大中祥符三年置五年省

宣和三年復置建炎三年五月以制置合爲一

四年省制置二字安撫仍舊

紹興八年二月加大使六月又以制置合爲一

十五年省制置二字安撫仍舊

右安撫制置或併爲一或分爲二或二使相兼或置一省一視時緩急也或兼守或以守兼或主管公事或爲使或爲大使視官崇卑也氏名並載年表

屯田使　營田使

江淮制置專一措置屯田

開禧三年置淳祐元年改

節制和州無爲軍安慶府三郡屯田使

淳祐元年二月置以沿江制置使兼領二年加節制二字

江南東路營田使

淳熙二年三月置

以江南東路安撫使兼

都督府　　同都督　督視

唐武德二年以江寧府爲揚州東南道行臺置尚書省七年改行臺爲大都督府領上元金陵句容丹楊溧水溧陽六縣襄邑王神苻檢校揚州大都督九年徙江北治江都

皇朝紹興二年四月二十七日　制以呂頤浩依前特進尚書左僕射同中書門下平章事兼知樞密院事都督江淮等路諸軍事參謀官二員參議官二員主管機宜文字二員書寫機宜文字一員幹辦公事

官十員准備差使文臣十員准備差使大小使臣各二十員准備將領使喚十員參謀官差戶部尚書李彌大祕書少監傅崧卿參議官差直顯謨閣李承造左宣教郎劉寧止隨軍轉運使差左司郎中姚舜明崧卿除徽猷閣待制舜明寧止除祕閣修撰承造除直龍圖閣○閏四月四日　上諭呂頤浩曰卿耆艾有勞今總都督之任方以大事委卿不當復親細務昔諸葛孔明罰二十以上皆親之司馬宣王以爲必不能久唐太宗諭房杜聞公聽受詞訟日不暇給安

能助朕求賢乎卿自今凡事繫大體者裁决其餘細務闊畧可也○八日吕頤浩言逐路如有潰散軍兵無歸百姓散走藏匿乞令招收使喚逐旋具數申奏仍乞降庚牌旗榜二十副付頤浩招收使用從之○七月二十四日徽猷閣待制都督府參謀官權主管本軍事傅崧卿言奉　詔吕頤浩赴　行在奏事職事令崧卿權行主管頤浩見任宰相領都督之職元降　指揮於今來事體有窒礙合行申稟行移文字除三省樞密院自合依舊用狀六曹用獨銜申狀除

兵將官及屬部官司仍用劄子外餘並用公牒其牒以主管府事爲名一逐路應統兵大小將帥並許聽節制一欲乞內江東安撫大使司一路事務崧卿自可與李光會議商量與决餘兩大使司并餘路分並乞且從逐路大帥依已得便宜指揮一面施行其都督府元留下諸頭項人馬未有降下聽崧卿節制明文一元降　指揮許從便宜施行訖具奏今來權行主管府事即難以行用乞從申　奏或申都督乞詳酌施行　詔元留下人馬權令傅崧卿節制餘並從

之○九月二十八日呂頤浩等言都督府申請到畫一指揮見遵依施行外今來同都督諸軍事官一員見欲總兵起發前去建康府措置緣畫一指揮內止許辟差參議官二員幹辦官十五員准備差遣文臣十員今來防秋是時全藉官屬分頭協力委是數少除同都督官許差本宗有服書寫機宜文字官一員幹辦官五員准備差遣文臣十員其辟差請給理任等並依已得指揮從之○三年正月八日 詔差戶部侍郎姚舜明前去建康府將應干都督府承 朝

廷支降并諸官司起發到及本府應干取撥錢物糧斛並仰姚舜明專一總領仍於都督府選差有風力諳曉錢穀屬官四員充糧料審計司監官其應干都督府管下官兵幇勘請給等並經由戶部糧審院依條批勘支給其江東路轉運司合應副都督府錢糧事務並就近聽戶部措置施行時以都督府請依舊例差戶部長貳一二員前來專一總領大軍錢糧故有是詔○四月七日三省言已降　指揮劉光世建康府置司所有都督府合移於鎮江府照應兩軍機

務　詔都督府移司鎮江府○五年二月十二日
制以左通奉大夫知樞密院事張浚特授左宣奉大
夫守尚書右僕射同中書門下平章事兼知樞密院
事都督江淮諸軍事○六年十一月二十日　詔都
督行府江上措置邊事一行官吏軍兵諸色人等備
見勤勞可令張浚等第保明以聞○隆興元年六月
十四日　詔少傅樞密使都督江淮軍馬張浚特降
授特進依前樞密使江淮東西路宣撫使○七月四
日　詔江淮都督府官屬並改充江淮東西路宣撫

使司初浚以符離之役降特進　上曰罷樞密使宰臣陳康伯奏曰如此卻是罷政　上曰可改都督府爲宣撫使至是參贊諸軍事陳俊卿奏降官示罰古法也亦其自請改都督府爲宣撫司恐人情觀望號令不行　上曰此未可也及殿中侍御史周操論官爵者人臣一己之私有罪隨即貶削乃分之宜若都督之名實國家用人之權柄豈得亦行遞減　上曰此論甚善可與復都督府康伯等奏已有指揮　詔浚之子栻候到日降指揮　上曰善繼又曰不必候栻來〇八月八日宰執進呈降授特進樞密使張浚見措置江淮軍馬理宜增重事權　詔可復都督江淮軍馬〇九月二十一日特進尚書左僕射同中書門下平章事兼樞密使湯思退特授都督江淮東西路建康鎮江府江陰軍江池

州屯駐軍馬餘如故○二十三日太傅寧遠軍節度使楊存中可除同都督江淮東西路建康鎮江府江陰軍江池州屯駐軍馬○二十七日湯思退楊存中劄子言臣等蒙恩除都督已降指揮以江淮都督府爲名臣等同議如同在置司去處只合用都督府印其奏狀榜示同行僉書或分在兩處亦合以江淮都督府爲名合用印通行繫銜仍於階下聲說行在或出使庶得事權歸一從之○二十八日湯思退楊存中劄子又奏臣等契勘昨孟庾韓世忠充宣撫使副日兩

員共差置官屬三十員張浚獨員都督差過官屬二十二員使臣監當官在外今來臣等係兩員今參酌裁減差置下項參贊軍事元差二員係從官已行除授參謀官乞不差置今乞差參議官主管機宜文字主管書寫機宜文字各二員幹辦公事四員准備差使六員點檢主管書寫文字共三十人分撥一半先次隨逐存中前去從之○十月一日　詔中書門下省檢正諸房文字兼權戶部侍郎王佐充都督府參謀官從湯思退之請也○二十三日湯思退言臣備

位宰相被命督師惟敵人雖已識和而奉使尚未過界屯邊之兵數十百萬當此霜嚴不無暴露之歎臣欲擇日同屬官起發至淮上宣布德意撫勞師徒從之○二十七日湯思退劄子奏臣契勘先請降到犒賞金銀五十萬貫已附楊存中先次將帶前去乞更支降五十萬貫乞於左藏南庫支降見樁糴本銀內支一十二萬兩并見在金內支三千兩從之○十一月六日 詔朕屈已遣使欲安軍民而虜情變詐邊圉稱兵所有魏杞等將帶禮物金銀疋帛可令都督

府拘收及於左藏南庫支撥見錢三十萬貫令都督江淮軍馬湯思退將帶前去並充犒軍支用○七日詔王之望可除同都督江淮軍馬湯思退依舊帶都督可只在朝差王之望充督視限兩日起發既而王之望辭免從之○同日湯思退言恭奉　聖旨令臣依舊帶都督在朝竊緣臣備數宰相既預軍國之任今來不去淮上不應復領都督職事欲望聖慈特令解罷其一行官吏軍兵等日下放散各歸元來去處○九日　詔同都督江淮東西路軍馬楊存中可特

授都督江淮東西路軍馬○十四日　詔湯思退
請降到激賞金銀官告等並撥赴楊存中充激賞支
用令樞密院差使臣二員管押前去○乾道元年二
月六日都督江淮軍馬楊存中言邊境綏靖臣依奉
聖旨赴闕奏事所有江淮都督府伏望特降　睿旨
立限給局應諸軍功賞疾速保明聞奏○淳祐七年
四月十八日　制以通奉大夫知樞密院事兼參知
政事長沙郡開國公趙葵可特授樞密使兼參知政
事督視江淮京西湖北軍馬依前通奉大夫長沙郡

開國公加食邑一千戶食實封四百戶續奉　御筆
兼知建康軍府事　行宮留守江南東路安撫使五
月二十六日就鎮江府交割職事○八年二月招泗
獲捷五月奉　聖旨轉三官○癸奏曰邊頭事勢堅
總督府之建不容不權一時之宜事勢稍緩便當結
局蓋將士有支犒之費官吏有廩給之用况其他費
用又倍蓰常臣自被命開府以來仰體國用匱乏凡
朝廷科降銀絹錢米一毫不敢妄費而支用已覺瑟
縮只以支犒泗城及斷橋功賞一項爲數計叁百餘

萬金銀牌器不預焉若不早行結局其何以支况今
諸郡城壁堅固將士勇悍雖賊又經摧敗之餘度無
緣尙如前日懷輕視之心以制臣任閫圉之責朝廷
又每事應接儘足以屛蔽藩翰所是督府乞行結局
欲望聖慈宣諭大臣檢會臣累次奏請早賜施行如
此則不惟朝廷無度外之費且使諸邊閫臣得以一
意任責其於國事實非小補　詔荅曰朕獨知邊情
念不可不先事而備乃授督鉞總師干卿位冠樞臣
身膺隆委營度上下流不以暑寒輟日討軍實而申

徼之表淮襄江氣勢聯合固已得勝算矣虜猶襲前跡而動負恃其衆輒大入闖我泗城睍我盱楚邊吏以遽告賴指授孔夙諸將士爭奮勇鏖擊虜震壞不能支既又蝟聚南北堧梯橋築甬欲爲久駐計我師急攻竟使失勢潰以去連年虜盜邊未嘗壹大治無所懲今犬羊敗衂徙靡庶知其憚中國乎卿之功甚偉覽疏洊致解嚴請且以兵費爲慮義不辭難忠於體國此卿素所蓄積者歌出車勞還豈非朕所欲然狡謀叵測武備當益謹及此時籌思永圖若稽田厥

既蓄勉終其亂幸爲朕小留益以成卿勲名顧不美歟（）[illegible]又奏自寇退之後屢具奏關乞早效結局之命至今未準回降臣亦以專委督機朱申前去泗上覈實功賞效犒將士未見支遣錢物實數不敢疊冒天聽今月初一日朱申已回幕府一一出豁了當兼據朱申體探事情賊酋自敗衂之餘多已北遁目今天氣向熱春水日生所謂撓耕踐麥之謀未必再舉督府結局茲惟其時臣區區愚慮此去秋風已無多日正不可因寇退而忘後圖若督府結局則邊閫必

能專任其責不然則彼此含糊徒費時日其於邊備尤關利害欲望聖慈檢照臣累次奏請特降結局指揮容臣退歸田里少休神觀他日或有繁難任使謹不敢避○五月初六日　宸翰賜奏令帶職入奏○十二月二十八日奏奏曰去歲賊騎深入兩淮繹騷由春涉夏愈無忌憚誤蒙聖斷俾臣視師臣受命以來亟攻軍政外而城守之踈畧內而舟防之簡陋悉力措置大畧就緒而賊之重兵已聚淮泗仰憑國威隨就勦郤事定之後累十數疏告　陛下乞還田里

温詔勉諭至于再三御筆許以來春臣時以諸事尚欠綿密亦恐前勞俱廢所以更不固辭一年之間凡關備禦知無不爲事粗辦實自念忝備大臣不敢纖悉而言今幸三邊皆無動息且新春在目虜縱有哨騎所在足可支吾臣自揆何人叨竊已過但期粗了國事自來不解身謀廟堂烏可以久居衰病委難於入奏兼臣兩年督府除元科降之外並不曾再科一錢一粟勉强撑拄至今若不結局委成徒費除已見行攢類結局文字纔候春哨不入便當拜疏乞祠併

督府印繳奏○九月正月葵奏曰督府兩年支費浩瀚屢欲陳乞科降而不敢若結局稍遲則用度愈多立見匱乏乞速降結局指揮○二月又奏今來春序過半邊聲帖然雖據諜者所報如三汊口如蘄縣如蔡州皆有呰小賊馬住坐不過張耀虛聲防吾攻掠况自二月以來風雪雷雨淮水驟漲茫洋如海水面至有闊二三十里者據諸處報水勢逐日增長賊雖有武騎千羣無所用之目前決可保其無他况行府一應文書錢物軍馬器械之類悉已攢類具成帳冊

除合寄留建康府外所有元來科降銀絹官告度牒並不曾支動分毫及有用不盡官會見已差從事郎新除武學諭兼督視行府準備差遣胡大昌武功大夫閤門宣贊舍人特添差江南西路馬步軍副總管江州駐劄仍釐務督視行府計議官兼都總轄許國定管押裝船起發解還朝廷作院已行住工軍馬已行區處外別無不了事件兼以諸司明知督府結局行移往來已多解體見行劄下令制司及沿邊諸郡各自任責措置備禦若結局指揮尚復悠緩則人情

事體愈見渙散關係甚重謹再具奏聞欲望聖慈特
降睿旨日下結局容臣歸老田里實拜隆天厚地之
賜所有建康府合行遴選守帥併乞宣諭宰臣速賜
施行其督府一行官屬昨具奏關乞與在外合入差
遣欲望聖慈速賜處分〇閏二月　制授葵金紫光
祿大夫右丞相兼樞密使長沙郡開國公加食邑一
千戶食實封四百戶第七次辭免乞畀祠官　制除
觀文殿大學士醴泉觀使兼侍讀仍奉朝請

宣撫使

皇朝置宣撫使始於咸平宣撫置司建康則始於紹興○紹興元年五月一日　詔宜令江南東路安撫大使呂頤浩兼充壽春府滁廬和州無爲軍宣撫使○五月十六日被　旨宣撫司合行事件並依呂頤浩昨任江東安撫大使日所得畫一指揮施行每歲撥錢四十萬貫米二十萬石○七月十六日江南東路安撫大使兼知建康府充壽春府滁濠廬和州無爲軍宣撫使李光言合辟參議官二員已辟宗頴外

更乞差左中大夫盛旦從之○九月二十四日　詔太尉武成感德軍節度使韓世忠充江南東西路宣撫使○三年三月二十七日　詔太尉武成感德軍節度使神武左軍都統制充江南東西路宣撫使韓世忠可特授開府儀同三司充鎮江建康府淮南東路宣撫使○四年三月二十四日宣撫使韓世忠言昨來申所屬官乞依舊例其參謀官係與轉運使副叙官參議官與知州軍朝請大夫已上叙官機宜幹辦公事並依發運司主管文字叙官准備差遣與簽

判叙官今準　朝旨宣撫司參謀參議官與提舉茶鹽官叙官機宜幹辦與通判叙官竊慮屬官叙位不應降等兼緣與今發運司主管文字幹辦公事在所部通判之上今來宣撫使司機宜幹辦公事却與通判叙官顯見宣撫使在發運使之下詔參謀官係知州資序人與提刑叙官參議官係知州資序人與轉運判官叙官機宜幹辦公事並依發運司主管文字叙官○六月一日鎮江建康府淮南東路宣撫使韓世忠言乞依昨任江南東西路宣撫使日已得畫一

指揮行移除安撫大使外並用劄子從之○七月三十日　詔鎭江建康府淮南東路宣撫使司行移本路帥司用公牒所部縣並用劄子○十一月二十日江南東路淮南路宣撫使司言本司官屬内幹辦公事三員准備將領五員准備差遣准備差使各五員緣今來事宜之際軍事繁冗全要官屬辦集郎今見有官屬數少委是幹當不前乞依韓世忠例添差逐色官屬庶幾易爲集事從之○五年正月十八日詔武成感德軍節度使開府儀同三司充鎭江建康

府淮南東路宣撫使韓世忠除少保依前武成感德軍節度使充淮南東路宣撫使鎮江府置司○三月六日三省言劉光世韓世忠見充淮南西路宣撫使緣逐軍見在鎮江府太平州屯駐　詔劉光世兼太平州宣撫使韓世忠兼鎮江府宣撫使○三月十三日定江昭慶軍節度使開府儀同三司江南東路宣撫使張浚言本司參議官左中奉大夫直祕閣史愿見係添差通判嚴州欲望特賜改差平江府添差通判候交割了日乞令帶行見任依舊權本司參議官

將來事平日罷本司職事前去供職從之○六年十一月十四日諸路軍事都督行府言朝廷今欲恢復中原所賴者正在諸大帥幕府尤要得人自兵興已來士大夫一入軍中便竊議而鄙笑之指爲濁流皆緣朝廷未加審擇一聽其辟差故所用之人或坐罪廢或報私恩或因應副或出于求貪利覓官署無去就之節有更十年而不退者如朝廷稍擇賢才以重其選乞應軍中屬官悉以二年成資替罷立爲永格諮應宣撫司屬官許本司奏辟或朝廷差除選人候

舊三年外餘並以二年爲任如願留再任者聽本司申取朝廷指揮○十一年四月二十七日 詔韓世忠張浚已除樞密使副其舊領宣撫等司合罷遇出師臨時取旨逐司見今所管統制統領官將副已下並改充御前統制統領官將副等隷樞密院仍各帶御前字入銜○四月二十八日 詔韓世忠張浚宣撫官屬並優與陞等差遣○紹興三十二年七月八日孝宗已卽位未改元 張浚除少傅依前觀文殿大學士充江淮東西路宣撫使建康府置司進封魏國公○十月

二十九日江淮東西路宣撫使司言本司屬官欲依四川宣撫司主管機宜文字與監司幹辦公事與知州序官從之○隆興元年六月十四日　詔張浚特降授特進依前樞密使江淮東西路宣撫使節制建康鎮江府江陰軍江池州屯駐軍馬試尚書禮部侍郎陳俊卿降授左朝散大夫充敷文閣待制參贊軍事唐文若降授左承議郎尚書戶部員外郎馮方降授左承事郎直祕閣查籥差充江淮宣撫使司參議官都督府官屬並改充江淮東西路宣撫使司○七

月七日　詔昨都督府進討特許便宜行事今都督府已罷應宣撫司軍事並合聞奏取旨其前降便宜指揮更不施行○八月八日　詔宣撫使張浚依舊都督江淮軍馬詳見都督○十二月二十八日張浚言昨承恩降節制兩淮後來改除宣撫都督江淮軍馬二年防秋偶免曠闕除臣與近上官屬自不當陳乞所有臣隨行官吏軍兵并應辦軍前實有勞効之人欲望從臣保明比附前後宣撫司督視府等處月日體例特賜推恩施行從之

制置司

制置使自建炎始置初以安撫制置合爲一後析爲二或以制置兼安撫或以安撫兼制置或省制置併其事於安撫司近年專以制置司爲重而安撫司之事則甚簡矣江淮制置或合爲一或分爲二又或以沿江制置兼淮西制置近年惟沿江制置仍舊常兼節制和州無爲軍安慶府三郡屯田使其初有使有副使有大使後省副使侍從以下充使尚書以上充大使其兼知建康府者已詳于表今以制置司沿革

大概志于左

建炎元年六月二十六日詔右司員外郎劉寧止除直龍圖閣同提領水軍沿江制置副使○閏八月一日詔奉議郎徽猷閣待制淮南西路制置使胡舜陟除沿江都制置使知建康府兼江南東路安撫使王羲叔沿江制置副使○二年二月吕頤浩扈從至秀州除資政殿學士同簽書樞密院事江淮兩浙制置使引羸兵千餘人守揚子江乃沿路名募潰散之兵得四五千人就鎮江府之北枕江下砦與金人對岸

相持僅一月頤浩被甲乘輕舟時於江中往來督責軍將官以舟濟渡江北被虜逃歸官員士庶軍兵家小及選募敢死之士過江遇夜燒刼虜砦又分遣兵將官沿江上下招集潰兵金人北去　朝廷命頤浩領江寧軍府事○紹興元年九月二十六日詔江東西湖南路上供錢糧久失措置夏秋二税上戸拖欠不催下戸受弊逐路盗賊尚衆至今招收未盡可差戸部尚書孟庾帶見任充江東路宣撫制置使其應干財賦拘催蠲放依　條照赦施行務要寛恤民力

其上供錢糧催促依限起發應賊盜當招收或掩擊者並委相度措置條具聞奏〇三年八月二十三日上宣諭宰執曰史正志條具舟師利害其間有可行者魏杞奏曰見史正志之論甚有理　上曰欲早行措置蔣芾奏曰　陛下將來要差大臣出使不若先遣史正志他時可爲參贊　上曰便差知建康仍兼沿江制置使自建康至鄂渚舟師並令總之〇八月二十九日新除集英殿修撰知建康府兼沿江制置使史正志言契勘今沿江制置司除專一措置水軍

海船要爲久遠利便之計所有合用印記今乞於禮部關借奉使印前去專充制置司使用所有擬差僉廳一司官吏竊慮耗費財用今只就用安撫司僉廳官吏兼制置司職事却乞復置省罷闕請給依安撫司屬官例屬官所帶銜位稱江東安撫司沿江水軍制置司所有庫務更不別置凡有修造船隻教閱支費就用安撫司錢物並從之○四年三月十四日史正志言乞將到任後節省到錢內支撥見錢十萬貫收係制置司水軍赤歷於出産木植州軍收買桅木

就建康自置船場增造一車十二槳四百料戰船相兼使用從之○六年以後省制置司至開禧二年六月復置以朝請大夫寶謨閣待制知建康軍府充江南東路安撫使葉適兼沿江制置使三年二月十六日除寶文閣待制兼江淮制置使專一措置屯田○三年九月十四日以朝散大夫寶文閣待制知建康軍府事江南東路安撫使徐誼兼江淮制置使○嘉定元年正月五日以資政殿學士通奉大夫知建康軍府事江南東路安撫使丘崈改除江淮制置大使

兼知建康府○八月十四日以觀文殿學士金紫光祿大夫知建康軍府事江東安撫使何澹兼江淮制置大使其後龍圖閣學士楊輔及龍圖閣待制黃度寶文閣待制劉榘相繼皆以知府安撫兼江淮制置使○嘉定十年省江淮制置使○十二年九月復置沿江制置使以中奉大夫寶文閣待制李大東爲之兼知建康府江東安撫使後因之○紹定三年十一月十八日改沿江制置使爲江淮制置大使趙善湘爲之四年十二月又改江淮安撫制置大使○六年

七月以後復改爲沿江制置使李壽朋陳韡別之傑杜杲董槐趙以夫相繼爲之惟韡加大使○淳祐七年六月趙葵開督視府省制置司○淳祐九年正月督府結局復沿江制置司吳淵以端明殿學士充使兼知建康府江東安撫使其後王埜丘岳馬光祖趙與𥲅繼爲之惟與𥲅加大使○開慶元年三月資政殿學士馬光祖自京湖制置大使改除沿江制置大使兼知府事江東安撫使○四月空日準 尚書省劄子備文思院申準尚書禮部符備準 尚書省劄

子鑄造沿江制置大使司印一顆事本院除已遵稟
指揮勒令人匠如法鑄造一切了畢當官逐一點對
得篆文並無差錯所合申解赴　尚書省繳納給降
施行隨狀見到伏乞照會事右并封圓銅印一顆劄
送沿江置制大使司照應交收訖申　尚書省準此
大使馬光祖率參議官以下於五月初十日望
闕遥謝祗受行用○九月虜酋忽必烈領重兵偷渡
滸黄州　詔光祖進司江黄應援漢鄂景定元年三
月虜遁江面肅清光祖回司有　詔奨諭賜金幣尋

進資政殿大學士職任依舊詳見年表

制置司僉廳記

金陵古都會　行闕在焉自昔國於
江南而有志中原者未嘗不以此爲根本我　朝南
渡以來每遣重臣屋畱鎮守凡使命之出往往即是
而開幕府意者墬居江淮之咽恢拓有幾則可以釐
駐　鑾輅指撝關河承平無事則可以謹護風寒藩
屏　帝室固今天下之重鎮也粤自督眂宣威次第
省併而沿江制置之名始建於開禧二年之七月待
制葉公適首膺是遴越明年春易沿江爲江淮道嘉

定初元宣使趙公淳實爲制使而又以資政丘公崈爲大使其年夏竝　召還未閱月復以總餉李公洪區處制司事務又兩月觀文何公澹以知府行大使事是後更代不絕嘉定十二年　朝有分制之議閫學李公大東荐來帥守始復爲沿江制置使沿江之名於是乎定然逆數創司至於今無慮二十餘載而賓寮無僉議之舍文書無庋藏之所寶慶三年春二月先生自京口易鎮開藩問俗之餘首詢諸司幕府所在僉之者曰某所爲帥某所爲府制司則前是所

無節制司則附庸制司雖官吏亦未嘗有也先生喟然歎曰安有名爲顓閫而下行一郡江防之事職在兵機而曾無晝婉奠居之壓耶手疏其事亟聞於朝别爲節制一司顓官兼僉擬之職　廟謨可之一日見敗屋數十楹介於設廳之東偏問之則曰公使酒庫也因集寮屬而命之曰糟丘糜客之務何得遂枯於此盍爲我徙之麗譙之外以其壓爲制司議舍俾節制司附焉咸曰諾於是空其餠罌一撤而新之東序西嚮大門宏啓旁接府治所以便諮詢也東直

南嚮危樓中峙名曰議事所以諸僉謀也樓之下屋基傅礎戶庭四闢拾級而升者制幕之廳事也廳之陰朱門堊壁明窗而曲檻者制幕之燕坐也廳之左循除而下簷牙高啄傑出乎修廊之上者節幕之廳事也深入十餘步上爲複屋闢室如廳事之數東面而虛曠者節幕之燕坐也極目連甍之表有亭翼翼奇葩怪石參錯乎前修竹拂墻清流閶戶者兩幕之圃也迴廊曲屋區别盻分周環於左右前後者兩司之吏舍也東廊之外列屋二十餘穹瓦層樓鱗次而

角出者諸司之架閣庫也以至皁隷候伺之所庖湢猥微之墬洪纖小大莫不各適其宜而咸備其次焉眂帥司若府凡僉舍之素具者大有逕庭矣合而計之爲屋一百四十楹作興於寳慶丁亥十月二十八日竣事於紹興戊子三月初二日工以庸計凡二萬四千錢以緡計凡一萬一千米以斛計凡九百五十無非撙節公費而爲之未嘗請於　朝也葢先生天性沖澹雅意簡編凡而宴游之事交饋之禮一切拒卻而不疑冗蠹旣蠲帑積日裕用能費出於公而民

不知有役役必計庸而人不知有勞眞所謂不擾而辦者既落成好問因率同列請記其事先生曰務名之舉余之所羞也故所至公宇之建未嘗揭姓名於上棟間而況敢爲文乎好問復固請曰一司存之修廢夫豈足爲先生重輕特弗可無以識歲月使來者知所自始耳先生曰諗如是子盍自爲之而吾無須也好問退而繹之夫運籌帷幄之中然後可以決勝千里之外兵機固貴於密也而賓幕之無定所烏在其能密哉然則先生此舉非徒美觀瞻而已也壯威

重而已也處其中者必思有以副先生之望而後可用是歷敘顛末姑以竢他日大手筆之採擇焉先生諱善湘字清臣濮園五世孫登丙辰進士第由淮西制置移京口六年除理卿兼刑侍未幾以待制寶章閣來分閫云門生儒林郎差充沿江制置司幹辦公事呂好問撰門生承直郎辟差充建康軍節度推官兼制置司僉廳趙溁夫書門生宣義郎差充沿江制置司準備差遣葉宷篆額門生文林郎差充沿江制置司準備差遣孫定立石〇**景定重建僉廳記**自王

茂崧以幕府名山金陵幕帟爲天下重其來遠矣我
國家中興置陪都猶古京洛也襟帶江淮鏁鑰東南
緩急常先四方每開制置府　聖天子必選重臣涖
之其一時賓佐多元戎所自辟常爲天下選寶祐乙
卯秋資政殿大學士裕齋馬公自京尹來爲留守領
使事越二年易鎮京湖策應夔府上以金陵之思公
也明年復歸之鎮公先嘗總西饟至是命復兼焉凡
所領四司事三軍之號令黜陟征調餉給與夫統理
所部之吡故亦繁矣公率戊夜起掐紙束卷運筆颯

颯然立剖神洩枿去根株銖兩不忒闔事辦則府吏鶩行進矣晝漏未下饞事亦如之退與賓客四鄰交奏記表請耳受口訓一一詹舉出視議舍井井無一敢懈者公之再鎮也淳祖嘗以新安貳郡辱置幕下一日公會僚佐曰秋風動矣我輩當惜分陰顧事無一不當豫者僉署下窖弗稱晝諾其議改築旣而淳祖以公辟守康廬諜報韃虜由武沙闖江南犯鄂矣公遂提師至江黃雨雪載塗往來池口閒數四下流恃以爲固丞相沔清江漢中外底寧公亦旋軍治所

及淳祖被召過而謝焉間行廛邸則見民熟其仁軍
閑其律吏遵其法凡先賢風烈之可紀足以爲崇化
厲俗之方者靡一不舉青溪白鷺之上斧藻連雲如
跂斯翼入游幰辯則堂除昄列粲然華好矣諸賓佐
請於公命淳祖記之淳祖不敢辭也常從諸從事後
竊聞之惟公足以一衆惟廉足以厲俗惟勤足以集
事惟敏足以有功公以一身兼之氣剛志正自其知
行所至旦晝不能怠寒暑不能變壯老不能易也夫
事會無涯精神有限以淸虛玩歲月以談笑資功名

憂國者所諱也公之作新斯宇豈不爲相與任事者地與鸞鳳集林必將爲治世之鳴杞梓在圃必聚爲大廈之器公之變士以爲國也同將取材焉諸君子其毋忘公志皆曰敢不敬蚤夜以毋忘公之志役始於　月乙亥成於十月乙未門生朝散郎新除祕書郎陳淳祖記

淳祐題名記　嘉熙改元十有二月制使大學尚書別先生自姑孰分閫金陵是時首被羅致者叅議官則嘉禾李曾伯機宜文字則東嘉黄漢章幹辦公事則

古嘗吳堦準備差遣則番陽王應辰入幕之初讀壁修議舍記規橅一新知其昉於紹定改元之春實大資趙公分鬮之日也繼詢題名石刻則前未之有官寺題名所在皆然沿江大幕府乃因循未立非闕典歟因呼老吏叩曩昔幕屬姓氏其歷年之多者往往不能省記今自紹定改元以後裒次而登諸石庶來者有考焉夫題名特一事耳自堦濫巾幕下凡三見改歲至是始克立其亦有時乎淳祐改元上巳日堦謹書

○**寶祐續題名記**

國朝之制凡州縣吏弋命曰

上非堂授則銓注不可以自選也可自選而辟召者惟二三閫寄此大幕府所以號小朝廷也然命於上者其賢不肖才不才不能盡滿人意諉曰非成致也選於下者必旼類之相感才德之相若苟非其人則將諉諸誰乎韓子所謂知其客可以仰其主知其主可以仰其客顧不匪重邪淳祐十有二年春余叨恩分閫金陵望輕責重凜然思亟亯澄東僚羅士輿如亟遴葢不徒取其虛名必求其實用不徒取其嬖晝必資其忠規不徒取其苟同必盡其異見閱歲

再蓄羅而致者優廣智足以造謀材足以立吏忠足以勤上惠足以存下而又修之以詩書六藝之學其眡湖南之守客跡無愧焉故雖才品或殊職守有異而相觀爲善者莫不粹然一出於是是亦一昔之盛也幕府舊有題名間亦斷續偶得正石迺斷自余始至第其姓氏大書剮之後之來者隨政而繫其下諸君求余言余諗之曰人才之在天下用而後見久而後知仰於今者必有以驗於後觀於始者必有以要其終余之與諸君從遊於此也豈特爲一府之用哉

葢將聚天下之才爲天下之用諸君益栽其器褁之咸勿畔其所守而思其遠者大者繇是而洊聲宗于天朝人曰此沿江之賓客也則豈惟諸君之榮抑亦余之榮忝之哉遂劖其語於石之背寶祐二年六月既望金華王埜記

	參議	諮議	機宜	評議	幹官	屬官
寶慶					呂好問	葉宲
紹定			吳嘗		劉垕	
端平			王夫亨		樓扶	陳傳祖

嘉熙

呂好問
李曾伯
黃漢章
吳塄
章玹
陳夢斗

樓扶
周漢老
何自然
黃漢章
吳塄

包恢
吳塄
王應辰
趙汝歷
高斯道

孫定
劉屋
任棠
于大節
張蘊
江萬里
鮑遜
王應辰

淳祐

沈先庚
謝獻子
盧同父
王洪祖
趙時詁
杜庶

萬文勝

田士遜
章琢
汪誼

史鄰卿
曾宏用
鄭侶
吳七德
張天定
徐桀

趙崇玭
莫與及
曹怡老
趙汝攀
上官渙然
陳似孫
艾慶洪
許子良
劉自

寶祐

季鑰　陸墍　林子應　吳蒙　李仲鼇　秦九部　印應雷　孫吳會　徐邵孫

聶斌　王鑑　馬希驥

孫吳會　印應飛　沈炎　李介叔　張榘　胡居仁

濮順　馬希驥　薛叔仔　盛敬簡　陳燧

舒有開　胡蒙　潘驥　戴侗　劉弓　趙時鑛

陳南美　王雲　李彭老　方演孫　汪立信　房堅　韓禋　徐道隆　潘起予

胡居仁
張梗
陳元桂
眞志道
李迪
張槃

董烈
劉夢高
崔泰亨
孫一飛
馬揚祖
何宗姚
張嗣寬
趙孟屋
曾堅

潘泉　林奎
汪洵之　張炎
陳大震　王方烈
梁椅　朱端彝
陳謙亨　沈雷煥
程元岳　洪荷
袁稷　胡庭芝
陳肖孫
周節

開慶

張濟之 孫吳會

毛元龍 方澄孫 王泳祖 趙孟遷 王起晦 徐道隆 韓大正

畢衎 褚一正 盛敬簡 劉宗申

林子善 吳天澤 吳季子 王立本 家之巽

程宏祖 羅龕

景定

程若川

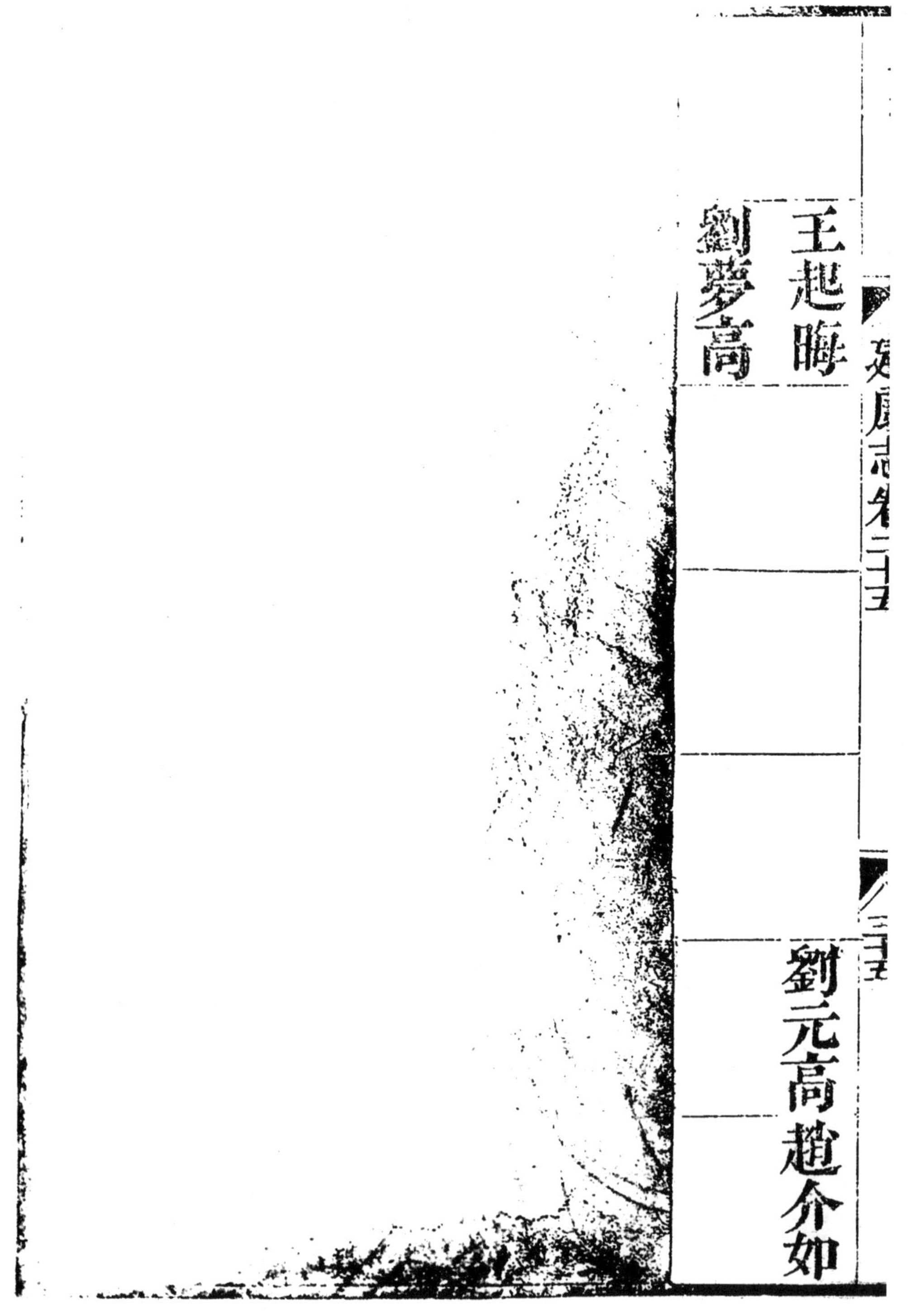
景定建康志卷三十五

王起晦　劉元高　趙介如

劉夢高

大使馬公光祖創制司四幕官廳制司屬官舊無廨宇或占官屋或僦民居殊失禮羅之意遂於青溪上兩貢院之閒度地鳩工鼎創叅謀叅議四位面勢宏濶堂宇靚深爲金陵諸官舍之冠經始於景定五年五月十一日至九月十一日落成工物之費總爲錢八萬一千三百一十七貫有奇

創制司幹官廳　制司屬官舊無廨宇或占官屋或僦民居殊失禮羅之意大使馬公光祖遂於青溪上兩貢院之間度地鳩工鼎創參謀參議四位面勢宏開堂宇靚深爲金陵諸官舍之冠經始於景定五年五月十一日至九月十一日落成

安撫司

大中祥符三年八月爲將祀汾陰屬江淮不稔令諸路各帶安撫使乃命知昇州張詠兼江南東路安撫使本州駐泊都監李重睿閤門祗候蔚信並爲都監仍出手札諭詠等轄下州軍雖不是災傷處亦當安撫無令墮農扇搖逃移官員有貪濁深刻昧於綏撫者速具事狀姓名以聞應州縣鎰納司見收欠負及依省司定限校科無可陪塡及該赦勅除放省司未明指揮者並權住區分開坐聞奏○四年六月　詔

曰朕以寡德臨茲庶方靡怠中旰之勤冀洽阜康之
治眷言江介迄彼淮濆水旱相仍田疇幾廢緬念黎
庶予懷惻然宜令起居舍人直史館李迪爲江淮南
安撫使閤門祗候張利用爲都監存問里閭察訪官
吏訊詳犴獄寬節財征務適便宜用圖安集○宣和
三年五月六日　詔江寧府守臣兼安撫使兼江南
東路兵馬鈐轄　臣僚言睦賊猖獗大兵奉行天討已
見平靖慮班師之後餘孽尚在理宜
措置竊聞　太宗皇帝嘗以蜀寇雖平尚有殘孽因
命趙昌言爲安撫招討之　神宗皇帝亦命劉瑾知
虔州兼江西安撫兵馬鈐轄今乞以杭　○國史職官
越知州並兼本路安撫使鎮撫一方

志經畧安撫使司經畧使安撫使各一人以直祕閣以上充所領州之寄任而爲之官名掌一路兵民之事皆帥其屬而聽其獄訟頒其禁令定其賞罰稽其錢穀甲械出納之名籍而行以法若事難專決則具可否稟奏卽干機速邊防及士卒抵罪則聽以便宜裁斷○舊制凡諸路安撫之名並以逐州知州充掌撫綏良民而察其姦宄肅清一道江南東路以江寧府知府充繼而江南東路安撫鈐轄司言被 旨於沿江置帥府要郡本路帥府文臣一員充都總管武

臣一員充副總管今來新制江寧府知府見帶一路安撫使合與不合便以馬步軍都總管繫銜　詔令帶馬步軍都總管繫銜○建炎二年三月八日　詔諸路雖各建帥府然於一路見任官吏初無節制指揮致斷習常態緩急難以集事宜令諸路安撫使便宜節制施行○三年五月三十日尚書省言今相度欲將江池饒信州爲江州路知州帶本路安撫使建康府太平宣徽州廣德軍爲建康府路知府帶本路安撫制置使其節制江東路軍馬及江州知州帶江

東湖北四字入銜並除去所貫名正事成號令歸一任責稍可從之○四年五月二十七日三省言沿江一帶道里闊遠若只於建康江州兩路置帥或恐照管不盡緩急有失機會今欲將江南東西路州軍分置三帥總轄內建康府路安撫使於池州置帥撥建康府池饒宣徽太平州廣德軍為所隸契勘建康府本係置帥去處緣本府至鎮江府不滿二百里相去太近而往江州計一千四百里遠近不倫獨江州正在鎮江池州之間若置帥於江州則沿江四帥相去

道里甚均實爲利便從之○紹興元年正月十日詔呂頤浩充江東安撫大使兼知池州餘依已降指揮○九月一日中書門下省言江南東西路舊以建康府洪州爲帥府置兩路安撫大使令東路大使兼知池州西路兼知江州二州地勢僻隘非建康府洪州比有失　祖宗分道置帥增壯國勢之意　詔江南東路安撫大使兼知建康府西路兼知洪州池州守臣今後選差武臣其紹興元年正月十日安撫大使兼知江池州指揮更不施行○二年四月十二日

詔江南東路安撫大使司准備差遣以辟文臣不得過十五員准備差遣以辟武臣不得過十五員爲定額其見差下人限指揮到並令依條減罷〇三年十二月中書門下省言昨除沿江三大使所辟官屬緣當時金人尙未北去兼李成馬進賊馬在近所以增置員額數多今來邊報寧靜別無羣寇其屬官理宜裁損 詔沿江三大使司許置參謀參議官主管機宜文字各一員幹辦公事三員文臣准備差遣武臣准備差使准備將領各以五員爲額其溢額人並依

省罷法施行○二十二日尚書省言諸帥司所置屬官多寡不同除差即非祖宗舊制當别行立定差格詔江東安撫大使許置參謀參議主管機宜文字各一員幹辦公事五員安撫使許置參議主管機宜文字各一員幹辦公事四員仍並令舉辟參謀參議避判以上資序機宜差第二任知縣資序人餘並令錄以上資序人餘依已降指揮

江東安撫使始於大中祥符其後省復不常至於建炎江南東路安撫制置合爲一使自吕頤

浩始後省制置惟安撫使仍舊紹興初置江南東路安撫大使自葉夢得始後省大字止除安撫使至紹興八年又以安撫制置合爲一加大使葉夢得復爲之其後孟忠厚張守皆因之十五年以後並省制置及大字止除安撫使至乾道三年以安撫使兼沿江水軍制置使史正志爲之後不兼制置至開禧二年又兼沿江制置尋改兼江淮制置自葉適始徐誼丘崈何澹楊輔黃度劉榘李大東皆因之嘉定十五年復兼

沿江制置紹定四年以江淮安撫制置合爲一使仍加大字六年仍以江東安撫使兼沿江制置使餘並省後皆因之或兼制置或以制置兼或充使或充大使並兼知建康軍府事具載年表茲不重述自參議以下題名如左

安撫司僉廳壁記　紹興甲寅九言來本司充員幹辦同僉公事冇閒因相顧日建康在六朝爲都邑北枕長淮東南引吳會江山横鶩城闕藹然自祖宗時已多用重人國家南渡嘗駐警蹕既幸臨安留

鑰之寄尤藉形勝以寬北顧之憂與往昔又不同非鉅公名卿畀命幕府賓客亦隨以重然時無外虞疆吏弗警帥司既稀任民事職甚清簡晨起入僉廳漏未盡三四刻即可歸休胥徒相忘庭宇蕭然金陵多廢跡或出而登望弔古固多餘暇雖有長才偉智欲奮厲自見亦何所施若一旦 天子赫然震耀威武將與仇讐從事則主人多受 旨督視諸將膺宣撫之任爲參佐者當臨戎授師中權贊畫羽書紛委動中機會其責豈輕是時雖有長才偉智恐猶弗給況

其下乎而吾人終日袖手燕坐能不少思哉機宜孫公起曰天下事豈應預料吾徒才智雖未必過人亦何足預憂姑寘勿問僉廳壁記未立前後幕府或居承平或當倥傯一時主人成大功興大利亦必有畫諾之助名氏不著後何所攷余終更去矣欲搜揚載籍次其歲月而列之顧九言子其秉筆記余初意辭曰長者在何敢狂斐既退自念孫公吾先君子長沙僚寀也何敢辭他無可道說獨記一時慨歎之語如此今取機宜幹辦列左方參議秩雖尊亦同入幕併

載其首慶元丙辰季夏建州游九言書○續題名記

金陵陪京護江控淮爲東南第一都會藩與府兩幕幙之官僚備焉建炎閒命兼制置使羅致參佐體統同而司存異甲兵錢穀制獄主之簿書獄訟府幙掌之撫帥一司文書遂緐是簡省日始旦冉冉趨府巳漏刻下退食自公未有職思其憂者淳祐丁未夏樞密使趙公被　上旨視師建大都督府朝之名卿才大夫綜文韜武畫幃籌邊鏗鎗炳燿皆能垂勛名於竹帛而帥幙僚屬亦於是時亹亹思奮咸以職業自

見盛矣哉余聞岷山多媺玉武庫多犀器張公殿徐韓愈輩出烏公鎮河陽溫生石生盍歸乎來聲應而氣求雲飛而川泳必有内鳴玉外建旄挺挺爲世名臣如鄉從魏公幙中來者不識其姓名可虖衆曰宜壁舊有記閲歲久塵昏木蝕屬余易鑱諸石駿之私竊自喜嘗陪幕議焉敢辭以陋淳祐八年六月朔朝奉郎添差充參議官三山陳駿之記迪功郎添差充幹辦公事東萊呂祖昇書

新修撫司僉廳

制使姚公希得任内景定四年四月

內鄉蓋門樓過廊廈屋穿堂兩邊閣位後堂挾
屋兩廊吏舍四十三間增修正廳芙蓉堂等處
計一十一間并丹雘彩畫等工料總費錢八萬
九千貫米二百三十石有奇有題名壁記留守
安撫制置尚書姚公鎭　陪都之三年政簡以
成川嶽澄宴惠洽明邇靡廢不舉顧瞻帥幕屋
老弗能支非所以壯畱鑰之觀聽也廼歲景定
癸亥維夏鳩工度材葺我攸宇踰月而竣役其
庭其楹雄盛森整公大書芙蓉堂顏以絢前矱

天貺節甲寅僚屬入祗厥事濟濟克諧體麟垣之粹明儼鳳闕其如對各迪乃心永肩忠報匪徒侈依紅泛綠之麗云幙下士眉山袁㭍東陽樓祥錢塘費應龍九江吳誼袁山陳衢上饒鍾國秀南昌徐琦紫陽趙希𤪻潼川馬自持臨卭楊應善天台蕭元英

紹興

參議
方師尹
楊持
張永年
傅祿卿
陳正由
方純彥
鄭知剛
陳良弼

機宜
呂大舉
陳一鶚
王端朝
唐如晦

幹官
郭契敷
張敦頤
趙公碩
陳升卿

屬官
王溉
趙霆
梁大方
程禧
張大允
孫耼季
蔡憲
唐叔玠

年號				
隆興	施均		葉棼	施知彰
			章騂	楊祁
乾道	向子廉	翁蒙之	錢琪	蔡戩
	霍文炳	張蕃	呂翼之	李大理
	白彥暘	張傑	黃義實	陳損之
	邢孝寬	沈雲麃	韓琳	周承勛
	韋璞	秦桷	丁長卿	韓彤
	唐卯晦		沈朴	
淳熙	辛棄疾	張釜	趙彥翺	

張大年
陳訓
趙不羈
支邦榮
趙善仁
宋宜之
林同
鄭鍔
王將之

朱贊
李民觀
楊慄
楊森
朱僎
何松

吳玹
陳許國
莫若晦
崔敦禮
孫長孺
楊克忠
王濆彥
姚仲欽
徐容

趙公晰　李昱
沈瀛　黃衡
錢仰之　邢球
張授　趙盛
向子廓
徐大觀
趙不踑

紹熙

張栖筠　周時中　趙公升
趙伯琥　孫祺　周玭

一百十七

申屠寅　方叔珪

朱輞　汪築

陳燾　游九言

慶元

趙師造　范念德　李直養

姚仲欽　孫元卿　陳[illegible]

趙不遏　趙汝應

趙汝劼

嘉泰

謝映　于革　韓謀甫

徐濟川　謝棐伯　陳羽

周權　徐鈞

趙師復

開禧　徐濟　彭[illegible]　龔日章

錢孜　王[illegible]驎

周[illegible]　蔡[illegible]

曾槱

嘉定　鄭擢　陳貴誼　蕭舜咨　危和

吳榮　王田　王械

朱偰　彭藻　孫淇

年號				
	周遂	衛勳	魏峼	
	徐大節	王觀之	毛自知	
	歐陽伋			
嘉熙	王琮			
淳祐	趙琰夫	趙時錧	蕭有立	趙崇㟲
	陳駿之	葛鐸	蔣應炎	陳夢發
	趙汝歸	趙植	呂祖异	韓禋
	李節	李裕	徐宋	
	李士達	董光	吳堅	

虞㼆　朱逢　胡崇

麋弁　朱貔孫

曹友諒

寶祐

宋良才　巨基　許一鶚　羅黃裳

林子麃　王夢得　莫與倫　陳俊卿

鄭羽　吳珪　眞紹祖　趙孟垣

曹友諒　葉英　馮平國　陸夢發

王渭　朱貔孫　趙介如　金大鏞

韓燮　洪斗祥

潘驥
蔡譽
吳邦翰
鄭燸
吳巳之
徐閎詩

開慶
吳湜　趙汝墠　趙與輈　馬元演
何逢吉　周應合

景定
廖邦傑　馬世昌　孫自明

曹澤長

盧遇

程黃屋

建康志卷三十三

制使姚公希得任內重修建康府都僉廳記

留都幕府之重尚矣　國朝盛時西洛僚佐多賢稱於天下倅曰謝希深推官曰歐陽永叔有若尹師魯有若梅聖俞咸在其選益陪京鉅鎮非他幕府比治中別駕日諮其所參決可否號都僉廳凡所以鎮邦國施教化統理所部之細者悉於是咨畫諾焉金陵夙號帝王州自　六飛南渡管鑰不經界而簡僚惟謹景定二年冬余承乏居守幸當邊塵晏清食焉而怠則余豈敢乃搜民瘼乃討軍實越二載百廢粗舉學校既修社廟既葺因念是邦臨護之大而議舍湫底庫仄非所以重賓筵敬民事也於是節浮費之不經者省冗役之不亟者因故地撤而新之廳爲間五堂爲間七舫齋設其中賓序環其列吏舍翼其旁總百有四楹堂榜曰此奇取坡公賢哉江東守收此幕中奇之句也高其閈閎敞其軒楹周阿崚嚴列檻齊同塈塗艧丹內外華好可以俯仰可

以談笑斯謂高明游息之道具焉者也靚以無壅氣以不煩政之大小議於是訟之枉直剖於是物來而名事至而應將無所處而不得其當矣然則斯宇之作豈無補哉抑吾聞之明道程子之掾鎮寧也筦庫細務無不盡心事小未安必與守辯張子韶大書鎮東僉廳之壁曰此身苟一日之閑百姓羅無涯之苦先儒奉厥職若是其忠且敬也居是幕者能以二公之心爲心豈獨爲守者嘉賴將見惠政被江左聲實流天朝諸君自此外矣謝歐尹梅獨何人哉會子有召還之命用伐石爲記俾來者知作之所始而敬其事云

爲費二十一萬七千舊楮米八百二十五石

景定修復重建制司衙廳自四月至於八月落成通費官會二十五萬餘緡米八百石**記**金陵自六飛南渡視昔雖洛異時出近臣開督采石之功至今幙府有休稱嘉定合江淮建閫後雖析置其選猶以是望他閫舊有宇介府東偏前閫觀文馬公以庳陋弗稱撤而改作榜沿江大幙府規橅度越舊制矣惟門廼吏舍縈折旁出客間多閣外隔廡下屬公召未遑倘書姚公繼之越明年威暢惠流境以無事一日觴客籌勝顧而

言曰嘻是將以遺我也酒旣屬其事於議曹趙湜逾月告成葺籌勝處以治事增闢堂二移其額揭中堂後扁集思堂翼以閣閣東繚以廡横貫依緣而南出於君子堂堂與亭皆因舊而加塗雘循堂右轉中爲便廳左廡右門公書沿江幙府榜其上門外逵廣三丈許前爲大門以舊榜揭之旣成幙下士相與歎曰公忠忱體國知無不爲事關於軍如舟師馬政除器補卒關於民如學校社稷均賦簡役次第舉行而公退食

燕凝老屋數椽安而弗葺嘗試言之人情莫不欲安公朝夕於政凡可以安遺人者是究是圖以及於僚吏至其身則安於簡陋推公之心使進而坐廟堂天地中間一物不獲其所皆我之責固將以安一方者安四海富貴於公何有哉既相與歎詠公德則又相與勉曰吾儕安於斯借箸之籌磨盾之草無幾談笑竟日鴈鶩行進伸紙和墨書字不滿百午漏未下會且歸矣風景不殊山川如昨雍公之芳躅可繼而江沱之

宴安不可懷也衆曰敢不夙夜祇規以無忝公之德公名希得字逢原潼川人時以刑部尚書制置沿江云景定四年十二月門生朝散郎差充沿江制置使司參謀官趙時橐記門生朝奉郎差充沿江制置使司參議官黄蜕書門生承議郎差充沿江制置使司參議官楊同祖篆蓋

景定建康志卷之二十五